Augusto Alvarenga   Vinícius Grossos

1+1
A Matemática do Amor

FARO EDITORIAL

COPYRIGHT © FARO EDITORIAL, 2016

Todos os direitos reservados.
Nenhuma parte deste livro pode ser reproduzida sob quaisquer meios existentes sem autorização por escrito do editor.

Diretor editorial **PEDRO ALMEIDA**
Preparação **TUCA FARIA**
Revisão **GABRIELA DE AVILA**
Capa e diagramação **OSMANE GARCIA FILHO**
Imagens de capa e de miolo **CHRONICLER101 | ISTOCK**

Dados Internacionais de Catalogação na Publicação (CIP)
(Câmara Brasileira do Livro, SP, Brasil)

Alvarenga, Augusto
    1+1 : a matemática do amor / Augusto Alvarenga, Vinícius Grossos. — Barueri, SP : Faro Editorial, 2016.

    ISBN: 978-85-62409-69-1

    1. Ficção brasileira 2. Literatura infantojuvenil I. Grossos, Vinícius. II. Título.

16-01372   CDD-869.3

Índice para catálogo sistemático:
1. Ficção : Literatura brasileira 869.3

1ª edição brasileira: 2016
Reimpressão: 2020
Direitos de edição em língua portuguesa, para o Brasil, adquiridos por faro editorial

Avenida Andrômeda, 885 - Sala 310
Alphaville – Barueri – sp – Brasil
CEP: 06473-000 – Tel.: +55 11 4208-0868
www.faroeditorial.com.br

Para todas as pessoas que
não têm medo de amar...

> *"You make my heart shake*
> *Bend and break*
> *But I can't turn away*
> *And it's driving me wild"*
>
> (Wild, Troye Sivan)

> *"Você faz meu coração vibrar,*
> *partir e quebrar*
> *Mas eu não posso fugir*
> *E isso está me deixando louco"*
>
> (N. T.)

Prólogo
Lucas

Não lembro muito bem como eu e o Bernardo, meu melhor amigo, nos conhecemos. Até onde sei, ele sempre esteve ali, do meu lado.

Alguns flashes da nossa infância ainda disparam na minha memória — como aquele da minha festa de aniversário de cinco anos, quando fui soprar a vela e a cadeira em que eu estava tombou, me derrubando em cima do bolo. Comecei a chorar, envergonhado, na frente da família inteira. Mas o Bernardo morreu de rir.

— Agora, sim, o bolo ficou a sua cara! — ele disse, gargalhando. Em seguida, tirou um pedaço de recheio de chocolate grudado na minha testa e o comeu, enquanto meu rosto ainda queimava de vergonha.

As coisas pro Bernardo sempre foram bem mais simples. Ele brincava de carrinho, de videogame ou outro jogo qualquer. Estava sempre animado pra fazer alguma brincadeira, nem que fosse sair correndo por uns oito quarteirões até a padaria mais próxima, pra tomarmos sorvete. Ou pra ir à casa da minha tia que eu achava a mais chata. O Bernardo simplesmente não se importava. Não tinha medo de assistir a filmes de terror, e ria, ao passo que eu ficava apavorado. Ao menos ele sempre conseguia fazer a pipoca de micro-ondas quando a mãe dele não estava em casa. Eu queimava as minhas em todas as tentativas.

Mesmo assim, Bernardo gostava do brigadeiro que eu fazia e do meu cachorro. Adorava comer as jabuticabas que nasciam na árvore do meu quintal. Curtia muito ler minhas revistas em quadrinhos emprestadas e sempre, *sempre*, aceitava os papéis que o fazia interpretar nas peças de teatro que eu cismava em escrever todo fim de semana. O Bernardo dizia que eu era o melhor ator, mas ele fazia as melhores comédias.

Na escola, sempre estudávamos na mesma sala. Ele me ajudava em matemática, e eu lhe dava uma mão em português. O Bernardo não entendia as regras dos porquês, e pra mim a matemática parou de fazer sentido há tanto tempo que nem lembro mais. Mesmo assim, ele era paciente. Repetia a mesma coisa mil vezes se fosse necessário, não importando se estava ficando tarde pra brincarmos na rua: a gente poderia ficar dentro de casa jogando videogame, caso anoitecesse. Eu precisava aprender as divisões.

Nunca sobrevivi muito tempo nesses jogos de ação — eu acabava reparando demais no cenário e imaginando o que estava acontecendo, enquanto o Bernardo atirava pra todos os lados. A mãe dele se preocupava por jogarmos esses jogos; mas eu, não, nem um pouco. Ele sempre dizia:

— Não vou sair por aí assassinando as pessoas... Ela não precisa se preocupar. E, de qualquer forma, prefiro passear e tomar sorvete com você!

Eu concordava, porque confiava nele. E era o que fazíamos em quase todos os dias ensolarados e quentes. O Bernardo pegava o maior sundae possível e o enfeitava com tudo o que tinha direito. Eu, por outro lado, preferia um milk-shake médio. Depois, voltávamos pra casa chutando as pedrinhas que ficavam perto do meio-fio ou saltando as rachaduras da calçada.

— É o fim do mundo! — um de nós gritava. — O chão está se desfazendo! Corre!

E lá íamos nós, correndo de volta pra casa, imersos no nosso pequeno universo, disputando quem chegava mais rápido, sem derrubar o sorvete, antes do mundo acabar.

*"I remember us alone
Waiting for the light to go
Don't you feel that hunger?
I've got so many secrets to show"*

(Shine, Years and Years)

*"Lembro-me de nós sozinhos
À espera da luz se apagar
Você não sente aquela fome?
Eu tenho tantos segredos para mostrar"*

(N. T.)

Prólogo
Bernardo

Tão natural quanto respirar. É assim que penso na minha amizade com o Lucas. Como tudo começou? Bem, eu não sei.

Nossas famílias sempre foram amigas. Acho isso legal. Nascemos com diferença de três meses (eu sou o mais velho), e gosto de pensar que mantivemos algum tipo de contato telepático durante o tempo em que vivemos nos úteros de nossas mães. Há uma foto, inclusive, que particularmente adoro: nossas mães, lado a lado, sorridentes, com seus barrigões de grávidas. Eu e o Lucas, lá dentro.

A Denise e o Manuel Moreira são os pais do Lucas. A Lílian e o Carlos Sampaio são os meus.

Minhas memórias da infância sempre trazem todos juntos. Nossos pais, como bons amigos, viviam se reunindo pra campeonatos de baralho ou festivais de filmes. A verdade é que eles são meio nerds, o que é legal. E enquanto os quatro jogavam ou faziam sei lá o que, eu e o Lucas tínhamos tempo para as "nossas coisas" — ou seja, podíamos brincar com jogos de tiro no meu videogame sem que minha mãe fizesse comentários bobos. Ela achava que, talvez, algum dia, eu fosse imitar aquilo tudo da tela e sair matando quem encontrasse pela frente, sei lá. Por isso gostava quando só estávamos eu e o Lucas no meu quarto. É como se o mundo estivesse trancado lá fora, proibido de entrar.

Eu e o Lucas somos meio diferentes... Mas é... Como posso explicar?

Somos como o *yin* e o *yang*.
Eu sou o sol, o Lucas é a noite.
Eu sou o achocolatado, o Lucas é o café.
Eu sou do verão, o Lucas, do inverno.
Eu sou da matemática, o Lucas, do português.

Eu o ajudo a entender que 1 + 1 é igual a 2, mesmo que ele teime em afirmar que em alguns casos 1 + 1 pode vir a se tornar 1. Eu apenas dou risada, porque o Lucas tem todo esse lado poético. E então ele tenta me ajudar a entender poesias do Vinícius de Moraes, quando, na realidade, eu já entendo o sentido... A minha dificuldade maior é em compreender o sentimento sobre o qual ele fala.

E é sempre assim: o Lucas respira fundo, com paciência, e diz:

— Bernardo, presta atenção! Vou repetir, ok?

— Ok.

— Pois bem... *Soneto de fidelidade,* de Vinícius de Moraes.

Esse é um dos poemas favoritos do Lucas. Ele gosta tanto que sabe de cor:

> *De tudo ao meu amor serei atento*
> *Antes, e com tal zelo, e sempre, e tanto*
> *Que mesmo em face do maior encanto*
> *Dele se encante mais meu pensamento.*

Ele continua a recitar, e eu fico concentrado em sua voz. É boa de ouvir. O Lucas recita com emoção, com paixão, como se cada palavra representasse mesmo um sentimento que é verdadeiramente seu. Mas nem isso me ajuda a entender alguma coisa sobre o amor de que Vinícius de Moraes fala. E eu queria muito poder.

1
Lucas

— Lucas, meu filho, já chega de dormir! Vem lanchar! — berrou minha mãe do outro lado da porta.

Entreabri os olhos e espiei meu quarto meio iluminado com o pouco de luz que entrava pela borda da cortina. Eu não fazia ideia de que horas eram.

— Mãe! Estou de férias, esqueceu? — resmunguei, enterrando a cabeça no travesseiro.

— Isso não é justificativa! Não é porque você está de férias que vou deixar que hiberne o mês inteiro! E hoje é só o primeiro dia! Vem que o lanche já está na mesa, e não vou chamar de novo!

Rolei na cama mais alguns minutos em relutância, mas ao sentir o cheiro do café me obriguei a levantar. Afinal de contas, eu finalmente estava de férias e poderia dormir bastante, antes que o último ano do ensino médio começasse.

Pensar no "último ano" já era, por si só, motivo pra me tirar o sono. Eu estava apavorado! Em breve teria que prestar vestibular, viver ainda mais de estudar e decorar aquelas fórmulas mirabolantes. Fiz força pra espantar o pensamento; afinal, faltavam ainda quarenta e cinco dias. Eu poderia pensar nisso depois.

Calcei o chinelo e abri a porta do quarto. Meu cachorro entrou correndo e me lambeu todo, empolgado.

— Bom dia, Sushi!

E ele respondeu agitando o rabo, superfeliz.

Fui pra cozinha e sentei no meu lugar de sempre.

— Bom dia, mãe, bom dia, pai — cumprimentei.

— Bom dia, dorminhoco. No primeiro dia de férias já está dormindo esse tanto?

— Ah, pai, eu estava cansado...

— Faço ideia — ele respondeu. — Ficou na casa do Bernardo ontem até tarde, né? O que vocês tanto fizeram?

— Nada de mais. Ele ficou jogando videogame, e depois comemos o pão de queijo que a mãe dele fez. Estava uma delícia.

— É, o pão de queijo da Lílian é delicioso mesmo. — Minha mãe serviu um pouco de café na xícara dela e depois na minha. — Ela ligou aqui mais cedo, enquanto você estava dormindo, e perguntou se o Bê poderia vir pra cá. A Lílian vai ter que sair pra resolver alguns problemas. Daqui a pouco ele chega. — E abocanhou uma torrada.

— Tudo bem. Vou aproveitar que as jabuticabas já estão quase caindo do pé e levar o Bernardo lá. Ia fazer isso ontem, mas esqueci. — Tomei um golinho de café.

Meu pai nunca gostou que eu tomasse café, dizia que não era coisa de criança. Mas eu não era mais criança, e a sensação quente e um pouco amarga que vinha daquele líquido preto me agradava por algum motivo. Como eu sempre acordei com muito sono, o café se tornou logo meu segundo melhor amigo. O Bernardo detestava. Na verdade, acho que quase ninguém com dezesseis anos gosta de café.

— Último ano no colégio, hein, filhão? — Meu pai sorriu.

— Vai ter que estudar mais agora — minha mãe emendou. — E a matemática vai ficar mais difícil ainda. Espero que o Bernardo continue te ajudando, porque aquele menino é um milagre. Só ele pra fazer você entender alguma coisa daqueles números. Eu era como você. — Ela riu. — Não sabia nada de matemática. Sua tia Sarah é que dava um jeito de me ajudar. Se não fosse por ela, só Deus sabe!

— Pois é — respondi sem muito interesse na conversa. Muito menos àquela hora da manhã.

— Pois é?! Que desânimo é esse? — Meu pai serviu-se de mais um pouco de suco.

— Ah, é meu primeiro dia de férias — respondi. — Não quero pensar no ano que vem ainda. É um pouco assustador — confessei.

— Filho, não tem nada de assustador no último ano da escola, muito pelo contrário! Agora, você só precisa estudar ainda mais pra garantir uma boa nota nas provas dos vestibulares e tudo o mais... — Minha mãe afagou meus cabelos.

— Eu sei, mas... ah... Prefiro pensar nisso mais pra frente. Agora é hora de me concentrar nas minhas férias. — Dei de ombros.

— Pra isso eu estou vendo como você está animado. — Meu pai piscou pra mim. — Mas se continuar dormindo tanto assim, vai acabar perdendo as férias inteiras.

Eu já ia responder quando a campainha tocou. Era o Bernardo.

— Retire o que disse, seu Manuel — brinquei com meu pai, enquanto deixava a mesa indo em direção à porta da cozinha. — Meu despertador acabou de chegar. — E abri a porta pro Bernardo, que carregava sua mochila nas costas. — Férias, *yes*!

2
Bernardo

— Oi, Férias! — brinquei, assim que o Lucas abriu a porta pra me receber.

Os olhos castanhos dele não abriam direito, por causa da claridade. No lado esquerdo do rosto havia uma fina linha de saliva e seus cabelos pretos estavam bagunçados e meio arrepiados.

— Oi, oi, oi — ele fingiu um tom animado.

— Certo. Vai lavar a cara, suas remelas estão me incomodando! — Dei risada.

O Lucas revirou os olhos e me puxou para dentro de casa, rindo também.

— Qual o problema de vocês? — Ele cruzou os braços. — Eu estou de férias e acho que mereço dormir o tempo que me parecer necessário!

Dei de ombros.

— Tudo bem, campeão, mas, enquanto você hiberna, o mundo lá fora está acontecendo...

— Você sempre tem uma resposta pra tudo! — ele rebateu.

— E você sabe que o que eu digo é sempre o certo!

O Lucas reprimiu um sorriso e bateu com o cotovelo no meu braço.

— Por que você não ocupa sua boca com algo mais útil? Quer comer alguma coisa? — ele ofereceu.

— Não, não! — Bati na barriga. — Estou satisfeito.

— Ótimo. Não quero que você coma minha comida mesmo!

Nesse ponto já estávamos na cozinha, e a Denise e o Manuel olharam para o filho de cara feia.

— Esses não são os modos que nós te ensinamos, Lucas! — a Denise ralhou.

Eu o olhei, disfarçadamente, segurando a risada.

— Até porque — o Manuel completou —, o Bernardo pode, sim, comer toda a comida que quiser nesta casa.

Não aguentei e olhei pro Lucas com deboche.

— Denise e Manuel, muito obrigado... Eu sei que esta não foi a educação que vocês deram ao Lucas...

Ele me olhou torto.

— Ainda faz piadinhas à custa da minha comida!

Eu apenas ri.

O Lucas então subiu pra se aprontar para sairmos enquanto eu conversava com os pais dele. Eu amava a Denise e o Manuel, e seu infalível bom humor matinal. A relação deles era inspiradora; o jeito como se olhavam, como pegavam a mão um do outro, como se isso fosse a coisa mais gostosa do mundo, a forma como riam de piadas de que acho que só eles achavam graça. Eu me perguntava se isso algum dia aconteceria comigo. Os dois pareciam se amar, assim como meus pais. Na verdade, nossos pais, os meus e os do Lucas, deviam ser dois casais sortudos e escolhidos a dedo para terem uma história feliz. Na escola, eu e o Lucas éramos minoria no nosso grupo de amigos, todos tinham pais separados.

Mas aí, interrompendo meus pensamentos, o Sushi apareceu — o cãozinho valente do Lucas. Eu o adorava. Ele sempre abanava o rabo e me lambia quando nos encontrávamos. Um dia, há uns dois anos, nós o encontramos dentro de uma caixa de papelão, com um latido estridente e melancólico. Não pensamos duas vezes e o levamos pra casa do Lucas. Foi amor à primeira vista, e todos o aceitaram na família Moreira; também, né, ele era o vira-lata mais legal do mundo!

Eu o acarinhei um pouco, até que o Lucas surgiu descendo as escadas. Ele havia molhado o rosto e parecia um pouco mais desperto.

— Pai, mãe, vamos andar de bicicleta! — ele anunciou.

O Manuel disse para tomarmos cuidado. A Denise apanhou minha mochila pra guardá-la no quarto do Lucas. Então, eu e o meu amigo fomos pro quintal, e eu fiquei feliz, pois o que mais queria era ter um pouco de privacidade com o Lucas.

Aquele era um dia ensolarado de dezembro; o céu estava muito azul, sem nuvens. Era um dia feliz. O que era o total oposto do que eu sentia dentro de mim.

O Lucas pegou sua bicicleta vermelha e me olhou, com uma sobrancelha erguida.

— Ué, cadê a sua bicicleta, Bê?

Mordi o lábio, nervoso. Enfiei as mãos nos bolsos do short e suspirei. Eu deveria estar com olheiras horríveis, já que não conseguira dormir e fiquei revirando na cama a noite toda.

— Bem... Eu não trouxe.

— E como você pretende andar de bicicleta, então? — Ele riu.

Eu não consegui rir.

— É que... — E então as palavras se perderam de mim.

Eu não era bom com palavras. Era bom com números. E entendia bem que 2, quando se divide por 2, vira um.

— Você está me assustando... — O Lucas largou a bicicleta no chão e me levou até a parte de trás do quintal, onde havia uma jabuticabeira. Ele sabia que eu amava jabuticaba e que elas sempre me deixavam feliz.

Sentei no gramado verde, na sombra da árvore, e o Lucas demorou um pouco para se juntar a mim. Quando se aproximou, sua mão estava cheia de frutas. Ele me ofereceu, com um sorrisinho de canto de boca. Pesquei uma e comi, tentando prolongar ao máximo o momento, como se isso fosse me ajudar a falar. Como se isso fosse me ajudar a escolher as palavras corretas a serem ditas.

— Seus lábios estão roxos — o Lucas falou, rindo. Ele sempre comentava isso quando eu comia jabuticaba.

Mostrei-lhe todos os meus dentes num sorriso aberto.

— Uau! — ele disse de forma meio estridente. — Isso, sim, é um sorriso! Meio nojento e com jabuticabas mastigadas, mas ainda assim...

— Pois é... — Baixei os olhos para os meus pés. — Hummm... Há um bom tempo que eu não sei o que é sorrir de verdade.

— É... Eu estava te achando meio estranho mesmo... Mas pensei que fosse apenas por causa das suas notas em português.

Dei de ombros.

— Mas eu passei. Isso é o que importa.

O Lucas sorriu, mas depois retomou sua expressão séria. Ele sentou ao meu lado, colando as costas no tronco da árvore. Nossos braços estavam encostados, os olhos fixos no muro à nossa frente, onde uma planta trepadeira se encarregava de deixar o ambiente um pouco mais verde.

— Você sempre rodeia demais pra falar o que está pensando — o Lucas reclamou.

— É medo.

— Medo de quê?

— Do futuro.

— Mas você é tão novo... *Nós* somos.

— Eu sei. Não é por isso que tenho medo.

— Então...? — E o Lucas me olhou.

Percebi que minhas mãos tremiam.

— Meus pais... Bem, meu pai, na verdade... Ele recebeu uma proposta irrecusável... Para trabalhar e...

Meus pensamentos ficaram um pouco turvos. Eu não sabia mais o que estava dizendo ao certo, apenas lembro da voz do Lucas dizendo "não chora", "vai ficar tudo bem"..., até que a voz que soou foi a minha:

— Eu vou embora. Com meus pais. Pra Portugal.

O Lucas nada dizia. Sua boca estava entreaberta.

— Estas são as nossas últimas férias juntos — eu completei, enfim.

O Lucas continuou me encarando, chocado. Até que se levantou, sem dizer nada, e se afastou. Escutei a porta da casa dele batendo forte.

Botei mais uma jabuticaba na boca.

Mais uma lágrima correu pelo meu rosto.

Eu não era muito de chorar.

Mas as coisas estavam mudando.

3
Lucas

"Eu vou embora. Com meus pais. Pra Portugal."

É claro que isso não tinha como ser sério. Mas a cara do Bernardo não era de quem estava brincando. Senti como se eu tivesse levado um soco no peito, e minha respiração falhou. E meus olhos inundaram de lágrimas em menos de um segundo. Acho que isso nunca acontecera comigo antes.

Me levantei, desgrudando meu braço do Bernardo, e saí o mais rápido que pude, antes que ele me visse chorar e isso piorasse ainda mais as coisas. Entrei em casa e a porta bateu atrás de mim em um estrondo, me assustando.

Corri pro meu quarto e me fechei lá dentro. Não demorou pra minha mãe chegar e falar comigo através da porta:

— Filho, tá tudo bem?

Engasguei. Não queria falar com ela.

— Sim, tá tudo bem. Só vim... pegar uma coisa para mostrar pro Bernardo. — Minha esperança era de que ela acreditasse e saísse logo.

Sentei na cama quando ouvi os passos dela se afastando e me deitei. Minha cabeça acertou algo bem mais duro que meu travesseiro. Era a mochila do Bernardo.

Senti uma pontada no coração, peguei a mochila no colo e parei pra pensar. Como assim os pais do Bernardo iriam se mudar? E ele iria junto?

Eu os vira na noite anterior, e tudo parecia normal: as piadinhas, a mesma educação, simplicidade e simpatia de sempre. E agora eles iam se mudar? Assim, do nada? Como alguém que sempre esteve aqui simplesmente se vai?

A Lílian e o Carlos são como meus tios, embora o Bernardo seja bem mais que um primo. Ele é meu melhor amigo. Na verdade, é mais que isso. O que existe entre a gente não é muito classificável nos termos normais, mas eu nunca pensara nisso. Nunca pensara no que, de fato, o Bernardo significa para mim.

Meu coração se encolheu e, então, lembrei que ele continuava na jabuticabeira.

Me levantei e sequei as lágrimas dos olhos. Em seguida, abri a porta devagar, conferindo se minha mãe não estava mesmo por ali. Assim que confirmei, saí correndo pela cozinha até o quintal, e ele estava lá, do mesmo jeito de quando saí, uns dez minutos antes. Fiz questão de pisar em todas as folhas secas do chão, para que o Bernardo percebesse que eu vinha vindo. Mesmo assim ele não se virou pra mim.

Eu me sentei de novo ao lado dele sem conseguir encará-lo. Encostei meu braço no dele, do mesmo jeito que estávamos antes, e o Bernardo pareceu sorrir. Mas não que ele estivesse feliz.

— Como assim você vai embora? — perguntei, depois de um tempo em silêncio, mesmo com muito medo da resposta.

— Pois é, eu vou. Meus pais me contaram tudo ontem, logo depois que você foi embora.

— E o que eles falaram?

— O que você pode imaginar... Que a proposta é irrecusável... Que a qualidade de vida lá é melhor, que vou me adaptar rápido... E que provavelmente vou gostar mais de lá do que daqui e que em breve nem vou mais me lembrar do Brasil. E disseram que poderei vir para cá com certa frequência para visitar você, e você também poderá ir pra lá. Essas coisas...

— Isso faz algum sentido?

— Eles afirmam que sim. Só não sei se faz algum sentido para mim.

Pelo seu tom de voz, o Bernardo pareceu, assim como eu, tentar assimilar aquilo tudo.

Só aí olhei para ele, e vi uma lágrima escorrer lentamente por sua bochecha. Meus olhos arderam, provavelmente com as lágrimas querendo voltar, mas eu as ignorei.

— Aqui é tão ruim assim? Você não pode ficar com alguém? Morar aqui comigo, sei lá... — Minha garganta ardia. Por mais ridícula que a ideia parecesse, ainda era uma possível solução. Aquilo não podia estar acontecendo.

— Quem me dera. Aquela foi uma dessas reuniões a que a gente nunca é convidado pra participar, sabe? Depois eles só nos participam da decisão que tomaram e pronto. Meus pais acham que vai ser melhor assim, apesar de tudo.

— Mas você nem tentou...

— Tentei — ele me interrompeu. — E acho que vou continuar tentando, até o dia em que eu conseguir voltar. Não quero ir embora. — E aí o Bernardo começou a chorar pra valer.

Ele quase nunca chorava, mas acho que esse era um bom motivo. Ou melhor, um péssimo motivo... Definitivamente, algo justificável para chorar. Eu não estava me mudando, e mesmo assim, deixei as minhas lágrimas também rolarem bochechas abaixo. Nenhum de nós dois falou mais nada. Passei o braço pelo ombro dele, num quase abraço, e o Bernardo escorou a cabeça no meu ombro. E ficamos assim, chorando por algo que não entendíamos direito e ainda nem havia acontecido.

Não consegui mentir que ficaria tudo bem. Não me parecia que as coisas ficariam bem. O pranto não era capaz de evitar que aquilo tudo acontecesse, e eu também não conseguia impedir que a cada segundo surgissem cada vez mais dúvidas na minha cabeça. Uma, em especial, parecia maior que todas as outras: E agora?!

Talvez eu tivesse pensado alto, ou o Bernardo lera meus pensamentos, porque ele disse:

— Vou ficar longe da minha cidade, dos seus pais, da escola, de tudo que eu sempre conheci. *De você*. Lembra como você dizia que às vezes 1 + 1 pode ser 1? Eu te entendo agora. Mas somos menos que um. Somos uma equação de divisões e saldos negativos.

E ali, com o rosto molhado, eu não soube o que responder. O Bernardo sempre foi melhor em matemática e, infelizmente, ele parecia ter razão.

4
Bernardo

O Lucas não sabia o que dizer. Eu não sabia o que pensar.

Então apenas sequei as minhas lágrimas e me levantei. O Lucas ficou me olhando, sem entender, mas logo me seguiu. Ele sabia que eu odiava situações dramáticas, então fez questão de não me perguntar nada.

Fui até onde ele havia largado sua bicicleta e a ergui.

— Você vai no banco de trás — falei, percebendo depois o quão ríspido eu soei.

Mas o Lucas não me respondeu, como era de costume. Eu montei, e, logo em seguida, ele sentou no banco de trás da bicicleta. O Lucas odiava sentar ali, mas não tínhamos escolha.

Esperei até que ele colocasse as mãos na minha cintura, para se segurar, e me pus a pedalar. Era um dia quente, mas uma brisa fresca aparecia de vez em quando. Era bom sentir...

O Lucas fungava alto, e isso foi me deixando incomodado. Ele era assim... como posso descrever? Bem, seu aperto na minha cintura era cuidadoso e firme ao mesmo tempo. Acho que isso definia o Lucas bem...

Ele é sentimental e verdadeiro com seus sentimentos. O que é legal. O Lucas não esconde nada, e eu posso ver, apenas pela sua expressão, se ele está muito feliz, triste, com raiva, com sono, entediado ou animado. Ele é como água cristalina.

O Lucas é totalmente diferente de todos que eu conheço. Eu nunca deixei que ele soubesse, mas os outros garotos o acham meio estranho. O Lucas não gosta de futebol, de pipa ou de carros. Ele curtia poesia, séries americanas e gibis. O Lucas era mesmo diferente do resto dos meninos, mas e daí? Eu gosto de coisas diferentes — talvez por isso ele seja meu melhor amigo.

Quando parei de pedalar, estávamos perto do bosque. Quase saindo do nosso bairro, há um bosque que batizamos de Bosque Caverna do Dragão. E por que isso? Porque, assim como os personagens do desenho, nós brincávamos de sermos guerreiros com objetos mágicos, que lutavam contra a maldade do mundo. Quando nossos pais vinham nos chamar pra irmos para casa, eu gostava de pensar que eles eram o Vingador, o terrível vilão, querendo acabar com nossa alegria. O Lucas, por seu lado, dizia que eles eram o Mestre dos Magos, o grande conselheiro, nos ajudando a retornar ao lar.

O Lucas saltou do banco de trás, com as sobrancelhas arqueadas. Ele não entendia de jeito nenhum o motivo de eu tê-lo levado ali. E pra ser franco, nem eu entendia. Sempre fui impulsivo e senti que era pra lá que precisávamos ir.

— Errr... Também não sei por que quis vir aqui. — Dei de ombros. — Só me pareceu certo.

O Lucas apenas assentiu. E, caminhando juntos, eu guiando a bicicleta, adentramos mais no bosque. Dessa vez, pra minha felicidade, o ambiente estava vazio. Nem as crianças que costumavam brincar por ali, correndo atrás dos pombos, deram as caras. E isso me deixava mais confortável. Não que eu pensasse que fosse chorar de novo, mas nunca se sabe.

Chegamos a um ponto em que só havia as sombras das árvores, borboletas, o cantar dos passarinhos e uma brisa fresca balançando levemente nossos cabelos. E, por alguns segundos, isso fez com que eu me sentisse quase melhor. Sentamos encostados numa árvore e ficamos em silêncio por muito tempo.

Eu não gostava muito dessa quietude, ainda mais entre nós dois, que sempre sabíamos o que dizer um ao outro. Só que, *naquele momento*, não consegui encontrar as palavras apropriadas.

— Hummm... — O Lucas limpou a garganta. — Será que agora você vai encontrar outro melhor amigo?

Eu, sem querer, comecei a rir. Não era uma risada por ter achado aquilo engraçado. Era uma risada triste.

— Acho que não, Lucas — respondi, com um sorriso. — Poucas pessoas me aturam.

— Ah, deixa disso! — Ele me deu um tapa, de leve. — Você sabe que todo o mundo naquela escola te adora… Os garotos gostam de ter você por perto, e as meninas morrem por sua atenção!

Isso me fez corar, por algum motivo. Era verdade, afinal, que eu podia me considerar o que chamam de *popular*. Não que eu ligasse pra isso.

— Talvez minha popularidade vá embora quando eu chegar a Portugal — comentei, num falso tom dramático. — E, provavelmente, eu vou ter depressão e perder um bom número de seguidores no Twitter e no Instagram…

O Lucas soltou uma risada cínica.

— Espero que perca junto com sua prepotência.

— Espero que quando eu voltar você seja mais brincalhão — afirmei sem pensar.

Por algum motivo que desconheço o Lucas me irritou. Não sei se foi o jeito como ele estava lidando com a minha ida, resolvendo me atacar, mesmo que fazendo piada.

O Lucas mordeu o lábio, como se estivesse avaliando o que iria dizer, até que disparou:

— E eu espero que, quando voltar, você seja um pouco mais sensível!

— Eu não preciso de sensibilidade! — rosnei. Minhas mãos tremiam, e eu não entendia a razão.

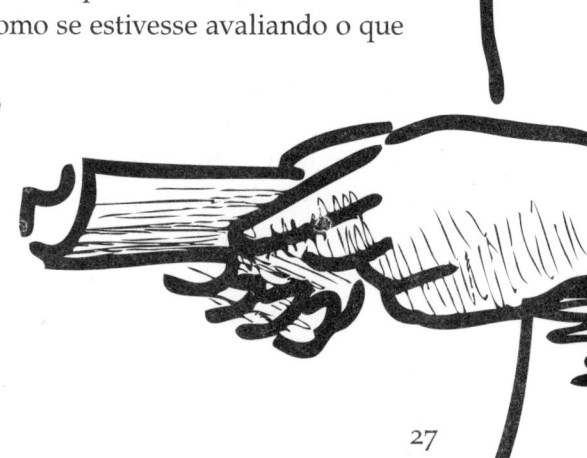

— Todo o mundo precisa! — O Lucas estava zangado também. — Senão vai continuar parecendo que você tem a sensibilidade de uma porta!

Engoli em seco e me levantei.

— Talvez em Portugal eu encontre algum amigo que me entenda e goste de mim do jeito que sou! — Furioso, comecei a caminhar a passos firmes para fora do bosque.

Era estranho. O Lucas era a pessoa que eu mais queria perto de mim naquele momento. Ele era o único no mundo que parecia me entender de forma plena. Mas, então, quanto mais perto estávamos, mais parecia que a minha raiva por estar partindo se canalizava nele.

Quando eu já estava na saída, algo me fez parar, e me virei para olhar para trás. Os ombros do Lucas tremiam compulsivamente. Movido pelo instinto, voltei correndo e me sentei ao lado dele. O Lucas não se inibiu. Continuou a chorar alto, sem controle, sem pudor.

O Lucas era cristalino. Ele não fingia.

Eu não sabia bem como agir, mas acabei movendo a mão até a cabeça dele e mexi nos seus cabelos negros. Eles eram lisos e suaves, gostosos de passar a mão.

— Não seja idiota — falei, num quase suspiro. — Eu não vou arrumar outro melhor amigo e...

— Bernardo, sério, é fácil pra você falar! — O Lucas ainda tremia com os soluços, e isso fez meu estômago se retorcer. — Todo o mundo gosta de você! Todo o mundo te admira! Todo o mundo! Mas comigo, não. Eu não tenho outros amigos... Se você se for, vou ficar sozinho, sabe? Vou ficar sozinho! Eu odeio ser dramático, mas...

— Ei! — E puxei a cabeça dele pro meu peito.

O Lucas era assim; quando começava a chorar, não conseguia mais parar.

A gente ficou abraçado por um tempinho, até que algo me ocorreu, e eu comecei a falar, quase num sussurro:

— "De tudo ao meu amor serei atento. Antes, e com tal zelo, e sempre, e tanto..."

Isso o fez parar por um momento. O Lucas ergueu a cabeça, sorrindo timidamente, mesmo com o rosto todo molhado de lágrimas.

— É bom mesmo que você decore as poesias... — ele disse, fungando. — Agora não terá mais nenhum amigo para te ensinar...

Eu ri, mas por dentro queria chorar.

— Pois é... — Foi tudo o que consegui responder.

Nós então nos calamos por instantes, até que quebrei o silêncio:

— Quero te dizer duas coisas.

Ele ficou calado por um tempo, até assentir de leve com a cabeça. Prossegui:

— Primeira. — Ergui o dedo indicador. — Iremos esquecer que eu vou embora e vamos fazer essas férias serem as mais incríveis possível, ok?

O Lucas me olhou como se avaliasse a sugestão, mas suspirou por fim e concordou:

— Certo.

— Beleza. Agora, a segunda: mesmo que eu encontrasse o próprio Vinícius de Moraes, acho que ele não me ensinaria poesia melhor que você! — afirmei, com ar de riso.

O Lucas revirou os olhos, mas depois começou a rir também.

— Sorte a minha. Porque achar um professor de matemática será muito mais fácil.

Olhei para a frente e então falei bem baixinho:

— Apenas tome cuidado. Não é qualquer professor que vai aceitar sua resposta quando você disser que 1 + 1 pode ser 1. No nosso mundo, é aceitável. No mundo real, acho que não.

Tornamos a nos calar, apenas olhando para o vazio. O Lucas não respondeu nada. Eu não falei, tampouco. E o silêncio permaneceu entre nós, como um velho amigo.

5
Lucas

Cheguei gritando à cozinha:
— Mãe!
O Bernardo, que vinha logo atrás de mim, foi para o meu quarto. Eu parei pra beber um pouco de água.
— Faz cachorro-quente? O Bê vai dormir aqui hoje!
— Eu sei — minha mãe disse, vindo até mim.
— Sabe? — perguntei, surpreso.
— Sim, sei. — Ela me lançou um olhar que deixou claro que, realmente, sabia de tudo.

Minha mãe era amiga da Lílian e do Carlos, então fazia sentido que soubesse o que estava acontecendo. Talvez até mesmo antes de nós. Por isso ela não insistiu em entrar no meu quarto mais cedo. E nem apareceu na jabuticabeira.

Pensei em ficar com raiva; ela deveria ter me falado antes... Mas do que teria adiantado? Eu, provavelmente, correria para contar pro Bernardo e as coisas seriam ainda piores.

Terminei de beber minha água, calado, enquanto ela me observava.

— Vou tomar um banho — falei por fim, saindo da cozinha.

Minha mãe pareceu triste por mim, mas acho que por si mesma também. Afinal, eu conhecia o Bernardo havia dezesseis anos. Ela conhecia a Lílian e o Carlos fazia quanto tempo? Duas décadas?

Tomei banho, e assim como a sujeira do bosque foi saindo com a água, grande parte da tristeza também foi embora. Pensei nas palavras do Bernardo: "Iremos esquecer que eu vou embora e vamos fazer essas férias serem as mais incríveis possível, ok?" É, acho que ele merece isso. E eu também.

Saí do chuveiro, coloquei meu pijama, penteei os cabelos com pressa e saí em direção ao meu quarto. O Bernardo estava lá, calado e sozinho, olhando nossas fotos que eu havia colado na parede. Acho que ele não me ouviu chegar.

— Nem pense em encostar na minha cama com essa sujeira — brinquei. — Vá tomar um banho. Eu e os vizinhos agradeceremos.

— Eu sou seu vizinho, esqueceu? — Ele finalmente esboçou um sorriso.

— Não é o único — rebati. — E não por muito tempo — falei baixo, mas ele ouviu mesmo assim.

Atirei uma toalha na direção dele, para tentar quebrar o clima. Acho que funcionou. O Bernardo a pegou no ar e me encarou por um segundo.

— Tente não morrer de saudade enquanto tomo banho — ele falou, rindo, saindo do quarto em direção ao banheiro.

A minha casa era tão dele quanto a dele era minha.

— Estou pensando em te envenenar com o cachorro-quente. Veremos quem morre primeiro! — falei no vão da porta que dava para o corredor.

— Veremos! — Ele gargalhou da soleira do banheiro e fechou a porta com um clique.

* * *

— Lucas, me passa a maionese, por favor — o Bernardo pediu, com a boca lambuzada de molho.

Uma das coisas que a gente nunca aprendeu a fazer: comer cachorro-quente *direito*. Sempre nos lambuzamos com o molho.

Passei a maionese pra ele e coloquei mais suco no meu copo.

— Nem tinha percebido com quanta fome eu estava. A última vez que comi foi no café da manhã, e comi pouco. Depois, as jabuticabas. — Dei de ombros, abocanhando novamente o sanduíche.

— Nem me lembre das jabuticabas — o Bernardo falou em tom de brincadeira, mas os olhos dele não transmitiam humor. E eu sabia o motivo.

— Mãe — mudei de assunto —, você pode levar a gente ao clube amanhã?

— Lucas, não sei. Será que a Lílian não vai se importar? Duvido que ela tenha esquecido a última vez que vocês dois foram nadar e o seu Bernardo aí voltou feito um camarão para casa, todo queimado.

Eu ri da lembrança. Ele não queria parar de nadar para passar protetor solar de jeito nenhum, por mais que eu e minha mãe chamássemos. O Bernardo era teimoso às vezes, ainda mais quando estava na água. O Bernardo, se não fosse humano, seria algum ser aquático, com certeza. Eu até gostava de nadar, mas o Bernardo parecia ter nascido pra aquilo.

— Lucas? Psiu? — Meu pai estalou os dedos na minha frente, me despertando das lembranças.

— Oi? — perguntei, sem graça. Me senti corar, pois os três estavam me encarando.

— Tudo bem se eu levar vocês pra lá no meu caminho pro trabalho? Não será muito cedo? — ele repetiu a pergunta.

Olhei pro Bernardo tentando adivinhar sua opinião, mas ele parecia esperar o mesmo de mim.

— Acho que não tem problema. — E dei outra mordida no cachorro-quente. — Não vai ser cedo demais, vai?

— Acho que não — o Bernardo disse. — Desde que já tenha sol... — Ele deu de ombros.

— Chegando lá umas... oito e meia... tá bom pra vocês?

— Ai, pai... — Suspirei. — Só vocês pra me fazer acordar sete e meia da manhã nas férias. — Sorri. — Tudo bem, por mim.

E pareceu decidido. Todo o mundo voltou a comer e não tocamos mais no assunto. E, por algum tempo, pareceu que tudo estava normal.

* * *

Eu estava deitando na minha cama encarando o teto, e o Bernardo disparava tiros, no videogame, em qualquer lugar que não me interessava muito, deitado no colchão ao lado da minha cama. De repente, dei um salto e saí correndo até a minha mochila, que estava jogada em um canto do quarto desde o último dia de aula. O Bernardo pausou o jogo.

— O que é isso, Lucas? Saudade de estudar?

— Nenhuma. Mas tive uma ideia. Pode continuar o seu jogo.

— Não mesmo! Quero ver o que foi essa ideia. — E ele se sentou na minha cama, junto comigo.

— "Não mesmo" digo eu! Você não vai ver nada aqui — falei num tom descontraído.

— Lucas, se eu fosse você não me obrigaria a te atacar com cócegas até que me deixe ver — ele ameaçou.

— Bernardo, se eu fosse você desceria para o colchão e me concentraria em atirar no que quer que você esteja atirando! Ou então, eu guardo tudo de novo e não vai ter nada para você ver. — E lancei um olhar decidido pra ele, que apenas riu e deu de ombros.

— Tudo bem. Vou acabar descobrindo o que é, mais cedo ou mais tarde... — finalizou, deitando de novo no colchão da forma como estava antes.

Cruzei as pernas, coloquei o travesseiro no meu colo e o caderno por cima. Peguei meu fone de ouvido com meu MP3, dei play em uma música qualquer e comecei a anotar todos os planos e ideias que eu tive para fazer com que essas férias fossem mesmo as melhores da vida do Bernardo. As ideias vinham cada vez mais, me deixando animado e esperançoso.

Começaríamos no dia seguinte.

Eu teria pouco mais de um mês pra tornar os dias do Bernardo, e os meus, inesquecíveis.

6
Bernardo

Acordei no meio da noite, por alguma razão. Era como se alguém estivesse sussurrando o meu nome. Não sei. Só sei que me levantei do colchão e olhei o Lucas. Ele dormia sereno, como sempre. Parecia uma criança que, ao acordar, teria por única preocupação qual desenho animado iria ver.

Caminhei, sem fazer barulho, até a janela no canto do quarto; a janela que dava direto para minha casa. Todas as luzes estavam apagadas. A casa parecia mergulhada numa aura de sombra e melancolia. Doía vê-la assim. Doía saber que, a cada dia que passasse, ela ganharia mais e mais esse tom de abandono... O lar onde cresci, em que falei minhas primeiras palavras, em que dei meus primeiros passos.

Senti as lágrimas chegando, então pressionei bastante os olhos, tentando refreá-las.

Qual será o momento chave em que se percebe que sua vida deve mudar? Ah, mais que isso... Qual é o ponto em que você realmente decide arriscar uma mudança que vai impactar a vida de outras pessoas? Será que meus pais não conseguiam pensar em mim? Ou será que eu é que estava sendo egoísta?

Me afastei da janela, para evitar que mais pensamentos desse tipo se formassem. Então, acabei focalizando o caderno do Lucas perto da mesinha onde estava seu notebook. O Lucas não deixou que eu visse o que ele escrevia, horas antes. A curiosidade me mordeu e, sem pensar muito, me aproximei, peguei o caderno, e fui passando as páginas até achar a caligrafia impecável do Lucas. Numa folha, bem no meio do caderno, estava escrito:

Projeto férias perfeitas para o Bernardo

Então fechei o caderno com um baque.

Eu tinha medo de surpresas, mas o Lucas não merecia que eu as estragasse.

Não sei como, mas consegui ter forças para colocar o caderno no lugar, voltar pro colchão e fechar os olhos.

Meu coração continuava acelerado, mas eu não consegui conter o sorriso. Mesmo triste com a minha partida, o Lucas queria que nossos últimos dias juntos fossem incríveis.

Olhei de novo pro Lucas, o melhor amigo do mundo, e adormeci logo depois...

* * *

— Odeio acordar cedo... — O Lucas bocejou.

O pai dele, Manuel, apenas riu. Eu dei uma cotovelada de leve nas costelas do meu amigo.

— Pare de reclamar! — eu disse, animado.

Nunca tive problemas pra levantar cedo. Eu nem ao menos acordava de mau humor. Mas o Lucas, sim. Ele revirou os olhos e encostou a cabeça no vidro do carro, ranzinza. Preferi deixá-lo quieto e coloquei meus fones de ouvido, me mantendo em silêncio pelo resto do caminho.

Assim que fomos deixados no clube, fui direto pro banheiro vestir minha sunga. O sol estava fraco, mas gostoso, e o clube, ainda bem vazio.

Quando voltei, encontrei o Lucas perto da beirada da piscina, deitado numa espreguiçadeira branca com óculos escuros redondos lhe escondendo quase o rosto todo. Eu, então, parei na frente dele, fazendo sombra, mais por implicância mesmo. Mas acho que ele estava dormindo.

Pulei na piscina com a experiência de quem nada desde os sete anos, e fiquei feliz pela água fria; ela contraía os meus músculos e me tirava do torpor. Na água fria eu esquecia as dores provocadas pela mudança de casa, da rotina, dos amigos e das minhas raízes. Esquecia os sentimentos ruins que me mortificavam quando eu pensava no futuro.

A piscina semiolímpica do clube era ótima, ainda mais pela manhã, praticamente vazia. Passei a nadar de um lado pro outro, tentando romper a fadiga dos meus músculos, procurando expandir as limitações dos meus pulmões.

Devo ter ficado assim por horas, até que o sol começou a esquentar mais e as pessoas começaram a chegar. No geral, os frequentadores do clube e da piscina eram meninas bronzeadas com seus biquínis pequenos e coloridos, e garotos que tinham músculos definidos, sempre usando bermudas e óculos espelhados.

A verdade é que, por mais que eu fosse popular, não gostava muito de movimentação... Eu preferia que a piscina ficasse sempre vazia ou com o mínimo de gente possível.

Nadei mais um pouco, mas assim que esbarrei na primeira pessoa, decidi sair. Meus músculos estavam um tanto doloridos, por isso fiz breves movimentos de relaxamento muscular. Reparei que algumas garotas me olhavam, e isso me intimidou. Decidi então deitar na espreguiçadeira livre ao lado do Lucas. Assim que me acomodei, coloquei os óculos escuros e fiquei encarando a piscina, sem pensar muito em nada.

— Você é diferente... — a voz do Lucas me surpreendeu.

— Oi? — indaguei, sem pensar.

O Lucas riu.

—Você... É diferente — ele repetiu, dando de ombros.

— Como assim, diferente?

O Lucas se deitou de lado, de modo que ficasse de frente pra mim.

— Eu poderia fazer uma lista baseada em informações coletadas apenas esta manhã.

Eu o encarei com uma sobrancelha erguida.

— Vamos lá! Quero ouvir.

O Lucas assentiu e ergueu um dedo.

— Primeiro: você é o único menino de sunga.

Isso me fez corar na hora. Realmente, todos os outros meninos estavam de bermuda. Mas como eu sempre nadei, usar sunga sempre me pareceu natural. Será que havia outras pessoas também reparando que eu estava de sunga?

O Lucas deu risada da minha expressão, mas prosseguiu com sua lista:

— Segundo: você é o único garoto popular que eu conheço que não gosta de lugares cheios...

Suspirei pesadamente.

— É, querido amigo, a única conclusão que você pode tirar disso é que sou uma pessoa *não clichê*.

— Pessoa *não clichê*? — O Lucas pareceu confuso.

Eu assenti, sorrindo.

— Sim, sim. Não sou clichê, e, com isso, quero dizer que, em vez de ser como os outros garotos e vir nadar de bermuda, prefiro usar sunga. E em vez de vir exercitar minha popularidade, eu prefiro ficar na minha, mais sossegado e, realmente, usar a piscina pra nadar.

O Lucas ficou me olhando por um tempo, me analisando, e depois soltou uma gargalhada.

— Certo, certo! Admito que curti essa expressão... Adorei mesmo.

— Huuuum... — Cocei o queixo. — Desculpa, mas eu já patenteei.

— Então eu roubo...

— Vai rolar processo.

— Duvido.

— É. Eu também. — Balancei a cabeça. — Pessoas não clichês não ligam para isso.

O Lucas deu uma risadinha.

— Há outros motivos mais pra você se enquadrar na categoria não clichê, Bernardo.

Esperei que ele continuasse. O Lucas suspirou e voltou a falar:

— Olha pra todos os meninos aqui. Veja como eles ficam babando pelas meninas, como se... sei lá... elas fossem pedaços de carne ou algo do tipo. E se você reparar bem, é engraçado, mas acho que a maioria delas olhou só pra você.

— Pra mim? — perguntei, surpreso.

— É. E sabe o que te torna não clichê?

Ele então se inclinou pra mais perto.

— O fato de você não estar nem aí pra isso. O que é legal, na verdade. Porque você vem ao clube pra nadar e se divertir. Não pra... — O Lucas fez sinal de aspas. — ..."caçar".

— É. Isso me torna não clichê.

O Lucas fez quase um beicinho.

— E eu? Será que sou não clichê? — ele indagou, num forte tom dramático.

Abri um sorriso torto.

— Bem, eu poderia dizer que você é não clichê por vir ao clube e nem ao menos tomar banho de piscina, mas... — Me levantei da espreguiçadeira. — Acho que você se enquadra mais na categoria de otário!

Dei de ombros com um sorriso quando o Lucas me encarou de cara feia. Provavelmente ele ia me mostrar o dedo médio.

— Foi mal... — E pulei na água.

7

Lucas

Não clichê. Ok, nós somos, pensei, ao ver o Bernardo dar um salto quase olímpico de volta à piscina.

Ele nadava como um peixe ou sei lá o quê. Não parava nunca. Não cansava nunca. Parecia não precisar de ar, a água bastava. E lá estava eu, torrando na espreguiçadeira só pra agradá-lo. Mesmo na sombra, o mormaço me fadigava.

— Será que o senhor pode sair daí um segundo pra comermos alguma coisa? Eu estou faminto e já cansei de te ver indo e voltando nessa piscina. Tem mais gente querendo nadar, caso não tenha notado — resmunguei na borda da piscina mais próxima a ele.

Alguns frequentadores mais próximos me olharam curiosos, e fiquei vermelho. Eu parecia ser a única pessoa ainda seca no clube. O Bernardo riu e deu de ombros.

— Já vou, só mais um mergulho.

— Tá. — Mas não saí dali.

O Bernardo não mergulhou imediatamente, então fiquei olhando pra ele. Revirei os olhos e já estava saindo, quando ele me chamou. Tornei a me aproximar.

— Que foi?

— Nada.

— Então tá. — E fui saindo de novo, meio impaciente.

— Não, *nada*! — ele repetiu com uma entonação diferente.
— Nadar? Aí? Eu?!
— A ideia é mesmo tão absurda assim? — Ele sabia que eu achava que era.
— Bastante.
— A água não vai te machucar, Lucas.
— Não adianta me provocar, Bernardo. Não vou me molhar de jeito nenhum.

Ele sorriu de lado, e eu me arrependi na hora da minha escolha de palavras.

— Nem pense... — respondi rápido, mas era tarde.

Um jato de água veio direto na minha cara, antes que eu tivesse qualquer reação, e me ensopou.

— Bernardo, eu...
— Você nada — ele interrompeu, saindo da piscina e me dando um abraço muito apertado, encharcado. Respirei fundo. Todo molhado, com raiva e completamente envergonhado, me afastei do Bernardo e fui em direção à espreguiçadeira.

Abri a mochila que o Bernardo havia levado e apanhei a toalha dele, me enxugando rápido antes que ele chegasse.

— Lucas! — Ele veio correndo. — Você vai molhar a minha toalha toda!
— Sério? — Me virei, seguindo a direção da voz dele. E, então, tomei um susto, porque o Bernardo estava bem atrás de mim. E bem perto. — Eu não mandei você... me ensopar — falei baixinho, sem fôlego.

O Bernardo me olhou nos olhos por um segundo, até eu os desviar.

— Já estou terminando. — E continuei enxugando os cabelos. A toalha tinha o cheiro dele. — Pronto. — Olhei pra ele de novo e devolvi a toalha. — Fique à vontade.

Virei as costas para ele e fui em direção à lanchonete do clube sem esperá-lo.

* * *

— Você não está com raiva de mim, está? — o Bernardo perguntou, vindo rápido atrás de mim.

Eu o ignorei.

— Lucas?
— Bernardo? — falei, como se houvesse acabado de vê-lo ali.
— Idiota! É sério! Você ficou com raiva?
— Não. Fiquei com menos calor. E com mais fome — afirmei, como se não tivesse me importado.

E, de fato, não teria, se tudo não tivesse parecido tão estranho. Foram os olhares e o abraço gelado mais esquisitos que eu já ganhei. Algo ali me deixou muito confuso.

— Então tá. Agora, será que podemos comer?
— Foi o que eu sugeri desde o começo, Bernardo. — Revirei os olhos, mas antes vi um resquício de sorriso nos lábios dele.

* * *

— Foi divertido, meninos? — meu pai quis saber.
— Sim, muito — o Bernardo respondeu.
— Fale por você! Não sei se ficar vendo você ir de um lado pro outro na piscina é se divertir muito — respondi, soando mais ríspido do que queria.

Meu pai me olhou, surpreso.

— Estou brincando, pai. Simples ironia. O Bernardo já está acostumado. — E sorri sem graça.
— Eu sei que você deu educação, Manuel, mas o Lucas está mesmo virando um rebelde.

Eu ri da brincadeira do Bernardo. Dei um soco no ombro dele de leve, e ele devolveu. Sorri de novo, entrando no carro.

* * *

— Você não vai mais pra sua casa, não? — perguntei, quando o Bernardo se deitou na minha cama, e me arrependi imediatamente.

Ele me olhou confuso, e eu desejei poder enfiar todas as palavras de volta na minha boca.

— Desculpa, eu não quis dizer isso... Eu só, ahm... — gaguejei.
— Só quis implicar com você. Você sabe como gosto disso.
— Disso o quê? — ele indagou, com o olhar perdido.

— De implicar com você. E de ter você aqui, também. Juro que falei sem pensar. Além disso, nem pense em ir embora, porque tenho planos pra amanhã — disse depressa, tentando mudar o foco da conversa.

— Planos pra amanhã?

— Sim. E pra depois de amanhã. E depois de depois de amanhã. Até o fim das férias. — O termo me doeu, mas espantei os pensamentos. Não queria pensar nisso. Na partida dele.

— Eu posso ir pra casa. Sabe, dá pra você me chamar pelo muro. Já fez isso antes. — O Bernardo deu de ombros.

— É, eu já fiz — respondi, saudoso, e me senti triste por ter sugerido que ele voltasse para casa. Se eu estivesse no lugar do Bernardo, o último lugar em que gostaria de estar seria na minha casa. Gostaria de estar perto dele. — Mas não importa. Você vai dormir aqui de novo. E de novo e de novo, ok?

— Ok. Minha mãe sabe disso?

— Vai ficar sabendo. LÍLIAAAAAAN! — gritei pela janela, e ele se assustou, levantando-se da cama e vindo atrás de mim.

— O que você está fazendo?!

— LÍLIAAAAAAN! — tornei a gritar.

— O que é isso, Lucas? — minha mãe ralhou, de longe.

— Só quero falar com a Lílian! — berrei de volta.

— Existem métodos melhores. — E ela apareceu na soleira do meu quarto. — Além disso, a Lílian não está em casa. Ela saiu um pouco antes de vocês chegarem.

— Ah, é... — O Bernardo baixou a cabeça. — Na certa pra resolver mais algumas questões da *incrível* mudança... Obrigado, Denise.

— Sua mãe disse que você pode ligar para ela no celular, querido, e que é pra você dormir aqui de novo. Achei que não iria se importar. A Lílian deixou as chaves aqui comigo, caso você precise pegar roupa ou algo do tipo. Você quer?

— Ah, acho que sim, Denise. Daqui a pouco vou lá em casa... Amanhã, eu e o Lucas vamos sair.

— Ah é? Pra onde?

— Segredo, mãe — respondi.

— Segredo? — Ela franziu a testa.

— Sim. O Bernardo também não sabe. Depois te conto. — Sorri.

— Ora, vocês dois! Juízo! — E ela se foi.

Me afastei da janela e deitei na cama. Ele sentou na beirada, e eu arredei. Ele pareceu triste.

— Tá tudo bem? — perguntei.

— Sim. Só estou pensando.

— Em quê?

— Será que vou ter que dormir aqui na sua casa todos os dias até eu ir embora?

— Isso seria um problema?

— Sim. Quer dizer, não... Bom, não deveria ser, né? Mas acaba sendo, nessas condições.

Eu sabia quais eram as condições. Era a incerteza sobre quanto tempo ainda tínhamos, quando nos veríamos de novo, como seria dali pra frente. Me senti triste e quis poder fazer alguma coisa para alegrá-lo.

— Bernardo... — chamei, e ele me olhou. — Você vai dormir na sua casa hoje!

— O quê!? Tá doido? Pensei que você quisesse que eu ficasse aqui.

— Eu quero. Mas hoje não. Vamos dormir lá. Você faz pipoca, ok?

O Bernardo riu, e eu fiquei feliz. Talvez mais do que ele.

— Tudo bem. Sua mãe vai deixar?

— Quando ela notar será tarde demais. — E pisquei para ele.

8
Bernardo

Eu estava ansioso. Era impossível disfarçar. Eu e o Lucas ficamos colados na janela, olhando o céu escuro. As muitas nuvens tornavam impossível conseguir ver as estrelas. Um vento frio sacudia as árvores, e parecia que logo o tempo iria virar. Fiquei feliz por ter aproveitado aquele que talvez fosse o último dia de sol.

O Lucas se afastou, viu a hora no visor do celular e me olhou cheio de expectativa. Sussurrou:

— Espera aqui!

Assenti energeticamente.

O Lucas não conseguia parar de sorrir; ele parecia um menino de cinco anos doido pra roubar docinhos da festa do coleguinha da escola.

Ele saiu do quarto, e eu fiquei lá, olhando pro nada. A minha casa estava na total escuridão. Nem minha mãe nem meu pai estavam lá. Aonde será que tinham ido?

Eu tinha certeza de que a mudança seria o início de um emaranhado de segredos sem fim. Eles me escondiam muitas coisas. E as dúvidas sobre o que ocultavam de mim vinha consumindo meu ânimo pouco a pouco. A ansiedade parecia apertar meu pescoço, me impedindo de respirar.

Quando a porta se abriu de novo, os olhos do Lucas brilhavam.

— Vem — ele sussurrou, me chamando, com a porta entreaberta.
— Mas em silêncio...
Esbocei meu melhor sorriso e fui.

* * *

Assim que saímos da casa do Lucas, o vento nos chicoteou com violência. Eu podia sentir a umidade no ar.
— Vamos logo! — me fiz ouvir por cima do uivo do vento.
O muro que separava a minha casa da do Lucas não era tão alto. Eu dei um impulso pra cima e sentei no muro. Com uma perna pro lado do quintal do Lucas e a outra voltada pro meu, esperei que ele viesse.
O Lucas tentou me imitar, mas teve dificuldade. Fisicamente, ele era menor e mais fraco. Assim, não conseguiu se segurar e acabou caindo meio desajeitado no quintal. Eu o olhei, prendendo o riso, mas o Lucas parecia triste consigo mesmo.
— Não precisa se chatear! — Pulei de volta pro quintal dele.
O Lucas continuava sentado no gramando, e eu me ajoelhei diante dele.
— Eu só queria ser diferente, às vezes — ele resmungou, me olhando sério. — Queria ser mais forte... Queria ser...
— Ei! — eu o interrompi. — Para de falar besteira.
— É sério, Bê... Eu...
— Olha, cala a boca, tá?! Vem logo antes que...
E então uma chuva forte desabou. Em questão de segundos já estávamos encharcados. Por impulso, segurei a mão do Lucas e o ergui.
A mão dele era quente e macia.
A chuva estava fria e cortante.
E eu gostava das duas sensações juntas...
Arrastei o Lucas até o muro e me agachei, entrelaçando os dedos pra fazer um apoio pra ele pisar e poder subir no muro.
— Vai! — ordenei.
O Lucas obedeceu. Pisou em minhas mãos, se impulsionou e alcançou o muro. Logo em seguida, eu me icei de novo. Caímos do outro lado, rindo alto, e corremos, meio sem equilíbrio, pra varanda da minha casa.

O Lucas já tremia de frio, e eu também. Então, tratei de tirar logo a chave do bolso e abri a porta que dava na cozinha. Eu não saberia dizer se era eu ou a casa, mas assim que entramos a sensação que tive foi de que tudo estava vazio, gélido e oco.

Lucas me despertou de meus pensamentos:

— Bê... Ahm... Eu posso pegar uma roupa sua?

Assenti.

— Lógico. Vai lá no meu quarto e pega. Aproveita, liga a TV, escolhe o filme e traz uma roupa para mim.

Lucas me olhou com desdém:

— E onde fica a minha senzala, senhor?

Eu comecei a rir, enquanto o Lucas subia as escadas pro quarto. Tirei a camisa e a bermuda jeans. As roupas estavam terrivelmente encharcadas. Deixei-as num canto da cozinha, peguei a pipoqueira, óleo, manteiga, milho e comecei a fazer pipoca da forma tradicional, sem micro-ondas. O Lucas dizia que o gosto era incomparável. Em instantes, o milho começou a estourar, e eu fiquei lá, no escuro, olhando pro nada, ouvindo as pequenas explosões dentro da pipoqueira.

Depois de um tempo, ouvi o Lucas descendo as escadas. Como estávamos ali escondidos, decidimos não acender nenhuma das luzes.

— Cuidado pra não cair! — falei, num forte sussurro.

— Tudo bem! — ele respondeu no mesmo tom. — Já estou quase chegando...

E então ele apareceu na entrada da cozinha.

O Lucas vestia uma camiseta minha bem larga, com o símbolo dos Rolling Stones estampado, e um short azul que lhe parecia um pouco grande também. Ele carregava um bolo de roupas contra o peito. Sua boca se abriu assim que ele me viu.

— Você está de... cueca... — ele disse.

Comecei a rir e dei de ombros.

— Eu sei. Como se tivesse algo diferente pra reparar... Você já cansou de me ver de sunga...

Lucas abriu um sorriso engraçado.

Ploc... Ploc... As pipocas estouravam.

— Mas a sua cueca é... branca — ele disse, totalmente sem graça.

— E cuecas brancas... ficam...

Olhei para baixo. A minha cueca estava transparente. Mas eu e o Lucas somos tão próximos que eu, sinceramente, não senti vergonha, ainda mais na penumbra em que estávamos mergulhados.

— Deixa disso! — falei, fazendo uma careta.

Me aproximei do Lucas e peguei minhas roupas das suas mãos. Ele tremia.

— Você ainda está com frio? — Coloquei minhas roupas em cima da bancada de mármore.

O Lucas coçou a cabeça e riu.

— Acho que sim... Sei lá...

Ploc... Ploc...

Concordei com a cabeça, enquanto arriava minha cueca até o chão e colocava a calça cinza de moletom, que ele havia trazido para mim, e uma camisa com estampa do Batman. Peguei a toalha que o Lucas trouxe e sequei um pouco dos meus cabelos castanho-claros. Quando olhei pro Lucas de novo, na escuridão da cozinha, ele ainda me encarava.

— O que está olhando? — perguntei.

O Lucas baixou a cabeça.

— Só estou assustado... E... surpreso.

— Assustado e surpreso com o quê?

Ele foi até o fogão e apagou o fogo da pipoca.

O cheiro de queimado tomou conta da cozinha.

— Assustado e surpreso porque foi a primeira vez que você queimou sua pipoca. — Ele deu risada.

Xinguei silenciosamente vendo o grau de estrago que eu havia causado. Isso sim era motivo pra ficar envergonhado.

* * *

Subimos pro meu quarto. Por sorte, ele era amplo e tinha uma cama de casal. Deitamos ali, um do lado do outro, e eu puxei o edredom por cima de nós dois. Depois da notícia da mudança pra um lugar tão distante, ficar perto do Lucas parecia ser a única coisa que ainda me ligava à vida que eu tinha antes de tudo.

Ficamos por um bom tempo calados, vendo alguma animação francesa e comendo o resto de pipoca que sobrara.

Ultimamente, eu vinha me sentindo exausto, triste e esgotado. Mas, naquele momento, eu estava feliz.

Deitei a cabeça no ombro do Lucas e fiquei lá. Me senti tão relaxado que logo adormeci... A última coisa que me lembro é de um ser místico sussurrando: "Qual é o seu desejo?"

Qual é o seu desejo?

Qual é o seu desejo?

Qual é o seu desejo?

Ecos começaram a disparar na minha cabeça.
No sonho, eu ainda não havia achado a resposta.

9
Lucas

— *Olha, cala a boca, tá?! Vem logo antes que...*

Pingos de chuva me atingiram com força, como se eu estivesse entrando de cabeça em uma piscina. A sensação da chuva caindo era como uma ducha fria, natural e abrangente. E então o Bernardo procurou minha mão no escuro, a encontrou, segurou e me ergueu.

E esse sonho foi o que ficou na minha cabeça o resto da noite, e enquanto eu tentava dormir de novo, a toda hora surgia a imagem do Bernardo me içando pelas mãos na chuva. Sem roupa na cozinha. Queimando a pipoca. Debaixo do edredom comigo.

De uns tempos pra cá, cada coisa que ele fazia mexia comigo nos mínimos detalhes. Talvez fosse porque sabíamos que tínhamos pouco tempo.

Acordei antes dele, no dia seguinte, com a luz que entrava pelo quarto, pois o Bernardo deixara as cortinas abertas. A vidraça ainda estava um pouco molhada. Me levantei devagar da cama, ainda usando o blusão do Bernardo e seu short superlargos. E ele nem parecia tão maior que eu.

Coloquei o edredom em volta do Bernardo, devagar para não acordá-lo. Desci devagar as escadas, sentindo o cheiro da pipoca queimada da noite anterior. Abri a porta e fui pra casa.

Ao chegar, deduzi que meus pais ainda dormiam. Portanto, minha mãe ainda não havia notado que eu não tinha dormido em casa.

Entrei no meu quarto, escondi o bilhete que deixara pra ela na véspera e baguncei nossas camas, pra parecer que havíamos estado lá. Peguei bermuda, camisa, meia e tênis e coloquei na primeira mochila que vi. Depois, fui pra cozinha, peguei algumas frutas, biscoitos, enchi três garrafinhas de água e tentei colocar o máximo que consegui na mochila. Em seguida, apanhei um forro que estava na bancada e mais algumas besteiras que encontrei no armário. Escrevi um novo bilhete pra minha mãe: "Fui aproveitar as férias. Chego com o Bê no fim da tarde. Beijo!"

Saí devagar da cozinha tentando equilibrar tudo. Fui até o lugar onde estivéramos no dia anterior, antes de pularmos o muro. Peguei minha bicicleta da melhor forma que pude e tentei sair da propriedade. De alguma forma, consegui, sem derrubar nada.

Entrei de novo no quintal do Bernardo, desta vez usando o portão. Deixei a bicicleta ali e entrei na casa. Coloquei na bancada da cozinha a mochila e as coisas que trazia nas mãos, e subi em silêncio de novo, até o quarto dele.

O Bernardo ainda dormia como um bebê. Estava tão sereno, parecendo distante de todos os problemas que vinha enfrentando.

De novo, eu quis poder fazer alguma coisa...

Será que ele não podia morar comigo? Já vivíamos tão juntos mesmo... Ah, essa não podia ser uma ideia tão ridícula assim...

Pus de lado os pensamentos e fui até a escrivaninha do quarto dele. Tinha um aparelho de som em cima dela. Liguei e dei play.

Às vezes, se eu me distraio,
Se eu não me vigio um instante,
Me transporto pra perto de você.
Já vi que não posso ficar tão solta,
me vem logo aquele cheiro,
que passa de você para mim
num fluxo perfeito.
...

Ele se remexeu na cama, e eu sorri por dentro. Nós amávamos aquela música.

— Bernardo, acorda! — sussurrei. — O dia já nasceu e já passou da hora.

— Hora de quê? — ele indagou, sonolento e ainda abrindo os olhos. Achei graça.

— De começarmos nossas férias!

— Achei que já tínhamos começado.

— Anda, levanta logo!

— As férias podem esperar mais cinco minutos, Lucas. — E ele enfiou a cabeça no travesseiro.

Bufei.

— Bernardo, não me obrigue... — ameacei, mas ele não se mexeu.

— Ber... nar... — rosnei, chegando perto da cama e agarrando meu travesseiro. — ...do! Acorda! — gritei, acertando ele com o travesseiro.

O Bernardo se encolheu e eu o acertei de novo, e de novo, até que ele começou a se sacudir na cama, rindo.

— Meu Deus, que horas são? — o Bernardo quis saber, segundos antes de levar o travesseiro bem na cara.

— Hora de aventura — brinquei, fazendo referência a um desenho que amávamos. — Anda!

— Lucas, o que é que você tomou? Não são nem sete e meia ainda, e eu que costumo acordar de bom humor... *Você* costuma ser o cara chato! — Ele olhou pro aparelho de som na escrivaninha. — E Pitty? *Equalize*? Jura?!

— Levanta dessa cama logo, vamos sair. Não me faça te acertar de novo — desafiei.

O Bernardo tombou de novo na cama, rindo. Rindo também, eu pulei pra cama, atacando-o com o travesseiro e depois fazendo cócegas. Ele gargalhava loucamente.

— Já vou, já vou! — o Bernardo gritou, entre uma risada e outra.

— Tarde demais. Agora você sofrerá as consequências. — E o ataquei com mais fúria ainda.

Ele começou a ficar vermelho, rindo alto, e eu não conseguia me controlar e parar.

— Lucas, sério... — ele disse, ofegante. — Eu não consigo me levantar... com você... fazendo cócegas... — Outro ataque de riso.

De repente, o Bernardo segurou minhas duas mãos com uma mão só e, rapidamente, girou os braços em volta de mim, como um abraço. Eu fiquei imobilizado. E surpreso.

— Agora, sim — ele disse. — Quero ver me cutucar agora. — E tombou de volta na cama, agarrado à mim.

O Bernardo estava quente, talvez pelas cócegas. Ele não me soltou, e eu não consegui me mexer. Mas nem fiz esforço algum. Ficamos deitados por um tempo, ele me segurando, e eu sem lutar. Senti sua respiração se acalmar aos poucos, e me acalmei também. Me senti em paz. E a sensação de tê-lo me abraçando era diferente. Quando o Bernardo me abraçava, era de verdade. Não que os outros abraços fossem de mentira, mas o abraço dele era acolhedor e caloroso. Raro e valioso. E confortável. Eu me sentia seguro.

As músicas continuaram tocando, eu não sei quantas foram. De repente, um carro passou e buzinou na rua, nos assustando. Dei um pulo, e ele acabou me soltando.

— Poxa... — falei sem graça. — Levanta daí. Temos um passeio agora. Vou lá embaixo me trocar no banheiro. E vamos andar de bicicleta, então, vá preparado. — E saí rápido do quarto dele.

Fui pro banheiro, troquei de roupa, calcei os tênis e fui pra sala. Ele não havia aparecido. Subi as escadas de madeira observando as paredes claras, com algumas fotos penduradas. O som ainda tocava.

Cheguei ao fim do corredor, ao fim da escada, e virei para entrar no quarto dele. E levei um susto: o Bernardo estava de costas, nu, começando a se vestir.

— Ai, meu Deus! Vou te esperar lá embaixo. — E disparei pelo corredor, ouvindo suas risadas altas vindas do quarto dele.

Senti meu rosto quente; eu devia estar corado de vergonha. Desci as escadas e fui direto pra cozinha; bebi um pouco de água gelada e só então ouvi os passos dele vindo pela escada.

— É melhor que esteja vestido! — gritei.

— Lucas, você podia muito bem ter coberto os olhos! — Ele tornou a rir alto. — Além disso, vamos combinar que não temos nada diferente um do outro!

Dei de ombros, ainda envergonhado. Ele pegou uma maçã na fruteira, e eu fui em direção à porta.

— Aonde você vai? — ele perguntou.

— Pode começar a me seguir. — Apanhei a mochila, coloquei nas costas e fui pegar minha bicicleta.

* * *

— Lucas! Dá pra ir devagar? — o Bernardo falou, atrás de mim. — Você não está nas Olimpíadas!

— Anda logo! Quero chegar lá ainda hoje — respondi, pedalando mais rápido e sentindo meus pulmões queimando, contrastando com o vento que batia nos meus cabelos cada vez mais, à medida que subíamos a ladeira.

— Aonde você quer chegar? — Ele ofegava. — Ao céu?

— Não seria má ideia! Mas para de falar e pedala. Estamos quase chegando!

Menos de dez minutos depois, chegamos ao topo da colina mais alta da nossa cidade. O caminho até lá era cheio de trilhas e a mata não era fechada, o que propiciava a subida. Subir depressa e de bicicleta pode ter sido uma má ideia, porém. Afinal, eu não era nada atlético e sentia que ia desmaiar de cansaço e fome a qualquer momento.

Saltei da bicicleta com as pernas fracas, escorei a bicicleta na única árvore que tinha ali em cima, me joguei no chão e respirei fundo. Naquele momento, entendi o motivo pelo qual eu decidira fazer aquela loucura: a vista era simplesmente maravilhosa!

Nossa cidade era cercada por montanhas e não tinha muitos prédios. Lá de cima, não dava pra diferenciar pessoas de sombras, casas de prédios ou carros de qualquer outra coisa. Tudo era pequeno, e pela primeira vez experimentei a sensação de ser grande e capaz. Eu podia enxergar tudo de cima, e quase me vi por cima daquilo tudo, de todos os problemas que lá embaixo pareciam tão grandes.

Talvez não fosse tão ruim assim pro Bernardo estar saindo daqui. Eu não podia culpar o pai dele por querer o melhor. O que ele poderia ter naquela cidade minúscula, cheia de gente mesquinha e vidas limitadas a nascer, brincar de viver e morrer ali, no meio das montanhas que nos cercavam?

Ali em cima, eu me senti como no alto do muro entre a minha casa e a casa do Bernardo. Eu poderia saltar ou ficar em casa. Eu podia fugir ou estagnar ali, sozinho.

O Bernardo sentou do meu lado e apoiou a cabeça no meu ombro.

— No que você está pensando? — ele quis saber.

— No vento. Ele podia levar nós dois daqui.

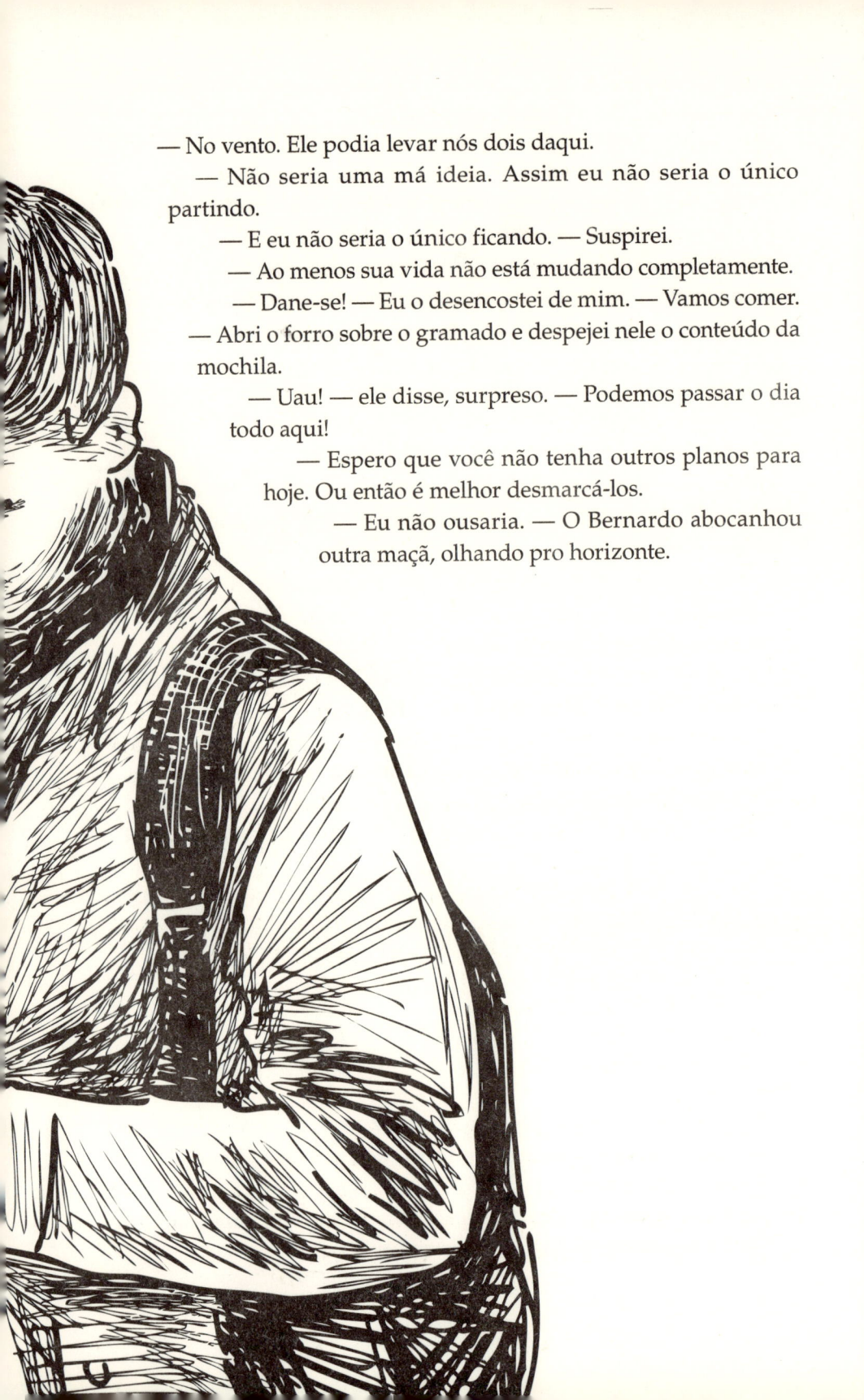

— Não seria uma má ideia. Assim eu não seria o único partindo.

— E eu não seria o único ficando. — Suspirei.

— Ao menos sua vida não está mudando completamente.

— Dane-se! — Eu o desencostei de mim. — Vamos comer. — Abri o forro sobre o gramado e despejei nele o conteúdo da mochila.

— Uau! — ele disse, surpreso. — Podemos passar o dia todo aqui!

— Espero que você não tenha outros planos para hoje. Ou então é melhor desmarcá-los.

— Eu não ousaria. — O Bernardo abocanhou outra maçã, olhando pro horizonte.

10
Bernardo

Era como um mundo só nosso. Eu e o Lucas ali, na colina, com o vento sacudindo nossos cabelos.

No ponto em que estávamos, eu me sentia mais próximo do céu. E longe de toda a dor. Podia me esquecer da mudança repentina dos meus pais, dos segredos que eles compartilhavam aos sussurros um com o outro, e de toda a confusão para a qual eu fora arrastado até então.

Ali em cima só havia eu e o Lucas... E a paz.

Passamos a tarde toda lá, e, por incrível que pareça, me senti bem alimentado.

Teve um momento, durante o pôr do sol, em que o Lucas disse que devíamos voltar pra casa antes que escurecesse. Mas eu não queria ir.

— Por mim, eu dormiria aqui! — comentei, sem pensar muito.

O Lucas me olhou de lado e soltou um suspiro.

— Você sabe que não podemos.

— E por que não?!

— Meus pais dariam falta, né?! — o Lucas explicou, como se fosse a coisa mais óbvia.

Olhei para os meus pés no gramado verde.

— Sim... Os *seus* pais dariam falta. Os meus...

— Ei! — O Lucas me empurrou de leve. — Não fale assim. Você sabe que seus pais te amam. Eles só estão passando por um momento difícil e... Bem, eles estão cuidando do seu futuro, certo?

— Cuidando do meu futuro? — repeti, porque de repente as palavras me soaram irreais demais.

O Lucas deu de ombros e me olhou na defensiva; ele sempre fazia essa cara quando estava pensando muito sobre algo e tentando encontrar as melhores palavras para se expressar.

— Bernardo, nós moramos numa cidade pequena, e... poxa, você é tão talentoso e tão incrível! Aqui, suas oportunidades pra crescer são muito limitadas. E isso, querendo ou não, em algum momento vai te fazer infeliz...

Fiquei em silêncio por instantes, absorvendo as palavras do Lucas. Meu coração estava acelerado e eu senti um pouco de raiva dele.

— Então quer dizer que se fosse você no meu lugar tudo estaria bem? — a pergunta saiu antes que eu pudesse segurá-la comigo.

O Lucas me olhou meio assustado.

— Não foi isso o que eu quis dizer... É que...

Levantei-me do chão.

— Eu não quero mais falar disso — eu o interrompi, nada disposto a prosseguir com aquilo.

O Lucas ficou me olhando por um tempo, ruminando minhas palavras, mas, por fim, apenas assentiu. Depois de um tempinho ele se levantou também e ficou parado ao meu lado, fitando a cidade lá embaixo.

— Antes de irmos, quero fazer uma coisa... — afirmei, de supetão.

O Lucas me encarou com uma das sobrancelhas erguida. O vento sacudia os cabelos negros dele.

— Espero que não seja nenhuma loucura...

— Não é! — assegurei. — Só preciso da sua faca.

O Lucas arregalou os olhos.

— Bernardo, o que...

— Lucas, não seja bobo! — Ri da cara dele. — Só preciso da faca...

Embora ainda desconfiado, o Lucas remexeu dentro da mochila, onde ele já havia guardado a maioria das coisas que trouxera, e colocou a faca na minha mão, parando ao meu lado. Me aproximei então da árvore gigantesca que tinha ali no topo do vale e comecei a forçar a faca contra o tronco. Me posicionei, de propósito, à frente de onde eu trabalhava com a faca, para que o Lucas não visse nada.

Eu sentia a presença dele bem perto; sua respiração quente desabava bem no meu ombro. Mas o Lucas não reclamou do meu boicote à sua visão... Ficou quieto e esperou.

Quando acabei, saí de perto para que ele visse.

O Lucas ficou um tempão olhando pro tronco. Sério. Deve ter sido uns cinco minutos.

Acabei me sentindo incomodado pela quietude dele e fiquei de costas pro tronco, voltando a admirar a paisagem. Ou pelo menos fingindo. O céu estava lindo naquele momento; todo alaranjado, com pequenos tons de roxo e rosa. Era o crepúsculo mais lindo que eu já havia visto.

— Vamos? — a voz dele me sobressaltou.

Quando me virei, o Lucas já estava montado na bicicleta. Seus olhos brilhavam; pareciam levemente marejados. Ele não precisava me dizer nada.

Assenti, caminhando até a minha bicicleta.

Fitei mais uma vez o tronco da árvore.

Ali estava a inscrição que eu fizera — "B e L" —, que ficaria marcada naquele lugar pra sempre.

Montei na bicicleta e segui o Lucas, que descia o vale à minha frente.

Eu queria ter sussurrado "até logo" pro bosque. Porém, sussurrei "adeus".

* * *

Descemos o vale meio que em silêncio, e de repente isso começou a me incomodar. Mas eu não o quebraria, de forma alguma... Talvez tivesse errado ao escrever as iniciais dos nossos nomes na árvore. Mas qual o problema em fazer isso entre melhores amigos? Era um ato simbólico e especial...

Quando chegamos à nossa rua, o Lucas disse que, caso eu quisesse, podia ir lá pra casa dele. Observei minha própria casa — as luzes continuavam apagadas. Será que de novo não tinha ninguém em casa? Pensei em ligar para os meus pais, mas se eles não estavam dando a mínima pra mim, que fossem se danar!

— Não quero! — afirmei, respondendo ao convite do Lucas, com mais raiva do que eu esperava.

O Lucas me encarou, surpreso.

— O que eu fiz, Bê?

— Nada, tá? Nada.

Minha cabeça pegava fogo, minhas mãos tremiam. Eu só queria desaparecer...

— Bê...

E então, sem pensar, comecei a pedalar rápido. O mais rápido que eu podia.

O vento uivava no meu ouvido.

O vento chicoteava meu rosto.

O vento fazia meus olhos arderem.

O vento fazia com que eu me sentisse vivo.

Por um momento, tudo pareceu certo.

Ao longe, eu escutava os gritos do Lucas...

E então aconteceu...

No segundo em que olhei pra trás, pra ver o Lucas, e então voltei a olhar pra frente, a roda da bicicleta encostou bruscamente no meio-fio, e perdi o controle. Caí no asfalto, de joelhos, num ângulo estranho.

Senti as lágrimas chegando aos meus olhos...

Senti minha pele sendo esfolada...

Senti o sangue escorrendo.

Senti a dor.

Fiquei no chão ainda por um tempo; parecia que o mundo estava sacudindo. Era uma sensação horrível. E minha visão só ganhou foco quando encontrei o rosto do Lucas a centímetros do meu. Sua boca se movia rápido, mas eu não entendia bem o que ele dizia. Só lembro de ele ter me ajudado a levantar, e mesmo sendo menor e mais fraco que eu, o Lucas jogou meu braço ao redor do seu ombro sem titubear e me arrastou de volta pra minha casa.

Ele abriu a porta e me pôs sentado na cozinha, no escuro. Depois saiu. Examinei os meus joelhos. O sangue serpenteava pela minha pele.

Logo em seguida, o Lucas reapareceu.

— Fui botar as bicicletas pra dentro — ele me explicou, deixando a mochila na bancada. — Agora, vem.

Obedeci, sem saber pra onde estávamos indo.

O Lucas me guiou pro banheiro, e quando chegamos lá, ele me sentou na privada com a tampa fechada. Todas as luzes da casa estavam apagadas, mas a iluminação da lua, que entrava pelas janelas, era confortável e suficiente pra nos fazer enxergar.

Com delicadeza e muita calma, o Lucas se posicionou na minha frente. Ele se inclinou, pegando a barra da minha camiseta e a levantando. Por um milésimo de segundo, senti as pontas dos seus dedos roçando a minha barriga e um arrepio nasceu pela minha espinha.

Após tirar minha camiseta, o Lucas desceu as mãos para o botão da minha bermuda jeans. Eu apenas o encarei, surpreso. Mas o Lucas, notavelmente, fazia um grande esforço para que nossos olhares não se encontrassem. Ele agia com a calma e a frieza de alguém que sabia o que estava fazendo; quase um profissional. Então, baixou o zíper e, com todo o cuidado, foi tirando a peça, devagar para que não tocasse o meu machucado.

Assim que ele deixou minha bermuda cair no chão, eu soltei um risinho.

— O que significa isso?

O Lucas deu de ombros, com desdém.

— Estou tentando te ajudar, Bê...

— Você vai mesmo me dar banho?

O Lucas coçou a nuca.

— Você não vai conseguir tomar banho sozinho, vai?

Eu o olhei em tom de desafio.

— Não. E eu agradeço a sua ajuda... Mas é meio injusto, não?

— O que é injusto? — ele perguntou, de cenho franzido.

Tentei parecer sério, mas meu sorriso ficou grudado na cara. Provocar o Lucas era um prazer inenarrável.

— Que você já tenha me visto pelado duas vezes, em poucas horas, sendo que eu não tive a mesma oportunidade em relação a você... Quero dizer, você vai me dar banho, né? Que tal tomar banho também?

— Oi?! — O Lucas arregalou os olhos. — Tomar banho?! Com você?!

Eu olhava pra ele, sério.

— É. Qual o problema?

— É que... É que...

Me lembrei da atitude do Lucas quando viu o que eu escrevi na árvore. A recusa dele somada a essa lembrança me inflamou de alguma forma.

— Não precisa dizer nada! — eu falei, ríspido.

O Lucas suspirou. Parecia exausto.

— Bernardo, não é isso... É que...

E então ouvimos o barulho do carro dos meus pais entrando na garagem da minha casa. Nossos olhos se arregalaram. Era estranho, mas ser encontrado pelos meus pais naquela situação com o Lucas não me pareceu muito adequado.

— Vai pra casa! — Eu o empurrei pra fora do banheiro, meio mancando.

— Você me liga? — ele perguntou.

— Sim.

Assim que o Lucas saiu, fechei a porta com força e fui mancando para o boxe. Liguei o chuveiro, coloquei na água mais gelada, e fiquei lá por quase uma hora. A água, ao bater no ferimento, fazia arder de forma insana. Mas eu deixei...

Sentir a dor parecia ser a única coisa que me restara.

* * *

À noite, meu pai veio ao meu quarto conversar comigo, com o semblante bem pesado.

— Oi, filho.

Como meu notebook estava aberto no meu colo, não tirei os olhos da tela. Eu me sentia magoado com ele, com a minha mãe, com todo o mundo.

— Eu sei que eu e sua mãe não estamos sendo muito honestos com você... Mas é que... É difícil. Ser adulto é difícil.

— Ter dezesseis anos e estar prestes a se mudar pra longe de todos que você conhece também.

— Bernardo... — Meu pai se sentou ao meu lado e me olhou com atenção; parecia estar escolhendo mentalmente as palavras certas pra usar. — É que... às vezes, na vida, temos de fazer escolhas que vão acabar impactando na vida de quem gostamos também... Mas é preciso ter coragem. É preciso pensar nos ganhos que chegarão lá na frente.

Fechei o notebook, com raiva.

— Eu nem consigo ouvir isso! — Cruzei os braços. — Sei que seu emprego é importante pra você... Sei disso tudo! Mas, nossa, há coisas mais significativas que apenas dinheiro! Você tem um bom emprego aqui. A mamãe tem um bom emprego aqui... E...

Meu pai pressionou as têmporas com os dedos. Ele era jovem, com seus 38 anos. Mas agora, naquele instante, parecia um idoso cansado.

— Bernardo, esse assunto não está em discussão.

— Você e minha mãe são incrivelmente egoístas! — rosnei, sem me importar com o real valor das minhas palavras.

Meu pai me encarou com severidade e abriu a boca, como se estivesse prestes a me responder à altura. Mas então tornou a fechá-la, pressionando os lábios com força, e se levantou da minha cama.

Me virei pra porta e vi minha mãe parada na soleira, sem dúvida, preocupada. Meu pai me lançou mais um olhar e então saiu do meu quarto sem dizer nada.

Eu queria socar alguma coisa. Queria *explodir* qualquer coisa!

Naquele momento, meu celular me trouxe de volta de toda aquela ira. Peguei o aparelho e vi a foto do Lucas no visor. Recusei a chamada e tentei dormir. Mas tudo o que eu conseguia fazer era chorar.

Agora não era apenas o meu joelho ralado que doía. Meu coração doía também.

11

Lucas

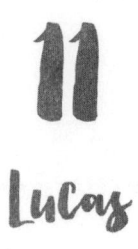

Saí da casa do Bernardo com pressa e ainda tremendo pelos últimos acontecimentos. Passei pelo portão da casa dele, da minha, e fui direto pro meu quarto.

Deitei em silêncio na minha cama e fiquei olhando para a janela do Bernardo. Vi a sombra do pai dele lá dentro e me perguntei o que eles estariam falando. Pouco depois, o Carlos saiu do quarto. Esperei mais alguns instantes, mas não muitos. Estava curioso demais. Digitei correndo o número do Bernardo. Chamou duas vezes, e então ele desligou. Olhei de novo pra janela, e a luz se apagou. Fiquei preocupado, mas achei melhor não ligar de novo.

Estiquei a mão até o criado-mudo ao lado da minha cama e peguei o MP3 velho que minha mãe tinha me dado de presente alguns anos atrás. Me lembrei de quando, uma vez, eu o perdi e fiquei desesperado. Procurei em todos os lugares possíveis por horas e quando cheguei em casa ele estava em cima da minha cama com um bilhete: "Repaginado. E com músicas boas, dessa vez. Bom proveito: Bê."

Eu nunca consegui deletar nenhuma daquelas músicas.

Coloquei meus fones de ouvido e dei *play* sem ver o que iria tocar. Por sorte, era uma das minhas canções favoritas: *Hate To See Your Heart Break*, do Paramore.

Fechei os olhos e fiquei pensando na música, nas férias, no último ano do ensino médio que viria, e as provas dos vestibulares, logo depois. No que estava acontecendo na casa do Bernardo e na cabeça dele... E no que eu faria depois que ele fosse embora.

Não conseguia me iludir dizendo a mim mesmo que continuaríamos nos vendo: ele não se mudaria de cidade, ele se mudaria de continente. O oceano já parece grande demais, e ainda nem separara nós dois.

Continuei ali, olhando para a janela dele e imaginando o quão turbulento poderia estar aquele quarto. E o quanto eu gostaria de poder ajudá-lo. Tinha feito a lista de "coisas incríveis pra deixar o Bernardo feliz", mas será que estava funcionando? Ele disse que me ligaria, mas não dera notícias. Estaria apenas cansado do dia? Ou cansado de mim também, por eu ter me tornado, talvez, mais um problema na vida dele?

E aquele "B e L" na árvore, significava o quê? Que seríamos amigos pra sempre ou que um dia, quando estivéssemos bem velhos — quem sabe mortos —, a única coisa que restaria de nós seria aquela árvore?

Alguém podia rabiscar por cima.

Alguém podia arrancar aquela árvore.

Alguém podia afastá-lo de mim.

Apertei os olhos com força para espantar o pensamento, mas eles arderam. Senti uma lágrima rolar na minha bochecha e eu não consegui entender.

Quis abraçá-lo, mas também quis ser abraçado. E quis que o Bernardo não fosse embora, e quis não ficar pra trás. Nunca imaginei um momento em que o Bernardo não se fizesse presente, e agora isso era uma bomba-relógio colocada em mim. Uma ausência que eu jamais imaginara, e que não queria sentir.

Apaguei a luz quando vi que não era mais útil esperar por sinais dele nas próximas horas. Deitei de novo na cama e continuei ouvindo a mesma música por sei lá quantas vezes. Sentia saudade do Bernardo, embora ele estivesse a apenas alguns metros de mim. E sentiria mais saudade ainda quando ele estivesse longe demais pra pularmos o muro.

Peguei outro travesseiro no armário e voltei pra cama. Abracei o travesseiro com força, como se eu pudesse sufocar com ele todas as minhas dores e dúvidas. E chorei em silêncio por muito tempo, até que adormeci sem saber se o que eu vi eram sonhos ou lembranças.

* * *

— Você já deu a mão para alguém? — O Bernardo de dez anos me perguntou.

— Já, claro — respondi, baixinho.

Os olhos dele brilhavam no escuro, olhando para os meus, e acima de nós as estrelas fluorescentes cintilavam no teto do meu quarto.

— Sério? Pra quem? — Mesmo no escuro, eu podia sentir que ele estava empolgado. Sua voz demonstrava.

— Pra minha mãe, ué. E pro meu pai. E seus pais — afirmei, como se aquela fosse a resposta mais natural do mundo.

— Não, né, Lucas?! Assim não!

— *Assim* como, então? — indaguei, confuso.

— Ah, daquele jeito... Como naqueles filmes que você gosta. Um moço pega na mão da moça e eles fazem cara de feliz. Será que é tão bom assim dar a mão? Porque eu não sinto nada quando dou a mão para os meus pais. Ou para os seus. É só pra atravessar a rua ou pra eu não sair correndo.

Eu me senti empolgado com aquela conversa. E surpreso.

— Ah, não. Nunca peguei na mão de ninguém que não fosse pra atravessar a rua. Ou para dar oi.

— Será que é bom, Lucas?

— Sei lá. A mão deve ficar suada. A da minha mãe fica.

— Eca! Talvez seja nojento.

— É, mas talvez não.

— Como não?

— Suor não é tão nojento assim, Bê. Quer dizer, se fosse tão nojento as pessoas não fariam isso o tempo todo, né?

— Você não acha suor nojento?

— Não. Depende... Você sempre fica todo suado depois da aulinha de futebol. Ou depois que brincamos na rua. E aí você deita na minha cama ou me abraça... E... eu não tenho nojo de você, Bê.

— Ah, mas isso é diferente. Também não tenho nojo de você.

— Por que não?

— Não sei. E você?

— Também não sei.

O Bernardo ficou em silêncio por alguns minutos. Passado algum tempo, cheguei a pensar que tivesse dormido. Talvez eu devesse fazer o mesmo...

Mas não fiz. Fiquei lá, deitado, olhando para as estrelas no teto do meu quarto e imaginando se era possível "sentir estrelas", como diziam. Elas eram lindas. Talvez eu gostasse de sentir estrelas, caso pudesse. Qual seria a sensação?

— Acho que a gente devia — o Bernardo disse, ainda mais baixo do que quando conversávamos antes.

— Devia o quê? — sussurrei, embrulhado no cobertor.

— Dar as mãos. Sei lá. Pra ver se é nojento.

Não sei por que, mas achei graça.

— Tem certeza de que isso seria uma boa ideia, Bê?

— Sei lá. Por que não seria?

— Sei lá.

— A gente nunca sabe de nada.

— Eu gostaria de saber.

— Como é dar as mãos? — ele perguntou.

— Também.

— E o que mais?

Olhei para o Bernardo e os seus olhos tornaram a brilhar no escuro.

— Eu acho que tem muita coisa ainda pra gente saber. E gostaria de saber todas elas.

— A gente podia começar pelas mãos, Lucas.

Eu não disse mais nada. Descobri o braço, que estava embaixo do cobertor, e o estiquei na direção dele. Tateei no escuro procurando pelo Bernardo. Então, senti: primeiro o braço, depois o pulso, então os dedos, e as mãos se encaixaram.

Talvez porque estivesse frio, nossas mãos não suaram. Nem se desgrudaram, por um bom tempo. Nenhum de nós dois comentou nada; só ficamos lá no escuro, os braços um pouco esticados e nossas mãos se tocando, encaixadas. Senti como se houvéssemos nos conectado ainda mais. De um jeito bom, inédito e especial. Respirei fundo e senti o céu nos meus pulmões.

Eu tinha o melhor amigo do mundo.

Acho que, naquela noite, havia estrelas dentro de mim.

* * *

Despertei segundos depois, com os sentimentos dos sonhos e das lembranças bem acesos em mim. Meu travesseiro ainda estava molhado. Meus olhos ainda ardiam. Minha mão pendia da cama, mas ela não tocava nada. Era a escuridão, o vazio.

A música ainda soava pelos fones, e olhei uma última vez pra janela do Bernardo.

Apagada.

Em um mês, ela não acenderia mais.

12
Bernardo

Quando acordei, meus pais já não estavam mais em casa. Eu ouvi uma conversa dos dois. Minha mãe, principalmente, vinha tendo sérios problemas para se desligar da empresa em que trabalhava. Ela era diretora de uma multinacional, um cargo de confiança, então o esforço era dobrado para deixar tudo em ordem e arrumar alguém que a substituísse com igual competência a tempo.

Desci as escadas, fui pra cozinha, preparei um achocolatado e fiquei lá, sentado, vendo o muro da casa do Lucas pela porta de vidro. Eu sentia como se meu coração estivesse todo rodeado de muros. E as pessoas que eu mais amava — que deviam me amar também —, estavam do lado de fora, se afastando sem olhar pra trás.

Suspirei, cansado. Acabara de acordar, mas minha cabeça já parecia exausta. Manquei até a pia, lavei meu copo e, quando me virei de novo na direção da porta, vi o Lucas pendurado no muro. Que vontade de rir ao vê-lo com tanta dificuldade pra subir! Me arrastei até a porta e a abri. O céu estava cinza e o ar frio bateu no meu rosto como um chicote. Eu estava sem camisa e vestia só uma calça de moletom. O Lucas, pelo contrário, usava um casaco grande de capuz, calça jeans e tênis. Ele segurava uma sacola plástica.

— Olha que menino radical! — falei, rindo.

O Lucas disfarçou o sorriso e saltou, meio desajeitado, para o meu quintal. Deu alguns passos à frente, até recuperar o equilíbrio, e me olhou, com orgulho.

— Oi — cumprimentou, sorridente.

De repente todos os medos e sentimentos ruins que vinham se alastrando pelo meu peito foram embora. Esqueci a minha vida arruinada; esqueci os meus planos destruídos.

— Oi — falei.

Ele desviou o olhar do meu rosto para meu peitoral e demorou um pouco ali. Por causa do futebol, eu até que tinha um corpo privilegiado. Meu peitoral era definido, minha barriga, chapada, e meus ombros tinham músculos visíveis. O Lucas então apertou de leve meu ombro, e foi como se meus ossos se desmanchassem. Me senti estranho... O toque dele era diferente; me provocava tantas reações e sensações...

O Lucas revirou os olhos, como se aquilo não tivesse sido nada pra ele, fechou a mão no meu pulso e me puxou para dentro de casa.

— Sério?! Você quer mesmo pegar um resfriado?! — ele reclamou.

Assim que passamos pela porta, o Lucas a fechou.

— Talvez não seja uma má ideia — falei, sem pensar muito. — Eu pego um resfriado duradouro, que impeça meus pais de viajar, e...

O Lucas forçou um sorriso.

— Estou começando a ver sua viagem por outra perspectiva. Nunca fui pra fora do país; com você em outro continente, já terei um lugar para poder ficar nas férias...

— Está mesmo achando que vou te hospedar na minha casa? — brinquei.

O Lucas revirou os olhos de novo, pronto para me dar alguma resposta, mas eu o cortei, pescando a sacola plástica de sua mão, numa tentativa de mudar de assunto. Não queria mais falar da viagem, muito menos agir como se a mudança fosse ser algo legal e simples. Dentro da sacola havia uns cinco DVDs. Todos de super-heróis.

— Huuuummm... — Cocei o queixo teatralmente. — Acho que seu gosto melhorou bastante...

Ele me deu um empurrão, de leve. Comecei então a caminhar na direção do meu quarto, e o Lucas me acompanhou em silêncio. Ele era a única pessoa no mundo que me fazia acreditar que o silêncio não era tão ruim.

* * *

Começamos uma maratona de todos os filmes mais recentes do Batman. Vimos o *Batman Begins*, deitados na minha cama, e só paramos para fazer chocolate quente. Na sequência, vimos *Batman: O Cavaleiro das Trevas*, e decidimos preparar lasanha pré-congelada.

Estávamos na cozinha, sentados em frente à bancada, esperando a lasanha ficar pronta, e eu acabei falando, sem pensar muito:

— Nossas vidas podiam ser como os produtos pré-congelados que colocamos no micro-ondas, né?

O Lucas me olhou e começou a rir. Ri um pouco também.

— Como assim? — ele quis saber.

Eu apenas dei de ombros, com os olhos fixos na lasanha.

— É que... Sei lá... Seria bom se pudéssemos colocar nossos problemas dentro de um micro-ondas, sabe? E esperar... Esperar... Até que eles estivessem prontos... Até que todos eles deixassem de existir e sei lá... Tivessem só uma lição boa no final.

O Lucas me fitou com um sentimento que eu não pude distinguir. Acho que era compaixão. Mas eu ignorei aquilo e caminhei até o micro-ondas. Dei uma verificada e olhei o Lucas por cima do ombro.

— Está pronta! — anunciei.

Ele abriu um sorrisinho.

— Viu? — ele falou, mas seu sorriso não parecia mais tão animado assim. — O micro-ondas da vida é o tempo... Na hora certa, tudo se resolve.

* * *

Voltamos pro quarto e assistimos ao último filme da trilogia do Batman. Quando acabou, eu e o Lucas apenas ficamos deitados na cama, embaixo do edredom, encarando o teto.

— Ver a trilogia do Batman estava na sua listinha? — acabei perguntando, porque a curiosidade me mordeu.

O Lucas parecia satisfeito consigo mesmo.

— Você sabe, filmes fantasiosos não são muito a minha praia... Então, eu meio que incluí esse programa por você.

— Uau! — Ri baixinho. — Me sinto privilegiado.

O Lucas bufou.

— Você sempre tem que fazer uma piadinha!

Encolhi os ombros, e ficamos quietos de novo. Foi só então que eu escutei um barulho que vinha de longe. Era uma música com batidas eletrônicas fortes.

— Está ouvindo, Lucas? — Eu tentava me concentrar para descobrir que música era.

O Lucas assentiu.

— Acho que vem do parque que vai ficar esta semana aqui na cidade...

— Sério?

Ele me olhou como se eu fosse doido.

— Você passou a última semana de aula inteirinha falando desse parque, Bernardo...

O pior é que era mesmo verdade.

— Eu esqueci completamente... — Fiquei de pé e cheguei mais perto da janela pra ouvir a música. Então olhei pro Lucas em expectativa. — Vamos até lá?

Ele fez cara de preguiça, mas eu acho que insisti tanto que ele não teve como recusar. Logo meus pais chegariam e eu queria poder sair, respirar e me distrair ao máximo.

— Em trinta minutos esteja pronto, aqui, tá, Lucas? — falei, ao vê-lo saindo do meu quarto.

— Certo. Uau. Estou animado — disse ele com a entonação mais monótona do mundo, e se foi.

Era sempre assim. Bastava levar Lucas pra um lugar em que teríamos que interagir com outras pessoas pra ele ficar meio relutante.

Fui até a porta e gritei pra ele:

— Não há problema em sair da lista de vez em quando!

Mas não sei se ele chegou a me ouvir.

13

Lucas

Ir ao parque realmente não estava na lista, mas como meu plano maior era fazer o Bernardo feliz, lá estava eu. O vento frio afugentou um pouco alguns moradores da nossa pequena cidade, visto que o parque não se encontrava tão cheio quanto imaginei que estaria. Me senti secretamente feliz por isso.

Não me lembrava da última vez em que estive em um parque, mas ver todas aquelas luzes coloridas e brilhantes me deu uma sensação muito gostosa. Pouco antes de passarmos pela entrada, respirei fundo e decidi: *Vou me divertir, e dane-se o resto.* Acho que o Bernardo nem percebeu minha mudança de estado de espírito.

— Aonde você quer ir primeiro? — O Bernardo apontava para uma infinidade de brinquedos de metal barulhentos, com luzes em todos os mínimos lugares.

— Não sei. — Dei de ombros. — Você que me trouxe pra cá. Aonde você for, eu vou.

— Hum... Ok! — Ele tentou disfarçar um sorrisinho sutil, provavelmente satisfeito com a resposta e pensando a quais dos mais radicais brinquedos ele me levaria.

E, naquele momento, tudo o que eu desejei foi chegar em casa vivo.

— Montanha-russa primeiro!!! — ele gritou, animado.

E eu me arrepiei. A ideia de uma aventura muito perigosa não me animava nem um pouco. De qualquer forma, fui atrás dele. Enquanto aguardávamos na fila percebi que seus olhos brilhavam como eu não via fazia um tempo, então me animei também.

Minutos depois, já estávamos no nosso carrinho, que começou a subir devagar, fazendo um som metálico assustador abaixo de nós. Me senti nauseado, mas tentei disfarçar.

— Fala sério, não é possível que você esteja com medo! — O Bernardo segurou a minha mão, cujos dedos estavam brancos devido à força com a qual eu apertava o ferro de segurança. — Não vai acontecer nada de errado, só vamos...

Ele não conseguiu terminar a frase, porque o carrinho começou a descer em uma velocidade alucinante. Gritamos juntos, com os olhos arregalados naquela sucessão quase infinita de sobe-desce-vira-daqui-e-dali.

Quando o brinquedo finalmente parou, eu respirei fundo, sentindo todo o meu sangue voltar a preencher as minhas veias. Foi uma sensação bizarra, e eu estava tonto, mas vivo. Quando olhei para o lado, o Bernardo já havia saltado do carrinho e me esperava, se alongando, feliz.

— Você não é humano... — falei, suspirando. — Estou completamente zonzo.

Ele sorriu e, quando eu saltei, me abraçou muito forte. Senti meus ossos estalarem. Fiquei ainda mais confuso e zonzo.

— Está melhor? Voltou com tudo pro lugar?

— Sim — menti. Apesar do abraço colante, não tinha nada em mim no lugar.

**

— Estou com fome — o Bernardo disse, quase quarenta minutos depois, após já termos passado por todos os brinquedos radicais do parque. — Vamos comer alguma coisa?

— Vamos! Desde que você não escolha mais nenhum brinquedo radical. Senão, vou vomitar tudo — brinquei, embora achasse que essa era mesmo uma possibilidade.

— Que nojo! — Ele riu de mim. —Tudo bem, depois disso, só brinquedos calmos. Não quero chegar em casa cheio de vômito de um marmanjo que não consegue se controlar.

Dei um soquinho no ombro dele, de brincadeira, e ri.

À nossa frente havia uma infinidade de carrinhos de comida: cachorro-quente, pipoca, maçãs do amor e até alguns espetinhos de carne. Fiquei mais animado ao pensar em parar pra comer.

— Eu até queria uma pipoca, mas tá frio, então... Vou preferir um cachorro-quente. E você?

— Sério, Lucas? Achei que você ia ficar com a maçã do amor — ele debochou de mim.

— Não enche. Não tenho motivos para querer uma maçã do amor — revidei. — Fico com o cachorro-quente.

— Tudo bem — ele ergueu os braços como se estivesse se entregando. — Como queira, majestade!

Fomos em direção ao carrinho do cachorro-quente. Eu pedi um dos mais básicos, e o Bernardo preferiu o mais completo. Foi engraçado vê-lo tentando morder aquela coisa enorme. Achei que ele iria deslocar o maxilar. Pegamos também dois copos e dividimos uma lata de refrigerante, e comemos encostados em uma grade perto dos carrinhos de comida.

— Eu realmente não quero entrar no assunto, Bê, mas sinto que ele está em todos os lugares...

O Bernardo assentiu com a cabeça:

— Desembucha.

Ponderei por um instante.

— Do que você vai sentir mais falta? — perguntei, curioso.

— De irritar você.

Dei risada. De fato, ele adorava me irritar.

— Disso *eu* não vou sentir falta alguma — menti.

— Sei que vai. Mas você se engana se pensa que eu não vou arrumar um jeito de te encher o saco mesmo estando do outro lado do oceano.

— Ah, mas eu não tenho a menor dúvida de que você vai me encher o saco onde quer que esteja! Esse seu talento ultrapassa qualquer barreira. — Chacoalhei a cabeça, rindo.

73

Ele olhou para mim fingindo estar chateado, mas riu em seguida.

— Sabe mesmo do que vou sentir falta, Lucas?

Eu fiz que não, mordendo o último pedaço do meu cachorro-quente. Já me sentia até um pouco mais aquecido depois de tanto molho.

— De passar vergonha com você no carrossel! — E o Bernardo saiu em disparada em direção ao brinquedo mais concorrido do parque por pessoas com menos de 6 anos.

Fui correndo atrás dele, me preparando para pagar o maior mico em cima de um unicórnio girando na menor velocidade possível.

14
Bernardo

Minhas costas queimavam com os olhares que eram lançados em mim e no Lucas.

Nas caixas de som espalhadas pelo parque, alguma música chiclete da Katy Perry soava alto, e o Lucas cantava para mim, meio rindo, um pouco tímido. Aqueles que nos viam no carrossel ficavam nos encarando por algum tempo, então eu meio que entendia o Lucas.

Eram dez assentos no carrossel, e, além de mim e do Lucas, havia apenas uma menininha loirinha, de rabo de cavalo, que parecia animadíssima por poder dividir os cinco minutos de rodopios com dois adolescentes.

O Lucas escolhera um unicórnio meio fofinho. Eu escolhi um Pégaso branco, com as asas pequenas e a tinta meio descascada. Sempre gostei de mitologia grega e, coincidentemente, aquele era o único bichinho com asas. E eu queria ter asas. Queria poder voar para bem longe e só observar o mundo acontecer por um tempo, sem participar, sem me incluir. Assim como eu me senti quando estava no mirante...

— Estou com vergonha... — o Lucas falou, me despertando dos pensamentos.

Olhei pra cara dele e pude constatar claramente essa verdade; ele segurava a barra de ferro com força e mantinha a testa encostada ali, como se, por algum milagre divino, aquilo fosse escondê-lo ou protegê-lo de alguma forma.

— Aguente firme... — respodi.

O Lucas me olhou de um jeito penetrante, e então, de uma forma subconsciente, entendi que meu "aguente firme" poderia significar muitas coisas.

O carrossel foi parando... A música já era outra.

Eu me levantei, e o Lucas saiu quase correndo do brinquedo.

— Nunca mais vou fazer isso...

Nunca mais faremos isso, pensei. Mas em vez de falar, apenas empurrei o Lucas de leve e o chamei para a montanha-russa de novo. Lá, ao menos, nosso cérebro era contaminado pela adrenalina e não conseguíamos pensar muito.

Andei sete vezes seguidas na montanha-russa.

* * *

Quando pela terceira vez eu permaneci do carrinho da montanha-russa, o Lucas desistiu de me acompanhar. Após a sétima, eu o encontrei sentado num banco de madeira, ali perto, comendo algodão-doce.

— Olha o viciado em adrenalina chegando! — ele me saudou, com seu costumeiro tom sarcástico.

Sentei ao seu lado e, para irritá-lo, meti a mão no algodão-doce e arranquei quase metade, enfiando tudo na boca, mesmo sabendo que não cabia. O Lucas desandou a me xingar. Eu apenas o encarava, com a boca cheia de doce, rindo com os olhos da irritação dele.

Foi então que escutei o meu nome. Ao me virar para trás, avistei um pessoal da nossa galera, minha e do Lucas. Eram três colegas meus, do time de futebol, acompanhados de suas respectivas namoradas ou ficantes, e mais duas meninas sozinhas. Uma delas era muito a fim de ficar comigo. Tudo o que eu sabia era que ela se chamava Larissa, seus cabelos eram loiros de farmácia, uma vez, no início do ensino médio, ela ficou menstruada e manchou a calça jeans, e... bem, todos os meninos comentavam que a bunda dela era bonita.

— E aí, Bernardo? — o Rodrigo me cumprimentou. Ele era o capitão do time.

O Gabriel e o Fernando também apertaram a minha mão. As meninas apenas acenaram um oi. E, como sempre, todos ignoraram o Lucas.

— Ei! — cumprimentei um por vez, forçando um sorriso.

O Lucas permaneceu virado na direção da montanha-russa, comendo seu algodão-doce lentamente.

— Fazendo o que por aqui? — o Rodrigo quis saber. Ele era alto, mais forte do que eu, e usava um daqueles casacos vermelhos estilo futebol americano.

— Ah, apenas de bobeira... — respondi, porque não sabia bem o que dizer.

O Rodrigo assentiu, e então, disfarçadamente, inclinou a cabeça na direção da Larissa.

— Então vamos dar uma volta... — E um sorriso safado esticou seu maxilar quadrado.

Meu rosto esquentou e eu rezei para que, mesmo tendo a pele clara, a minha vergonha não transparecesse.

— Er... Hoje não vai rolar...

Percebi, por um momento fugaz, que a Larissa me olhava fixo. Cerrei os punhos, disfarçadamente, para que não vissem que minhas mãos tremiam. O Lucas, ao meu lado, parecia tão tenso quanto eu.

— Bem... Você tem certeza? — o Rodrigo insistiu, e moveu os lábios num silencioso: "Qual é, cara?! Vamos lá!"

Mas eu apenas dei de ombros e me pus de pé.

— É. Eu tenho que ir pra casa... Já estava indo, na verdade.

O Rodrigo e os outros pareceram um pouco decepcionados e me xingaram, brincalhões. Por fim, o Rodrigo apenas afirmou que quando fossem sair de novo eles me avisariam com antecedência e seguiram seu rumo. Eu fiquei ali, vendo todos eles se afastar, e acho que só aí minha respiração voltou ao normal.

Já tinha havido ocasiões em que eu fiquei com uma menina porque o Rafael ou algum dos outros meninos botou pressão. Mas, agora, eu estava com o Lucas e não o deixaria esperando para beijar uma menina que, sei lá, eu nem queria beijar de verdade...

— Quer ir em mais algum brinquedo? — perguntei ao Lucas.

Ele tinha acabado o algodão-doce e segurava o palitinho, como se fosse uma varinha mágica de Hogwarts.

— Não. Até porque, em algum momento, seus amigos vão acabar te vendo e... — Ele suspirou, fechou os olhos e suspirou de novo. — Vamos embora, tá? — E começou a andar na direção da nossa casa.

Não entendi a reação dele, mas o segui.

* * *

Caminhávamos lado a lado pela noite fria, com as ruas bem pavimentadas iluminadas por postes de luzes pálidas. O silêncio começava a me irritar, mas eu não sabia ao certo o que dizer, então comecei a movimentar meu braço enquanto caminhava. Aquele parecia um movimento meramente natural e nada calculado. Mas claro que não era...

Em questão de segundos, minha mão passou a esbarrar toda hora na mão do Lucas. No início, ele se mostrou um pouco incomodado — crispou os lábios e me lançou alguns olhares atravessados. Mas eu apenas mantinha minha postura cínica, como se nada fosse proposital. E então, seguidas vezes, meus dedos esbarravam no dele... Nossas peles se encostavam.

Até que, quase perto de casa, eu segurei a mão do Lucas. De forma impulsiva e desajeitada, mas segurei. O Lucas parou de andar e me encarou, meio confuso. Rindo da expressão dele, eu o soltei.

O Lucas também riu, revirando os olhos.

— Você é o cara mais chato que eu conheço... — ele disse, dando risada.

— E o mais fofo e amável também, não é? — brinquei, batendo com meu ombro nele.

— Sabe do que estou lembrando?

— Humm... não.

O Lucas suspirou.

— De quando nós éramos bem novinhos e queríamos saber por que os adultos gostavam tanto de dar as mãos uns pros outros...

Soltei uma gargalhada.

— E naquela época eu odiei a sensação, sabia?

— Ah, é? — o Lucas soou afetado. — Pois eu adorei.

— Sério?

O Lucas pigarreou.

— Sério.

Apertei a mão dele bem de leve com a minha.

— Mas agora quem sabe eu mude de ideia — deixei escapar.

O Lucas me olhou de lado, cheio de expectativa. Eu apenas estendi a mão e aguardei. Nós havíamos parado de caminhar e estávamos numa rua arborizada, com casas grandes e bem cuidadas. Era noite de lua cheia. O céu tinha muitas estrelas. Elas brilhavam muito, mas não mais que os olhos do Lucas.

Senti a mão dele, pequena, suave e quente, se fechando no meu pulso.

Meu coração disparou e minha respiração se tornou irregular.

Então, fechei os olhos... Isso ajudava um pouco.

O Lucas começou a passar as pontas dos dedos pela pele do meu pulso, subindo devagar até meu antebraço e descendo em seguida. Meu corpo se arrepiou... *Que sensação gostosa!*

O Lucas ficou assim por um tempo, até que num movimento ele foi se esgueirando pela palma da minha mão e se acomodou ali. Nossos dedos se encaixaram, como se tivessem sido feitos uns para os outros — apesar de todas as diferenças.

Ficamos assim por instantes, em silêncio, com nossas mãos entrelaçadas. Eu olhava para o chão, e acho que o Lucas também. Depois de um tempinho, voltamos a caminhar. Ainda de mãos dadas.

— E aí? — ele perguntou.

— E aí o quê?

— Fala.

— Falar o quê?

O Lucas bufou e me soltou, nervoso.

— O que você sentiu quando demos as mãos...

— Por que eu deveria falar?

— Porque eu quero saber.

— Lide com isso... — respondi, com um sorriso petulante no rosto.

O Lucas me olhou como se não acreditasse no que eu falei. Balançou a cabeça, me empurrou e saiu andando na minha frente. Na verdade, o Lucas quase corria, para aumentar mais e mais a distância entre nossos corpos. Eu o chamei, mas ele nem ao menos se virou pra trás.

Dobramos a esquina e já estávamos praticamente em frente às nossas casas. O Lucas entrou na dele antes que eu conseguisse alcançá-lo. Mas então, muito rápido, me debrucei no muro e o chamei. O Lucas se voltou e, quando me viu meio pendurado ali, começou a rir.

— Eu te odeio, Bernardo!

Meus pulmões estavam sendo pressionados no muro e eu me sentia sem ar.

— Mentira... — tentei me fazer audível. — Você... me... adora.

— Vai para sua casa, ok? — E o sorriso em seu rosto me garantiu que estava tudo bem.

— Sim, eu vou... — Pulei de volta pra rua, porém, completei, alto o suficiente para que ele ouvisse: — Mas saiba que já estou ansioso por seus planos de amanhã!

Eu não vi seu rosto, mas sabia que ele continuava a sorrir. E, bem, dar as mãos é bom...

15
Lucas

— Você é um idiota — falei logo que o Bernardo abriu a porta, de cabelos bagunçados e cara ainda amassada, que denunciavam que ele acabara de acordar.

— Bom dia pra você também — resmungou.

— Bom dia coisa nenhuma. Você teve de sair correndo na bicicleta, se ralou todo e agora eu é que tendo que reinventar os planos para as nossas férias. Apesar de que esses ralados não pareceram te incomodar no parque ontem — deixei escapar.

— Reinventar o quê? — Ele sorriu.

— Um jeito menos chato de passar o dia do que trancado aqui com você vendo *Batman* ou qualquer outro filme de super-herói. Já decorei todas as histórias.

— Quero ver me contar uma.

— Não enche! — Peguei uma maçã na fruteira e subi pro quarto do Bê. A cama estava toda revirada. Me joguei nela.

— Ei! Folgado! — ele reclamou.

Revirei os olhos.

— Ainda sonho com o dia em que você vai me deixar escolher um filme.

— Você tem um péssimo gosto, Lucas.

— Eu gosto de você.

— A sorte da sua vida.

— Não enche.

Ele colocou algum DVD no aparelho e pulou na cama do meu lado, puxando a coberta em cima de nós. Esperei. A televisão acendeu, começaram os trailers e depois vi o menu do filme: *Um Dia*. Parecia um romance.

— Cadê o Batman? — perguntei.

— Tirou férias.

Dei risada.

— Sério, onde arrumou isso? Não parece nada com os filmes que você costuma ver.

— Achei nas coisas que a minha mãe ainda não começou a encaixotar — ele respondeu, diferente. O Bernardo parecia mais bravo do que triste.

— A gente não precisa ver. Sério, eu suporto os super-heróis — afirmei, arrependido.

— Não, tudo bem, Lucas. Um super-herói não vai aparecer e salvar a minha família. Preciso parar de acreditar nessas idiotices. Além do mais, quero ver o que você e minha mãe veem nesses filmes de romance. — E deu o *play*.

* * *

O filme acabou, e eu não podia fazer mais nada a não ser chorar. Era sobre um homem e uma mulher que se conhecem e ficam muito amigos. A garota, Emma, se apaixona pelo rapaz, que vive como bem entende, e faz a Emma de boba. Ela sofre o filme todo e, entre encontros e desencontros, fica claro que eles se amam. Eles aceitam e começam a viver isso, mas talvez o destino não quisesse que ambos ficassem juntos. De fato, a vida nos ensina as coisas da pior maneira.

— Estou quase arrependido de ter escolhido esse filme, Lucas. Ok, a história é bem triste, e até eu fiquei comovido, mas ver você chorando desse jeito está me assustando.

— Tá tudo bem. — Eu soluçava, sem entender o motivo de ter ficado tão mal. — Preciso de comida. Vou preparar alguma coisa.

— Vai o quê? — Ele gargalhou, apesar da situação.

— Cozinhar — respondi, ainda aéreo.
— Cozinhar o quê?
— Sei lá! Qualquer coisa.
— E desde quando você sabe cozinhar, Lucas?
— Não fui eu quem queimou a pipoca, Bernardo.
— Isso foi uma vez. — Ele ainda ria. — Você queimou todas as outras, sem exceção!
— Não interessa! Se você não quiser comer, pode ficar aí. — Saí e fui em direção à cozinha.
— Tente não explodir a minha casa! — ele gritou do quarto.
— Vou explodir você! — gritei de volta.
Tirei um papel do bolso e o abri: "Receita." A letrinha da minha mãe meio tortinha, escrita com pressa na noite anterior, aparecia no topo do papel.
— Não acredito que você vai cozinhar pro Bernardo — ela disse, então. — Vocês podem almoçar aqui. Você sabe, né?
— Mãe, ele está machucado — justifiquei, dando de ombros, mesmo sabendo que o Bernardo podia caminhar sem dificuldade.
— Vou fingir que acredito. — E ela terminou de anotar.
Sim, eu podia fazer aquilo.
Reuni todos os ingredientes, batendo as portas dos armários da cozinha do Bernardo, tentando bancar o importante. E olhei pra tudo aquilo em cima da mesa me encarando e esperando uma atitude minha.
Respirei fundo.
Chega de lasanhas congeladas.

* * *

— Onde você aprendeu isso? — indagou uma voz atrás de mim, me dando um susto que me fez derrubar a faca no chão.
— Pelo amor de Deus, Bernardo! Você quer que eu corte o pé pra ficarmos os dois de cama?!
— Eu não estou de cama. São só uns ralados. Nada de mais.
— Ótimo pretexto para impedir que você faça novos e me deixe preocupado. — Peguei a faca do chão e prossegui com a minha tarefa.
— Preocupado... Talvez você seja o único.

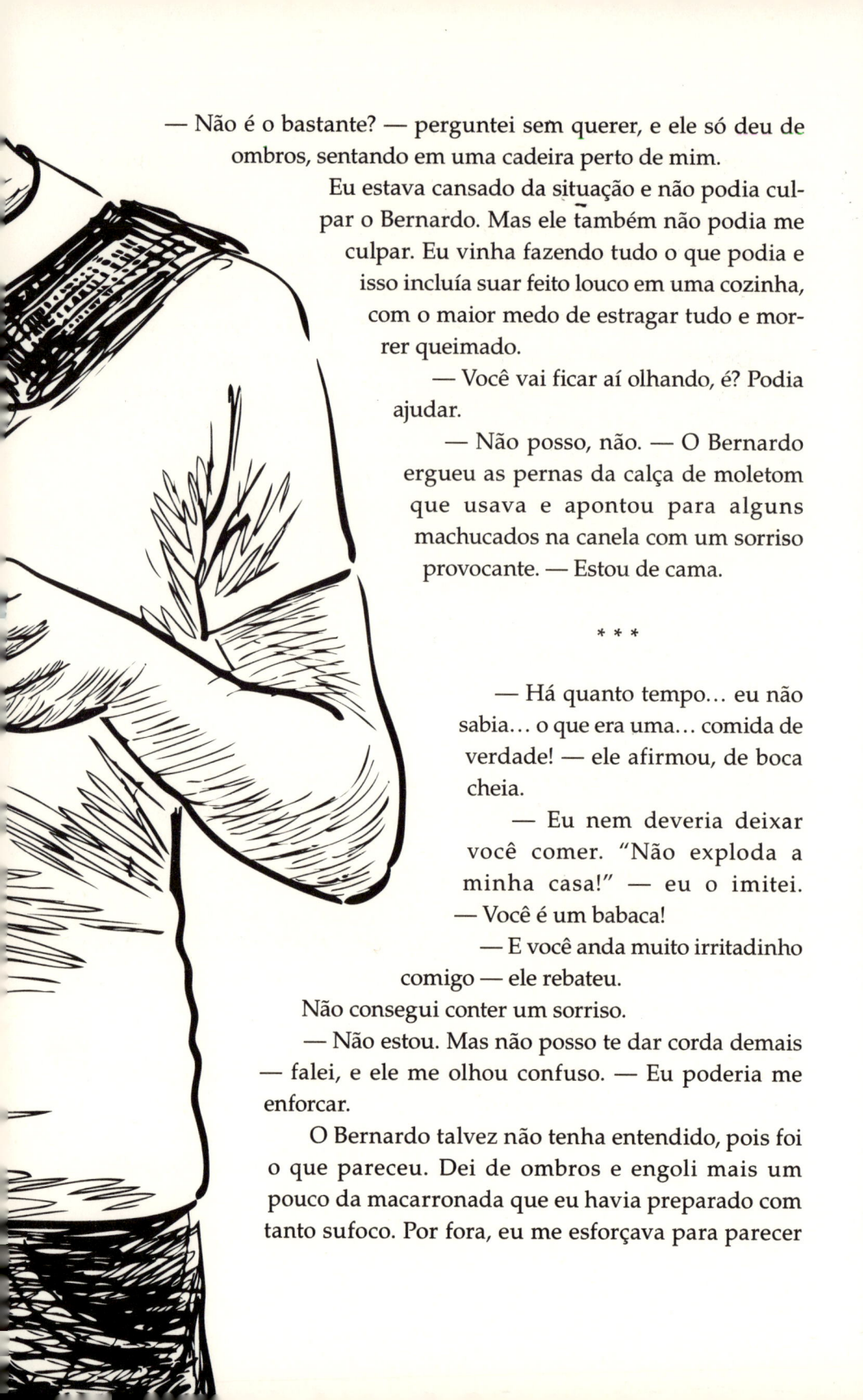

— Não é o bastante? — perguntei sem querer, e ele só deu de ombros, sentando em uma cadeira perto de mim.

Eu estava cansado da situação e não podia culpar o Bernardo. Mas ele também não podia me culpar. Eu vinha fazendo tudo o que podia e isso incluía suar feito louco em uma cozinha, com o maior medo de estragar tudo e morrer queimado.

— Você vai ficar aí olhando, é? Podia ajudar.

— Não posso, não. — O Bernardo ergueu as pernas da calça de moletom que usava e apontou para alguns machucados na canela com um sorriso provocante. — Estou de cama.

* * *

— Há quanto tempo... eu não sabia... o que era uma... comida de verdade! — ele afirmou, de boca cheia.

— Eu nem deveria deixar você comer. "Não exploda a minha casa!" — eu o imitei.

— Você é um babaca!

— E você anda muito irritadinho comigo — ele rebateu.

Não consegui conter um sorriso.

— Não estou. Mas não posso te dar corda demais — falei, e ele me olhou confuso. — Eu poderia me enforcar.

O Bernardo talvez não tenha entendido, pois foi o que pareceu. Dei de ombros e engoli mais um pouco da macarronada que eu havia preparado com tanto sufoco. Por fora, eu me esforçava para parecer indiferente. Por dentro, sentia-me feliz. Eu era capaz de fazer uma macarronada. E de fazer o Bernardo se lembrar do que era "comida de verdade".

Terminamos de comer e eu tirei tudo da mesa, colocando na pia. O Bê continuou sentado, me encarando. Abri a torneira e deixei a água escorrer sobre os dois pratos, talheres, copos e panelas.

— Não precisa lavar, Lucas. Meus pais vêm pra cá à noite e lavam...

— De jeito nenhum. Eu fiz a bagunça, eu arrumo a bagunça.

— É, você sempre fez isso — ele comentou com um olhar distante. — Minha mãe ficava gritando "Bernardo, arruma esses brinquedos antes de ir jogar videogame!", e quando eu me virava, você já tinha arrumado tudo.

— Sim. A minha bagunça e a sua.

— Nunca fui bom em arrumação — ele retrucou.

— Eu sei. Mas não posso arrumar tudo para você.

O Bernardo veio mancando de mentira até a pia, soltando alguns gemidos de dor fingida e olhando para mim. Contive o riso. Ele, então, pegou um dos pratos já lavados e começou a secá-lo.

* * *

— Cansei de ver filmes — afirmei quando o terceiro filme do dia acabou. Já nem lembrava o nome. — Vou acabar virando parte do seu colchão.

— Nesse caso, eu te levaria comigo pra Portugal.

— Queria poder ir sem ser um colchão.

— Você não ia gostar de lá. Não sei por que, mas tenho essa sensação, Lucas.

— Não sei se gosto daqui.

— Pode apostar que lá é bem diferente.

— Tudo bem. — Tentei espantar, de novo, as cenas de separação da minha cabeça. — O que vamos fazer agora?

Ele olhou para o relógio: 19h48.

— Meus pais vão chegar logo. E já anoiteceu — ele disse, soando pesaroso.

— Nesse caso, é melhor eu ir. — Joguei o edredom para o alto.

— Lucas, espera. — O Bernardo enroscou os dedos no meu pulso, e o meu corpo congelou no mesmo segundo.

— O que foi? — respondi, um pouco sem fôlego.

— Você pode dormir aqui hoje?

— Acho que sim. Por quê?

— Não sei. Não quero ter que falar com meus pais. Já sei que eles não vão me trazer nenhuma informação útil; nem querer saber como estou. A casa já está vazia o suficiente. Com você, o silêncio é suportável.

Ele afrouxou um pouco os dedos que me prendiam, mas não me soltou. Voltei devagar e me sentei na cama, com suas palavras ainda soando na minha mente.

— Tudo bem, Bernardo, eu fico. Mas tenho de pegar meu pijama.

— Não precisa. A camiseta dos Rolling Stones ainda está ali. — Ele apontou pro armário.

— Eu preciso avisar a minha mãe...

— Grita pra ela da janela.

— Bernardo, eu não vou fugir — brinquei. — Fica calmo!

— Eu sei. Não é disso que tenho medo, Lucas. Meu medo é de que *eu* fuja.

Meu coração gelou.

— Nem pense nisso — falei rápido. — Seus arranhões já estão bons. Amanhã é dia de clube.

Ele sorriu.

— Acho que precisamos de brigadeiro. — O Bernardo soltou o meu pulso e saltou da cama.

Eu não precisava de brigadeiro.

O toque dele era doce o bastante.

16
Bernardo

Meus machucados estavam muito melhores, e eu estava farto de ficar em casa, apenas assistindo a filmes e vendo a minha vida sendo encaixotada para ser enviada pro outro lado do mundo — por isso, assim que o Lucas teve a ideia de passarmos o dia no clube, topei na hora.

Meus pais confiavam muito no Lucas, por isso, quando eu avisava que já tinha planos com ele — o que me tirava um pouco da obrigação de ajudar na mudança — eles nunca contestavam.

O pai dele nos deixou no clube e foi trabalhar. Tudo estava normal, como de costume. Como ainda era cedo, tipo oito horas, o clube estava vazio. O movimento aumentava mesmo depois das onze.

Fui pro banheiro, vesti minha sunga e, quando voltei, tive uma surpresa: o Lucas já estava na piscina. Ele abriu um sorriso assim que me viu.

— Uau! — foi tudo o que escapou da minha boca.

O Lucas achou graça.

— Hoje as coisas precisavam ser diferentes, né?

— Precisavam? — rebati.

O Lucas assentiu.

— Sim, senhor. Fora que eu havia esquecido como é bom nadar...

— Sei. Tá bom. — Me aproximei e sentei na beirada da piscina, com a água na altura das canelas. — Sempre que eu te chamei você arrumou desculpas pra não entrar na água...

O Lucas fez uma careta.

— Para de ser tão azedo, Bernardo!

Eu apenas ri.

— Só estou expondo os fatos...

O Lucas mergulhou e quando reapareceu estava entre as minhas pernas. Ele me olhou nos olhos. Sua aproximação repentina me deixou... nervoso? Não sei...

— O único fato que estou vendo exposto aqui é que você está perdendo tempo, quando poderia estar nadando comigo! — ele falou.

E então, no segundo seguinte, pulei em cima do Lucas, e nossos corpos afundaram na água gelada. Submerso, eu abri os olhos. O Lucas mantinha os olhos fechados, mas seus dentes apareciam num sorriso espontâneo. Desejei, no meu íntimo, poder morar embaixo da água pra sempre... Tudo era mais calmo e bonito. Ali, minha dor e meus problemas não pareciam tão importantes e dolorosos.

Eu e o Lucas nadamos durante horas. Vez ou outra, algumas pessoas apareciam, mas era como se não existissem. A piscina era praticamente nossa.

Quando ela começou a encher, percebi que o Lucas passou a se sentir desconfortável. Assim, sugeri que parássemos em algum lugar pra almoçar e depois fôssemos pra casa. Ele topou na hora. Fomos juntos pro vestiário; ele entrou numa das cabines mais afastadas e eu entrei na do lado.

Assim que a porta se fechou e eu tirei a sunga, foi estranho... Saber que o Lucas estava pelado na cabine ao lado causou no meu peito uma tensão enorme. Era algo que eu ainda não havia sentido...

Espantei esses pensamentos e tentei apenas me concentrar em vestir a minha roupa. Já vestido, com minha camisa pendurada no ombro e a sunga molhada nas mãos, saí da cabine, e o Lucas também. Nós nos olhamos por um tempo significativo, até que, de repente, estendi a mão e acariciei os cabelos molhados dele. Eu adorava quando eles ficavam molhados e pesados, parecendo ainda mais negros.

Deviam ter sido segundos, mas, quando dei por mim, afastei rápido a mão, um tanto assustado. Ficar perto do Lucas me provocava essas reações; quanto mais próximo, mais eu queria explorar essa proximidade.

O Lucas apenas me encarava de forma penetrante e parecia que mal conseguia respirar.

Minhas mãos tremiam e eu não conseguia entender direito o que tinha acontecido. Então fui caminhando na frente dele em direção à porta, mas antes de sairmos do banheiro o Lucas pôs a mão no meu ombro, o que me assustou. Dei um pulo pra trás e o encarei. Eu ofegava.

— Calma, Bernardo... — ele falou, numa voz serena. — Tá tudo bem.

— O que tá tudo bem? — rebati, ríspido.

O Lucas me observava com atenção. Eu não conseguia decifrar seus sentimentos. Mas notei tons de... tristeza, angústia e... talvez, medo?

— Nada. — O Lucas baixou a cabeça, e nós saímos do banheiro.

Meu coração continuava acelerado, de uma forma irritante. E o que mais me irritava era não conseguir entender direito a razão de me sentir tão estranho.

Fui até a espreguiçadeira onde deixáramos nossas mochilas. Uma menina que eu conhecia de vista do colégio estava deitada logo ao lado. Ela era loira, magra e tinha sardas por todo o corpo. Seus olhos eram redondos e muitos azuis, e seu sorriso, muito branco, típico dos comerciais de creme dental.

Assim que eu me ajoelhei pra guardar a sunga molhada dentro da mochila, ela deu um pulinho e se sentou.

— Meu Deus! Eu não sabia que você estava aqui! — ela disse.

— Não, está tudo bem — falei. — Eu já estava de saída, mesmo...

— Ahhh, que pena... — Ela pousou a mão no meu ombro.

O toque dela me fez olhá-la.

— É? Por quê? — perguntei, sem entender.

A menina piscou algumas vezes.

— É que... Bem, daqui a uns quinze dias eu vou dar uma grande festa na minha casa... — Ela abriu a bolsa, que estava do outro lado da espreguiçadeira, e me deu um convite rosa. — Aí está o meu endereço. — Então, segurou o meu pulso. — Por favor, apareça.

Eu poderia jurar que as minhas bochechas estavam coradas.

— Ahh... — Demorei um pouco pra reencontrar a minha voz. — Tudo bem. Eu acho que vou aparecer...

Ela deu um grande sorriso e bateu palmas, animada. Eu sorri, sem graça, e me despedi.

Assim que me afastei da menina, o Lucas veio pro meu lado. Ele estava com os braços cruzados e uma expressão séria.

— Quem era ela? — ele quis saber, confuso.

— Não sei, na verdade... É lá da escola, só conheço de vista. — O que era verdade.

— E o que ela queria?

Eu mostrei o convite. O nome "Karla" aparecia em letras garrafais e cor-de-rosa com detalhes em glíter.

— Karla com K?! — o Lucas menosprezou. — Hummm... E você vai?

Minha cabeça estava cheia, eu não tinha pensado nisso ainda. A contagem que indicava que logo estaria longe de casa e o magnetismo que às vezes me fazia me aproximar demais do Lucas ainda reviravam na minha cabeça.

Saímos do clube.

— Não sei, Lucas.

— Como assim você não sabe? — o Lucas indagou, irritado.

— Que droga! Eu ainda não pensei a respeito, tá bom?!

E então o encarei. O Lucas estava com o olhar diferente e me fitava de uma forma estranha. E acho que eu também; por alguma razão, queria vê-lo sofrendo... Eu não entendia o motivo. Talvez eu fosse um cara ruim.

— É que... — O Lucas relutava em falar. — A festa, no caso, será no seu último dia aqui, Bernardo. Antes de você se mudar. E eu pensei que fôssemos passar esse tempo juntos. Achei que...

Olhei de novo o convite, e só aí me dei conta de que era verdade. Pensei em meus pais e em como eles estavam mudando completamente a minha vida sem me consultar nem me dar alguma oportunidade de decisão. Eu ainda não tivera coragem de falar com eles abertamente a esse respeito. Meu orgulho, minha mágoa e minha dor me paralisavam, sustentando com força os muros que os separavam do meu coração.

Meus dedos apertaram com força o convite e eu me lembrei de quando segurei os cabelos molhados do Lucas, pouco antes. Lembrei de quando andamos de mãos dadas pelas ruas, depois do parque... Lembrei de quando ele quase me deu banho depois de ter caído de bicicleta... Foi como se a nossa amizade de anos passasse diante dos meus olhos em questão de segundos.

— Não decidi nada ainda, Lucas. — Minhas mãos tremiam.

Comecei então a caminhar pela rua.

— Bernardo... Bernardo!

Senti a mão dele me impedindo de prosseguir.

— Droga! Aonde você vai? Meu pai vem nos buscar!

Me soltei dele.

— Eu vou sozinho, obrigado.

O Lucas tremeu.

— Droga! O que você está fazendo? Essas são as nossas últimas férias!

As palavras dele me alcançaram, mas não me afetaram, por alguma razão. Parecia que eu tinha colocado o Lucas dentro da mesma muralha que construí separando meus pais.

— Lucas... Eu acho melhor a gente se afastar por um tempo, ok? Não me procure. Não... não me ligue... Só... me deixa sozinho.

O Lucas ficou com os olhos arregalados. Sua confusão era visível e quase palpável. Sua boca se abriu, e eu acho que ele iria dizer algo, mas não foi capaz.

Saber que ele estava sofrendo por culpa minha era insuportável. Me virei de costas e voltei a caminhar rápido para casa. Quando dei por mim, estava correndo... Corri até meus pulmões arderem e os músculos das pernas queimarem.

Correndo, minha mente não conseguia pensar tanto... Minhas memórias e meus pensamentos se confundiam num borrão sem sentido.

Quando cheguei em casa, meus pulmões e meu corpo todo doíam. Era como se eu tivesse levado uma surra. Fechei bem a cortina do quarto, para não ter que ficar encarando a casa do Lucas pela janela.

Tentei dormir... Tentei apagar a dor da minha cabeça... Mas não consegui. Simplesmente não dava. E em todas as imagens que me causavam dor, o Lucas aparecia com a mão estendida. Como se ele pudesse me salvar.

Mas a verdade é que ninguém me salvaria.

Ninguém.

17

Lucas

O carro do meu pai apontou na esquina, e eu sequei rápido as últimas lágrimas que caíam do meu rosto. Continuei sentado no meio-fio, sozinho. Ele estacionou perto de mim. Eu abri a porta, entrei e vi que meu pai me olhava assustado.

— Por favor, não pergunte — pedi.
— O Bernardo...?
— Já está em casa. — Fechei a janela. Peguei meu MP3 velho na mochila, coloquei os fones no ouvido, encostei a cabeça no vidro e dei *play*.

Uma guitarra começou a tocar, e meu coração se apertou.

Te vejo errando, e isso não é pecado,
Exceto quando faz outra pessoa sangrar
Te vejo sonhando, e isso dá medo,
Perdido num mundo que não dá pra entrar
Você está saindo da minha vida
E parece que vai demorar
Se não souber voltar ao menos mande notícias.

...

Essa era mais uma das músicas enviadas pelo Bernardo: *Na Sua Estante*, da Pitty. Droga! Quis atirar o MP3 pela janela, mas uma frase me chamou a atenção:

Tô aproveitando cada segundo
Antes que isso aqui vire uma tragédia

Talvez tudo já estivesse virando uma tragédia, sim. E eu não aproveitaria mais nada.

* * *

A primeira semana sem falar com o Bernardo passou tão devagar... As horas pareciam dias inteiros, o sol parecia nunca se pôr e, depois, a noite parecia nunca ir embora.

Não havia muito o que fazer. Eu deitava, ficava vendo qualquer coisa que passava na televisão, e então tentava achar algo de útil pra fazer na internet. E, claro, espiava pela janela a casa do Bernardo. A cortina não abria, a luz não acendia. Dava a impressão de que ele não estava lá.

Talvez não estivesse mesmo.

Meus pais fingiram não notar a ausência do Bernardo e tentavam não tocar no assunto pra não me chatear. E eu não falava nada com eles; afinal, não tinha o que dizer.

Aproveitei os dias ociosos para tentar aprender a cozinhar melhor. Eu gostara da experiência de fazer comida na casa do Bernardo. Por isso, sempre ajudava minha mãe no almoço, e quando ela fazia o jantar também. Acabei gostando bem mais do que imaginara que gostaria.

Eu e meus pais aproveitamos esse tempo pra fazermos mais coisas juntos: jogar baralho toda noite — mesmo eu sendo péssimo —, assistir a filmes e comentar as notícias do jornal.

Certa ocasião, no entanto, algo atípico aconteceu: ao descer as escadas da minha casa, dei de cara com a minha tia. Ela segurava uma caixa de papelão que parecia pesada. Minha mãe tomou-lhe a caixa e a colocou em cima da mesa; foi quando a minha tia me viu. Ela morava em outra cidade e eu sempre a adorei pelo seu jeito espontâneo e brincalhão.

— Lucas! Como você está lindo!

Dei um sorriso amarelo.

— Obrigado, tia. Você também está linda...

Minha mãe olhou de mim pra ela.

— Sabe, Sarah, o Lucas tem estado meio desanimado ultimamente.

Eu quis matar a minha mãe por causa daquele comentário.
— É mesmo? O que houve? — titia quis saber.
— Nada — menti.

Mas minha mãezinha começou a contar que eu tinha brigado com meu melhor amigo como se eu nem estivesse presente. Quando ela parou de falar, minha tia se dirigiu a mim:

— Querido, não fique triste. Você é um menino maravilhoso e não tem que desperdiçar suas férias mergulhado na tristeza. Se seu amigo, pelo que eu entendi, não quer falar com você... ele é quem está perdendo! Vamos lá pra casa! Eu te levo ao cinema, ao shopping ou sei lá... Você me diz o que quer fazer, e nós fazemos!

Sorri com o conselho/tentativa dela de me deixar feliz. Abri a caixa num esforço de demonstrar algum entusiasmo e a primeira coisa que vi foi uma filmadora.

— O que é isso, tia?

Ela me olhou, interessada.

— Bom, eu me mudei para um apartamento menor depois que me separei do Marcelo, então, estou desapegando de algumas coisas... Pensei que vocês pudessem se interessar por algo daí.

A filmadora parecia brilhar nas minhas mãos e minha cabeça já se ocupava de inventar algum propósito para o pequeno aparelho.

— Posso ficar com ela, tia?

— Claro, Lucas! É sua! Mas prometa que vai usar. Ela pode ser muito proveitosa nas mãos de alguém criativo como você.

Sorri.

— Prometo.

— E olha... O convite pra ir lá pra casa ainda está de pé — ela disse. — Sai desta casa e vamos pra lá espairecer!

— Vou pensar — menti. — Talvez eu apareça lá algum dia desses.

Ela sorriu e voltou a conversar com a minha mãe.

Subi as escadas de volta pro meu quarto e fiquei encarando a filmadora. Eu queria mesmo fazer algo de legal com ela e me animei com a ideia.

Mesmo assim, tudo me lembrava o Bernardo. E cada vez que eu olhava o relógio era uma pontada no peito. Era um minuto a menos que eu passava com ele, um minuto mais perto do dia em que ele iria embora.

Por que o Bernardo estava com raiva de mim? Por que eu não podia procurá-lo? Eu não havia feito nada de errado, né? Tudo o que tentei fazer foi agradá-lo, mas pelo visto não funcionou muito bem.

Ora, que se dane! Afinal, ele era um ingrato. O Bernardo podia ter lá seus motivos, mas nada justificava tamanha ausência. Eu tinha consciência de que as coisas entre nós estavam diferentes, mas ele fazia parte disso também. Eu repassava cenas na minha cabeça e ficava cada vez mais óbvio que ele me provocava. E que gostava disso.

Eu não entendia o que estava acontecendo entre nós. Seria isso a terrível adolescência? Uma crise com o melhor amigo que está prestes a ir embora? Uma mudança comportamental a cada dois segundos?

Nenhum de nós era bipolar, eu havia pesquisado. Contudo, já estava com medo de mim.

Certa noite, pela janela, vi que a luz do quarto dele estava acesa, mesmo com a cortina fechada. Chamei o Bernardo várias vezes baixinho, mas nada. Esperei alguns minutos, chamei de novo. Silêncio.

Eu gostava de quando ficávamos em silêncio juntos, mas agora o silêncio era apenas eu.

A música da Pitty também nunca mais saiu da minha cabeça. E toda noite eu a escutava e descobria uma frase nova, um sentimento novo, algo que se repetia com a ausência.

Mais ou menos quinze dias depois de nosso desentendimento, eu já estava farto de ligar pro Bernardo, de esperá-lo na janela, de chamar por ele e bater no portão quando seus pais não estavam, sem resultado algum. Embora não quisesse, eu me preocupava com ele, e cada minuto sem notícia era uma tortura. Mesmo assim, resolvi não insistir mais.

Ele me pedira pra não procurá-lo; mas como atendê-lo se perder o Bernardo era perder a mim também?

Só por hoje não quero mais te ver
Só por hoje não vou tomar minha dose de você
Cansei de chorar feridas que não se fecham
Não se curam
E essa abstinência uma hora vai passar

O dia surgiu devagar, a tarde se prolongou quase infinita. Tomei um banho quando começou a anoitecer e fui pro meu quarto me vestir. A noite começava a dominar o céu e as estrelas já apareciam, incontáveis. Olhei pro teto do meu quarto e me lembrei de quando, cinco anos atrás, eu senti as estrelas em mim.

Agora a noite era vazia.

Meu pai entrou de repente, e eu me assustei. Ainda estava sem camisa.

— Filhão, sua mãe pediu pizza. Tudo bem?

— Ahm... Tudo bem, sim. Obrigado...

— Não precisa agradecer. Já deve estar quase chegando — ele disse.

— Tá. Estou mesmo com fome. — Me virei de costas para ele e vesti a camisa.

Encarei a janela do Bernardo uma última vez. *Lasanhas congeladas*, pensei, imaginando o quanto seria bom se ele estivesse aqui pra comermos pizza como sempre fizemos nos últimos dezesseis anos.

Bem, mais cedo ou mais tarde ele não estaria mais aqui mesmo... Em alguns dias, o Bernardo não apareceria mais.

— Filho, eu aposto que ele está bem... — meu pai falou, devagar.

Me assustei de novo, porque pensei que ele já estava longe.

— Sim, ele está — respondi, triste.

— Se não estivesse, sabe que nós saberíamos, né?

— Espero que sim — falei, cabisbaixo.

Meu pai me abraçou e eu me senti constrangido.

— Manuel! — minha mãe chamou de longe.

— Opa, a patroa me chama! Você vai ficar bem, filho?

— Vou.

— Então, tá. Te vejo daqui a pouco. — E agora, sim, ele saiu do meu quarto.

De repente, a campainha tocou.

— Lucas! Atende, por favor? É a pizza! — O meu pai gritou de algum canto da casa e eu fui até a porta, assobiando uma música qualquer.

Ao abri-la, meu coração disparou no peito.

18
Bernardo

Eu não sabia o que dizer. "Oi", depois de dias ignorando o Lucas, recusando suas chamadas, visualizando suas mensagens e retribuindo com meu silêncio soava terrivelmente patético. Soava covarde. E o Lucas não merecia isso de mim.

Olhei em seus olhos e encontrei ali um mar de dúvidas que parecia me afogar.

Minha boca se abriu, mas minha mente não conseguia encontrar as palavras certas a serem ditas. Tudo parecia confuso e tempestuoso demais. Meu coração parecia estar sendo tragado por uma angústia devastadora.

Até que, então, tudo passou...

Porque o Lucas me abraçou.

Seus braços rodearam o meu pescoço, e eu o apertei contra mim. Com força, com saudade, com medo. Havia todos esses sentimentos ali. E, de repente, a dor foi se esvaindo do meu peito, como uma fumaça soprada para longe.

Não sei quanto tempo durou, mas quando desfizemos nosso abraço, permanecemos ainda um tempo nos encarando, sem saber o que dizer. O Lucas tinha os olhos marejados e um sorriso no rosto. Não sei como eu estava, mas suspeito que era bem parecido.

Até que um ruído nos despertou — era um carinha se aproximando com uma pizza. O Lucas passou as costas das mãos rapidamente pelos olhos e foi ao encontro do cara. Pagou pela pizza, agradeceu e voltou para perto da porta, onde eu esperava.

— Você vai entrar? — ele perguntou, e eu podia sentir a esperança em sua voz.

Fiz que sim, me sentindo mal por tê-lo deixado mal.

O Lucas sorriu, eu retribui e passamos juntos pela porta.

Ao me ver, a Denise e o Manuel não disfarçaram a surpresa, mas me cumprimentaram como se os meus dias de ausência não tivessem acontecido. Eles me convidaram pra sentar e comer com eles. E foi o que eu fiz, mesmo não sentindo fome alguma. Havia um bolo no meu estômago. Sentei de frente pro Lucas, e, a todo momento, quando eu levantava os olhos do meu pedaço de pizza, nossos olhares se encontravam.

Era como se o muro que eu construíra — ou tentara construir — durante esse tempo fosse feito de papel e desmoronasse com a mais simples brisa. O muro era meu medo. A brisa era o Lucas.

Os pais do Lucas, educados como sempre, não comentaram sobre o fato de faltar pouco menos de dez dias pra minha partida. Todos esses assuntos foram substituídos por risadas, carinho e afeto. E, sinceramente, eu não sabia dizer o que fazia doer mais.

Assim que a pizza acabou, o Lucas se levantou, e eu o segui, sem dizer nada. Subimos direto pro quarto dele. Quando chegamos lá, ele fechou a porta e sentou na cama, cheio de expectativas. Eu permaneci de pé, no meio do aposento, me sentindo perdido e deslocado.

Acho que só então o Lucas reparou em minhas roupas. Eu vestia uma camiseta preta, com estampa de uma banda de rock, calça jeans e botas. Meus cabelos estavam meio molhados de suor. O cheiro de vodca parecia escapar da minha língua para passear no olfato alheio.

— Hummm... Oi — falei, me sentindo terrivelmente idiota.

O Lucas continuou me olhando, até que suspirou e perguntou:

— Você está bem?

E eu pude sentir que seu interesse era verdadeiro. Ele não estava deixando seu orgulho falar mais alto que sua preocupação comigo.

O Lucas era o amigo mais incrível que eu poderia ter; o mais leal e entregue. E a verdade nua e crua era que eu não o merecia.

— Não — falei, sem perceber. Minha voz soou estranha, meio estrangulada.

Eu me sentia como uma bomba-relógio, a ponto de explodir e destruir o Lucas e toda e qualquer pessoa que estivesse perto o suficiente.

O Lucas se aproximou de mim e então pegou na minha mão devagar, com medo de me assustar. O toque transmitiu uma corrente elétrica pelo meu corpo; foi como se eu estivesse despertando naquele exato momento. Então ele me conduziu até sua cama e me fez sentar nela. Os movimentos dele eram suaves e tranquilos. Eu obedeci, sem recusas. Ele se ajoelhou no chão, tirou minhas botas com toda a calma e se acomodou ao meu lado.

Minhas mãos tremiam.

Dentro de mim, vários sentimentos explodiam um por cima do outro.

— Quando você quiser se abrir... Eu estou aqui, Bê.

Não acendemos a luz do quarto. Só a luz amarela e pálida da lua, que entrava pela janela aberta, nos iluminava. Eu fitei o teto e vi as estrelas artificiais coladas. Elas brilhavam para mim.

— Você sempre vai estar aqui? — perguntei, sem perceber. Só então notei que eu chorava, porque uma lágrima chegou salgada à minha boca.

— Sempre — o Lucas respondeu, sem titubear.

— Mesmo quando eu tiver sido... sei lá, um lixo com você?

— É... Acho que sim. — Ele bateu com o ombro em mim. — Mas você não é um lixo, Bê. Só é *muuuuuuuuuuuito* irritante às vezes. Mas tudo bem...

Comecei a rir e a chorar ao mesmo tempo.

— Desculpa o meu sumiço... É só que muitas coisas estavam acontecendo na minha cabeça e...

— Tudo bem... — O Lucas passou a mão no meu ombro, me tranquilizando.

— Não. Não está tudo bem. Eu não devia ter feito o que fiz! — afirmei, com raiva de mim mesmo.

— É pra eu me assustar? — ele quis saber, talvez sentindo o que viria a seguir.

Fiz que sim.

— Minha cabeça ficou cheia demais, e meus pais... Bem, a maioria das coisas já estão empacotadas ou em malas. E... eles têm vendido alguns móveis. Inclusive os seus pais foram lá pra ver se queriam alguma coisa... E eu meio que surtei. Passei esses dias todos na casa do Rodrigo.

Primeiro eu vi a confusão nos olhos do Lucas. Depois, o reconhecimento...

— Rodrigo? O cara do futebol?

O Lucas escolheu a descrição mais simples para definir o Rodrigo. Ele poderia ter dito: o cara que me ignora; o cara que me olha torto; o cara que fala de mim pelas costas; o cara babaca com quem você anda.

— Sim. Ele mesmo.

Percebi na hora a tensão instalada no coração do Lucas. Ele mordeu o lábio, como se isso fosse manter dentro de sua boca todas as palavras que queria despejar sobre mim, sem dó nem piedade. E eu merecia isso. Sabia que merecia.

— Bem... talvez esse tempo tenha te ajudado, não é? — O Lucas me encarou e eu vi que ele fazia grande esforço para engolir a história toda. — Hummm... Você está bem? Você e seus pais?

— Não sei, Lucas. Tudo parece tão estranho dentro de mim! O que sei é que minha mãe estava grávida e perdeu o filho, e isso mexeu com o estado emocional dela e do meu pai... E eles não conseguem mais ficar no mesmo lugar. Na mesma casa, quero dizer. E, bem, os seus pais devem saber disso. Acho que além da família, os seus pais são as únicas pessoas que estão por dentro desse lance. E... a proposta de emprego pro meu pai chegou numa hora boa para eles, porque, basicamente, os dois querem fugir daqui, como se isso fosse ajudar a superar a dor.

O Lucas estava boquiaberto, sem dúvida chocado. Devo ter ficado com a mesma cara quando descobri que nossos pais também mantinham seus próprios segredos. Depois de um tempo, ele pousou a mão no meu ombro e apertou de leve.

— Adultos costumam ser complicados... — ele falou, com a voz fraca.

Assenti. Não tinha como discordar.

— Adolescentes também — acabei deixando escapar.

O Lucas me olhou e acabou soltando um risinho. Mas eu mantive minha expressão séria até o sorriso dele sumir.

— Lucas... Nesses dias... Eu... — Então baixei a cabeça, deixando-a caída entre as minhas pernas. Parecia que eu ia vomitar meu coração.

— Bê?

— Eu bebi. Bebi álcool — falei, sem pensar, e ergui a cabeça. — Sei que foi errado, mas me ajudou, sabe? Foi estranho no início, mas depois tirou um pouco da angústia do meu peito, e... E quando eu bebia as coisas que o Rodrigo me dava, era como me livrar da realidade por um tempo. Eu esquecia de todo o mundo. Esquecia de como doía sentir o descaso dos meus pais e como eles estavam sendo egoístas em mudar a minha vida sem nem ao menos me darem uma escolha... E... — Encarei o Lucas no fundo dos olhos. — Eu esquecia de *você*. Não me leve a mal, mas... Não estava me fazendo bem pensar em nós dois.

O Lucas fixou o olhar em algum ponto; seus olhos estavam vazios, como se ele visse algo que só acontecia em sua mente. O Lucas ficou um instante em silêncio, tentando compreender minhas palavras.

— E... por que isso? Por que você queria me esquecer?

A pergunta dele veio como um soco na boca do estômago.

Olhei para as minhas mãos; elas estavam molhadas de suor. Eu as enxuguei no meu jeans.

— Porque, Lucas, você desperta coisas estranhas em mim... Você... me faz querer uns trecos que eu... não entendo bem... Mas que eu...

O Lucas encarava o chão, e eu não sabia se estava fazendo o certo ao me abrir assim. Sentia como se algo tivesse sido aberto e nunca mais pudesse voltar a ser trancado.

— Hoje eu encontrei aquela garota do clube, sabe? — falei.

O Lucas tornou a me olhar, parecendo um pouco surpreso, mas depois fez que sim, esperando por mais.

— Saímos umas duas vezes. Fomos ao clube juntos, depois ao cinema. E hoje eu fui a uma festinha na casa dela. O time de futebol estava todo lá. Você sabe como eles são e... bem... Hoje rolou.

Eu falei cada palavra olhando pro rosto dele. O Lucas não me olhava mais. Agora, ele fitava o chão novamente. Percebi que lágrimas começaram a se formar em seus olhos. Como pequenos brilhos prateados no escuro.

— A gente se beijou... — continuei, decidido a ir até o fim. — E... *nossa, que merda*, como eu estou arrependido!

— Por que arrependido? — Lucas perguntou pouco depois, com uma voz neutra.

Suspirei pesadamente.

— Porque, quando fechei os olhos pra beijá-la, outra pessoa veio na minha cabeça. E eu me senti culpado por isso. Me senti terrível... Então vim correndo pra cá.

— Por que você veio pra cá?

A pergunta do Lucas veio direta e sem rodeios. Decidi parar de pensar em cada palavra que saía da minha boca. Decidi apenas deixar a verdade explodir de dentro de mim.

— Porque era aqui que eu queria estar.

— Eu não te entendo. — Ele se afastou um pouco de mim.

— O que você não entende?

O Lucas virou o rosto e nossos olhares se encontraram.

— Por que, depois desse tempo todo me ignorando, você quis vir pra cá? — Os lábios dele tremiam um pouco. — Não estava feliz aproveitando seus últimos dias com a *Karla com K* e os seus *amigões* do futebol? Então?

— Porque eu fui um idiota, Lucas. Eu não devia ter me afastado... Não deveria ter *te* afastado... Era pra eu ter continuado aqui. Só que há um turbilhão de coisas acontecendo ao meu redor, dentro de mim, e eu me sinto perdido.

Sem perceber, acabei pegando a mão do Lucas. Nossos dedos foram se encaixando naturalmente.

— É como se você fosse a minha bússola — falei, num suspiro engasgado que logo se transformou em lágrimas. — Quando estou com você... parece que finalmente tenho uma direção.

Por um tempo, nós ficamos apenas assim, sentados na cama, no escuro, de mãos dadas. Eu sentindo o toque dele e as lágrimas queimando minha bochecha.

Eu me sentia arrependido, triste, envergonhado e sozinho.

Até que, quando dei por mim, o Lucas soltou a minha mão e caminhou até a janela. Ele ficou lá, olhando pro lado de fora. Quando se virou para me encarar, abriu um sorrisinho.

— Está chovendo aqui em cima, apesar de não ter nuvens sobre a lua — falou.

E então se aproximou e pegou a minha mão, me fazendo levantar. Não entendi muito bem, mas o segui. O Lucas saiu do quarto, sorrateiramente, e só me chamou para segui-lo quando se certificou de que seus pais estavam dentro do quarto deles. Fui atrás dele, sem fazer barulho, até sairmos pela porta da cozinha direto pro gramado verde que dava para a minha casa.

O Lucas correu pela chuva, rindo quase alto demais pra quem não queria acordar os pais, e se agarrou ao muro. Ele subiu com dificuldade, e quase conseguiu sozinho. Eu só tive que lhe dar um leve empurrãozinho. E depois o segui, rindo também, ensopado.

Pulei o muro e, assim que caí do outro lado, meu corpo escorregou no gramado molhado e eu esbarrei no Lucas, caindo por cima dele. Nós dois ficamos estirados no chão, rindo alto.

Eu sentia o coração do Lucas batendo acelerado contra o meu.
Fechei os olhos.
Meu coração batia forte também.
A chuva gelada me fazia lembrar que eu estava vivo.
Senti as risadas do Lucas se acalmarem embaixo de mim, e ele sussurrou:
— Em quem você pensou enquanto beijava aquela menina?
Continuei de olhos fechados.
Procurei a mão dele no vazio...
E a encontrei.
Nossos dedos se encaixaram.
Minha vida pareceu entrar no lugar naquele instante.
Tudo parecia certo.
Apertei a mão dele.
Com força e carinho.
Eu não precisei dizer nada.
O Lucas soube.

19
Lucas

Eu não conseguia respirar.
Não conseguia acreditar no que estava acontecendo.
Não conseguia me conter.
E não queria.
O corpo do Bernardo pesava sobre mim. Apesar da chuva fria, eu me sentia aquecido como nunca antes.
Em quem você pensou enquanto beijava aquela menina?
E então ele entrelaçou os dedos nos meus... Com firmeza.
Não tinha como aquilo ter outro significado. E não havia mais nada que eu pudesse fazer a não ser erguer o rosto na direção certa.
Eu nunca havia beijado ninguém antes, por mais que imaginasse como seria. Em geral, me parecia nojento. Mas em outras ocasiões eu sentia tanta vontade de beijar, de sentir, que era estranho. Me lembrei de quando eu e o Bernardo tocamos as mãos um do outro pela primeira vez. Nós gostamos e passamos a fazer isso com alguma frequência.
O beijo era diferente. Mas por que não poderia ser igual? Se ele beijara aquela menina e pensara em mim, por que ele não podia me beijar, então? Era o que ele queria, não era?
Eu precisava da resposta, mas sem fazer a pergunta.
O jeito que me pareceu mais fácil pra descobrir a resposta foi me aproximar devagar na direção dele, e o Bê não se esquivou. Senti o ar que vinha de suas narinas acertando a minha bochecha.

Então o Sushi latiu, assustando a nós dois. Esqueci de colocá-lo pra dentro.

* * *

Ouvi um sussurro próximo:

— Precisamos sair da chuva... E salvar o Sushi...

O Bernardo estava ofegante. Quase tanto quanto eu. Ele se afastou um pouco mais do meu rosto, mas ainda estávamos muito próximos. O Bernardo me olhou nos olhos, e eu vi gotas escuras pingando do rosto dele direto para o meu. Algumas saíam dos seus cabelos, escorriam pela nuca e tocavam meu pescoço. Eu sentia cada uma delas com uma eletricidade diferente.

Ele se levantou devagar, e eu continuei imóvel no chão, tentando assimilar tudo. O Bê sorriu pra mim, mas foi um sorriso diferente de todos os outros. Senti uma tranquilidade inédita ali, um sorriso mudo que disse mais do que qualquer um de nós poderia dizer. Ele estendeu o braço e eu peguei a sua mão, me levantando.

Ficamos de frente um pro outro, debaixo da chuva. Sabíamos que não podíamos ficar ali, mas era como se algo nos prendesse ao chão. Nossos pés não se moviam.

Meus olhos cravaram-se nos dele, e ambos sorrimos por alguns segundos, sem nada dizer. Foi como desvendar os segredos que eu nem sabia que queria saber. Dei um passo pra frente e o abracei, enterrando a cabeça entre seu rosto e nuca. Senti o pescoço dele se arrepiar e quis repousar minha face naquele calor a noite toda.

O Sushi gemeu, e meu coração se apertou.

— Eu pego o Sushi. Fica aqui — o Bernardo determinou, com a voz firme e rouca.

Ele então apoiou as mãos no topo do muro e, com um único impulso, equilibrou-se sobre a parede, um segundo antes de pular do outro lado, sem fazer muito barulho. Ouvi sons metálicos que indicavam que a porta estava sendo aberta e, depois, fechada. O Sushi estava quase a salvo.

Aguardei mais uns instantes sentindo a chuva que caía, sem ouvir mais nada do outro lado. Alguns minutos se passaram e eu já começava a sentir frio quando escutei a porta se abrindo e se fechando novamente.

Em outro impulso, o Bernardo apareceu sobre o muro. Ele fazia parecer tão fácil... Então, pulou na minha frente e sorriu.

— Eu só estava secando o Sushi. Vamos pra dentro — ele sussurrou.

Não retruquei.

*　*　*

— O que você está fazendo? — perguntei assim que o Bê fechou a porta atrás de nós, ergueu minha camiseta devagar e a retirou.

Senti meu sangue esquentar e meu rosto ferver. Baixei os braços rápido, tentando cobrir o tórax e o abdome nada definido, apenas magro.

O Bernardo sorriu e despiu a própria camiseta, atirando ambas as peças emboladas e molhadas perto da pia. Depois, desabotoou a bermuda e a baixou na minha frente.

Desviei o olhar.

— Deixa disso e vamos subir. Não podemos ficar com essas roupas molhadas.

Esperei que ele se virasse em direção à escada e tirei o meu short também. Embora eu estivesse de cueca, me sentia mais que pelado. Vulnerável. E bastante sem jeito.

— Você não vem? — o Bê perguntou, parado na metade da escada.

— Só vou beber uma água. — Eu tremia. E não por causa do frio. — Já subo.

— Tá. — O Bernardo se virou de costas e continuou a subir.

Senti um arrepio percorrer a minha espinha. Abri uma gaveta, peguei um copo, enchi de água e bebi em um gole só. Depois, mais um copo. E mais outro.

— Lucas! — o Bê me chamou baixinho lá de cima.

— Já vou! — respondi, deixando o copo ao lado das roupas molhadas perto da pia. Subi correndo, sentindo que meu coração poderia explodir a qualquer momento em milhões de fogos de artifício.

Em cores e sentimentos.

20

Bernardo

O rádio-relógio acima da minha cama indicava que já passava da meia-noite; ou seja, na minha mente, faltavam oito dias pra acontecer a viagem que mudaria a minha vida e me separaria de todas as minhas raízes.

A luz do meu quarto estava apagada, e a tempestade que acontecia lá fora tornava tudo pior. Eu enrolara uma toalha azul no corpo, numa tentativa de enxugar o excesso de água, e deixei outra toalha em cima da cama, à espera do Lucas. Ele demorou um pouco pra aparecer, mesmo depois de eu tê-lo chamado.

Quando o Lucas apareceu no quarto, eu já havia trocado de cueca e estava colocando um short de pijama e um casaco largo. O Lucas tremia na soleira da porta, abraçando o próprio corpo. Eu o olhei e acabei soltando uma risadinha.

— Odeio dizer isso, mas eu te avisei pra se apressar, não foi?

O Lucas não conseguiu responder, tamanha a tremedeira do seu maxilar. Então eu fui até ele e o puxei pra dentro, fechando a porta. Em seguida, peguei a toalha que separara pra ele e passei a deslizar o tecido felpudo com suavidade pela sua pele, tentando secá-lo da melhor forma possível.

O Lucas apenas recebeu meus cuidados calado, olhando pra baixo. Era engraçado aquilo estar acontecendo, porque nossas posições costumavam ser invertidas: o Lucas é que sempre cuidava de mim. Mas adorei que dessa vez fosse diferente; queria que ele sentisse que eu me importava também. Que eu estava ali por ele.

Quando acabei, o Lucas já não tremia tanto. Fui até o meu armário e peguei um short seco e um casaco para ele. Entreguei as roupas em suas mãos e me joguei na minha cama.

— Você sabe onde é o banheiro... — falei ao perceber que o Lucas continuava parado no meio do cômodo, segurando as peças que lhe dei.

Lá fora, um relâmpago iluminou o céu.

O Lucas engoliu em seco e, quando dei por mim, ele estava arriando a própria cueca bem ali, na minha frente. O Lucas não se atreveu a me olhar; ele mantinha o olhar cravado no chão. E, por Deus, eu só torcia pra que ele não conseguisse ouvir os batimentos insanos do meu coração... Porque, simplesmente, eu não conseguia parar de olhá-lo.

Eu queria que aquilo tivesse durado horas; mas foram apenas alguns segundos, sem dúvida, porque num piscar de olhos o Lucas já estava com o short que lhe emprestei. Ele vestiu o casaco, ainda sem me olhar, ainda evitando contato visual, fazendo tudo como se fosse calculado.

Quando acabou, eu bati do meu lado da cama e ele veio, ainda calado. Joguei o edredom por cima de nossos corpos, e nos acomodamos. Por minutos, ficamos nós dois olhando o teto, ouvindo o som da chuva e do vento, sem dizer nada. Nosso silêncio dizia tudo. Sempre dizia.

Foi quando eu estiquei o braço na direção do rosto dele. Por sorte, o Lucas entendeu e se aproximou, pousando a cabeça no meu ombro. Por um tempo, tudo o que eu ouvia eram as batidas dos nossos corações, ambos acelerados, em ritmos distintos.

Tentei pensar no que eu senti quando beijei a menina na festa e... Sério, não era nem 10% parecido com o que eu sentia agora, apenas deitado ao lado do Lucas, respirando o mesmo ar que ele e com nossos corpos colados.

Era tão estranho... O que será que era aquilo? Qual nome teria essa sensação?

O suspiro do Lucas interrompeu meus pensamentos.

— Oito dias pra dizermos adeus... Mas não pra sempre... Né? — ele perguntou.

Olhei ao redor do meu quarto; eu já estava acostumado com ele dessa forma, mas sabia que era a primeira vez que o Lucas o via assim. Havia caixas por todos os lados. Meus livros estavam todos empacotados, o guarda-roupa, com as portas abertas e praticamente vazio.

— Não diremos adeus, Lucas. — Senti uma pontada dolorida no peito e passei meus dedos nos cabelos ainda molhados do Lucas. — Diremos até logo.

O Lucas tornou a suspirar e se virou, ficando mais à vontade; sua cabeça se arrastou pro meu peitoral. Por instinto, pousei a mão nas suas costas, como que num abraço.

— Queria poder guardar este momento pra sempre… — A voz do Lucas estava embargada. — Pra que, nos momentos mais difíceis, aqueles em que eu precisar de você e souber que não vou te encontrar do outro lado do muro, eu possa recorrer a isso e sentir que tudo ficará bem…

— Eu queria poder guardar *você* pra sempre — respondi, o que fez com que ele sorrisse.

O rosto do Lucas em contato com a minha pele, assim, de uma forma tão íntima, me trazia um sentimento quente e muito bom por dentro. Queria poder ficar desse jeito pela eternidade… Mas dizem que nada dura para sempre…

Nada.

* * *

Quando acordei, a primeira coisa que notei foi a ausência do peso sobre meu peito. O Lucas não estava mais lá. Me levantei meio assustado e a única coisa que achei em meio aos lençóis em que ele dormira foi uma carta.

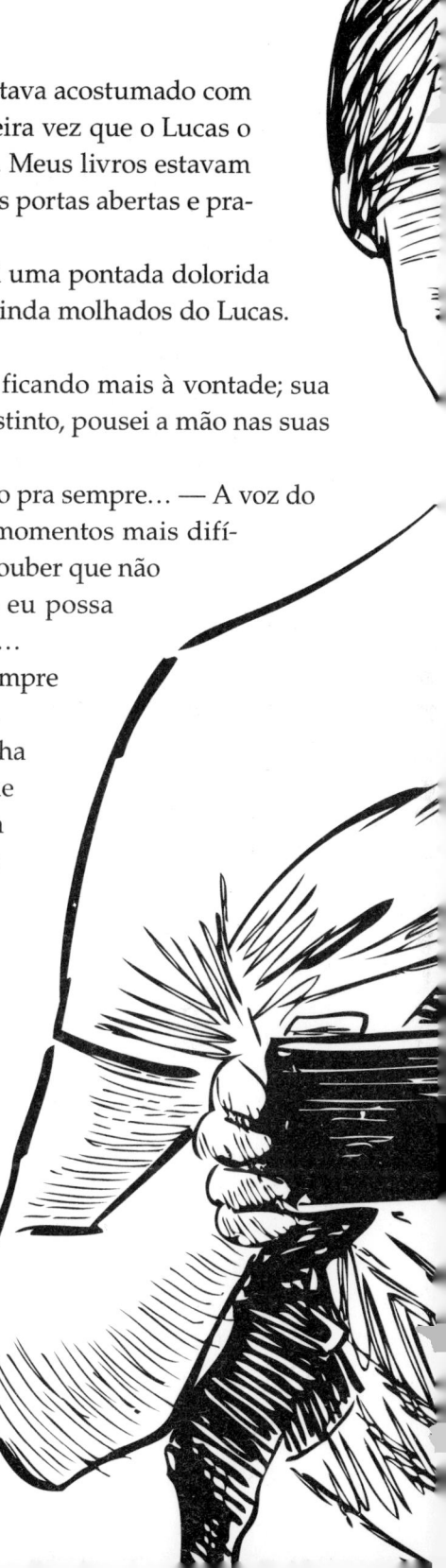

Bom dia, Bê.
Fiquei com medo de alguém nos encontrar aqui e saí logo que o dia amanheceu. Preciso te falar que essa noite pode ter sido a melhor da minha vida, e até que você daria um bom travesseiro: hahaha!

Ainda temos oito dias, certo? E eu tive uma ideia que pode tornar nossas férias inesquecíveis de verdade!

Depois que acordar e escovar os dentes (porque ninguém merece o seu bafo) vem aqui em casa.

Do seu melhor amigo para sempre,
Lucas

21
Lucas

Não demorou muito até que o Bernardo batesse na porta do meu quarto, me acordando. A verdade é que, depois que saí de fininho do quarto dele, assim que o sol surgiu no céu, cheguei em casa e arrumei uma mochila com pijamas e algumas outras peças de roupas — não muitas —, deixei meu MP3 próximo a ela e, em seguida, voltei pra cama, na tentativa de cochilar mais um pouco. E era onde eu estava agora, com o Bernardo me sacudindo.

— Isso é o que você chama de férias inesquecíveis? — ele perguntou dando risada, me provocando.

— Não, idiota! — Cocei os olhos. — Arrume uma mochila com algumas roupas, ok?

Ele me encarou, confuso.

— Abre aquela gaveta ali. — Eu apontei pra uma pequena escrivaninha que ficava embaixo da minha pilha infinita de livros.

— O que tem aqui? — ele perguntou, encarando a gaveta aberta.

— Essa câmera! Pegue! — respondi, me levantando da cama impaciente e animado.

O Bernardo obedeceu.

— Pra que isto, Lucas?

— Você lembra da Sarah, aquela minha tia doida que eu adoro?

— Sim... O que tem ela?

— Minha tia se separou do marido e veio nos visitar. Foi naquele período em que eu e você não estávamos nos falando — digo isso rápido pra passar logo por cima do assunto. — A Sarah trouxe uma caixa de objetos que não usava mais, como essa filmadora, e eu a peguei pra mim.

Pego a câmera da mão dele. O Bê permanece calado, só acompanhando meu raciocínio.

— Aí, minha mãe contou pra ela que eu e você tínhamos brigado, e a Sarah me chamou para ir lá pra casa dela uns dias, pra aproveitar as férias. Eu não queria ir sozinho, e agora que voltamos a nos falar... — Dou de ombros. — ...pensei em passarmos uns dois dias lá.

O Bernardo me encarou, meio confuso.

— E essa câmera...?

— Ah, é! Então... minha ideia é filmarmos tudo! Seria divertido e teríamos isso para vermos depois e recordar. — Quanta saudade e tristeza se abateu sobre mim! Talvez as duas coisas se pareçam muito, neste caso.

O rosto dele se iluminou e o Bernardo esboçou um sorriso que descartou qualquer medo meu de que ele pudesse não gostar da sugestão.

— Vou avisar os meus pais... Mas quando vamos? — Ele ainda sorria.

* * *

Menos de duas horas depois, minha mãe nos deixou na rodoviária. Eu nunca havia estado ali, um lugar completamente assustador, pra mim. Tinha gente por todos os lados, malas, ônibus enormes e uma infinidade de destinos e possibilidades.

— É ali, Lucas — o Bernardo me chamou, apontado com o dedo. — O ônibus é aquele!

Ele parecia feliz como um menino de sete anos, com a mochila pendurada em um ombro só e as passagens nas mãos.

Fui atrás dele carregando a minha bagagem. Entramos no ônibus e sentamos um ao lado do outro. O Bernardo ficou na janela por ter entrado primeiro e me deu um sorrisinho de provocação, achando que eu ia implicar. Mas se deu mal, porque eu apenas me sentei calado ao lado dele.

— Esta viagem vai ser tão linda que não, eu não vou reclamar por causa da janela, Bê. Mas você vai ter que filmar algumas coisas. — E entreguei a câmera para ele.

— Ora, ora... O Lucas não vai revidar uma provocação... — ele tornou a me provocar, e eu sorri, dando um soquinho no ombro dele.

Minutos depois, após todos os passageiros se acomodarem em seus assentos, o ônibus deu a partida. Senti um frio na barriga, uma mistura de excitação e ânimo, mas também medo. Um medo irracional, mas ali estava ele.

Na tentativa de espantar a sensação e relaxar, puxei o mp3 do bolso e atraí a atenção do Bernardo. Ele não disse nada, apenas me encarou. Desenrolei os fios do fone e estiquei um na direção dele, que o pegou em silêncio e colocou no ouvido. Fiz o mesmo. Liguei o aparelhinho e procurei a *playlist* que eu tinha feito especialmente pra aquela viagem. Se chamava "Ônibus." Muito criativo!

A primeira música que tocou foi *Bad Influence*, da P!nk, e eu comecei a mexer os ombros de uma forma ridícula no ritmo da bateria e encostando de propósito o meu braço contra o do Bernardo. Ele riu, e eu passei a mover os lábios com as palavras que ela cantava, como em uma dublagem invertida. O Bernardo me encarava com um olhar engraçado, e eu continuei me sacudindo no banco do ônibus como um idiota, mas não me importava: aquela música me dava um ânimo diferente e fazia com que eu me sentisse um pouco mais livre e feliz.

Aos poucos, o Bernardo pareceu entrar mais no clima e arriscou algumas dancinhas comportadas na cadeira, com a paisagem passando cada vez mais rápido pela janela do ônibus. Alguns lugares eu conhecia, e então tudo foi se tornando novo e desconhecido. Senti que estava fora de casa e a sensação de liberdade me invadiu com tudo.

Com isso, me encostei de volta no assento e sosseguei, sentindo as batidas do coração ainda estalarem no meu ouvido e o sangue pulsando forte. A liberdade não era algo inalcançável, afinal.

22

Bernardo

A vida é insana, e muda, simplesmente, num piscar de olhos. A todo momento, nossas atitudes vão moldando nossos destinos e nos fazendo seguir por determinados caminhos. A vida é assim!

Já estávamos no ônibus havia mais ou menos uma hora. O Lucas cochilava com a boca aberta e o fone meio caído no ombro. Eu aproveitara esse tempo sozinho para filmar algumas das paisagens abrangentes que se revelavam para mim.

Nesse momento, eu lia no celular as mensagens que a minha mãe me mandara: "Bernardo, se cuida, meu filho! Nós colocamos dinheiro na sua carteira. Se precisar de mais, liga pra gente!" "Se for ficar muito tempo exposto ao sol, passe protetor!" "Respeite a casa dos outros e sempre faça sua cama ao acordar! O papai e a mamãe te amam."

Minha vontade era responder que eu os amava também. Amava muito. Eu sabia que estava sendo egoísta e tudo o mais, mas eles não entendiam que também estavam sendo? Eu entendia os seus motivos, mas não queria ir embora dessa forma... Não queria ter que me afastar dessa maneira tão abrupta.

Olhei pro Lucas e fiquei reparando nos detalhes do seu rosto. Os olhos meio puxados, os cabelos negros e lisos, o nariz reto e os lábios finos. A pele parda e umas sardas bem pequenas, quase invisíveis.

E acho que só aí eu entendi...

A questão não era me mudar de casa, país, continente. Não importava o lugar pra onde eu fosse: se o Lucas estivesse comigo, tudo ficaria bem.

No fundo, acho que o Lucas era a minha casa.

* * *

A viagem durou quase duas horas no total. Por fim, mostrei pro Lucas algumas imagens lindas que eu gravei de montanhas, vales e cachoeiras. Ele reclamou um pouco quando viu a si mesmo, no final da seleção, dormindo, com a boca aberta e relaxada. Mas, por sorte, consegui impedi-lo de apagar o arquivo.

Quando descemos do ônibus, encontramos a Sarah à nossa espera. Ela sempre foi pitoresca, uma quarentona de chamar a atenção. O tipo de pessoa interessante demais, que, por algum motivo, se você vê na rua, chama a sua atenção. Sarah era uma mulher de porte médio e cabelos negros, curtos e bem cortados, meio desfiados. Suas roupas também eram sempre meio contrastantes; algo muito colorido, com algo totalmente neutro.

Hoje, por exemplo, ela usava um lenço com estampa de onça na cabeça, blusa preta e calça com estampa floral de todas as cores possíveis. O Lucas amava a tia, mas detestava seu senso de moda. Eu, por meu lado, amava os dois.

— Lucas, Bernardo! — a Sarah nos saudou com um abraço em conjunto.

Assim que nos soltou, o Lucas fez uma careta pra ela.

— Tia, que roupa é essa? — ele falou, meio rindo.

A Sarah me olhou, como se buscando apoio.

— Eu achei incrível — falei, me adiantando. — Admiro gente que assume o que gosta, sem medo do que vão falar!

A Sarah demonstrou ter apreciado muito o que ouviu e piscou um dos olhos pro Lucas.

Ele, por sua vez, apenas me encarou com uma sobrancelha arqueada e disse:

— É mesmo?

Seu tom de voz deixou implícitas algumas reticências...

Na minha cabeça, eu só encontrava as interrogações.

* * *

    Sarah parou no Burger King pra fazermos um lanche, mesmo com o Lucas choramingando que preferia o Subway. Todos nós comemos com gosto, já que era início de noite e só estávamos com o almoço no estômago.
    Até que o Lucas foi pro banheiro, e eu e a Sarah ficamos sentados sozinhos. Ela comia as suas últimas batatas fritas e eu apenas sugava meu refrigerante pelo canudinho. Foi quando a Sarah pigarreou.
    — Errr... Fico feliz que vocês tenham feito as pazes, Bê.
    Eu a olhei, meio surpreso por ela tocar nesse assunto.
    — Huuuum... Eu também.
    A Sarah assentiu, com um sorrisinho de canto de boca.
    — É. Eu imagino que sim. Imagino mesmo... Foram quase duas semanas longe um do outro, não é?
    Concordei, ainda confuso, sem saber aonde a Sarah queria chegar.
    Ela então esticou a mão e a pousou na minha. Meu olhar encontrou o dela.
    — Bê, sei o que você viveu nessas duas semanas, tá? Eu já tive dezesseis anos... Sei que é a idade em que as coisas acontecem, certo? — Ela sorriu; eu apenas a fitava, assustado. — Só... Só quero que... Bem... — Suspirou. — Só quero que você e o Lucas sejam felizes e se você não tiver mais dúvidas...
    Foi então que o Lucas apareceu, saindo pela porta do banheiro. A Sarah apertou a minha mão significativamente antes de afastá-la. O Lucas se sentou, sem perceber nada, e nos olhou com curiosidade:
    — Sobre o que vocês conversavam? — ele quis saber.
    A Sarah piscou um dos olhos pra mim.
    — Sobre ter dezesseis anos, Lucas... Ô idade difícil!

* * *

    A Sarah estacionou o carro no seu prédio de vinte andares, e depois entramos no elevador rumo ao décimo primeiro andar. No carro, eu e o Lucas já havíamos ligado para os nossos pais e avisado que estávamos bem. Eu, inclusive, conversei um pouco mais com a minha mãe e, quando desliguei, fiquei com a sensação de que a distância estava nos fazendo bem.

 O apartamento da Sarah era incrível, com uma vista para os prédios e arranha-céus que se erguiam na cidade grande. Ao contrário do bairro em que eu e o Lucas morávamos, aqui os sons não paravam nunca; era a sirene da polícia, de uma ambulância, o ritmo bate-estaca de alguma casa noturna, a buzina de um carro. Aqui, era como se a cidade não dormisse. Não parasse.

 A Sarah nos mostrou a casa rapidamente. No banheiro, que era amplo e quase do tamanho do meu quarto, havia uma banheira no canto, o boxe e um espelho imenso de corpo inteiro. A cozinha era toda de azulejos pretos e brancos, em estilo americano. O quarto dela era uma suíte e o quarto de hóspedes era onde eu e o Lucas ficaríamos. A cama de casal, maior que a minha, era forrada com um edredom com estampa de símbolos orientais. Na cômoda, no canto, ela disse que poderíamos guardar nossas roupas. O banheiro principal seria todo nosso; a Sarah ficaria apenas com o dela, na suíte.

 Assim que ela nos deixou, no quarto, o Lucas se jogou na cama, esticando a coluna. Eu fui abrir a janela e espiei lá pra fora.

 Na calçada, muitas pessoas passavam, indo e vindo. Indo e vindo. Num fluxo constante. Sem parar.

 Ninguém se importava com meus problemas. Muito menos com minhas conquistas, meus sonhos, medos e desejos. O ar da cidade parecia sujo e, ao mesmo tempo, libertador. Ele exalava liberdade no sentindo mais amplo da palavra.

— Bê? — a voz do Lucas me trouxe de volta à realidade.

— Sim? — respondi, ainda de costas.

— No que você está pensando?

Não demorei nem um segundo para responder:

— Em como estou me sentindo bem, livre e feliz por estar aqui... Apenas isso.

23
Lucas

— Acho melhor você acordar logo! — Sacudi o Bernardo. — Não vai querer passar esses dois dias dormindo, vai?

Ele me olhou com uma cara engraçada, e eu sorri.

Os cabelos castanho-claros estavam completamente bagunçados. O que antes eram cachos mais parecidos com ondas que caíam pelo rosto dele de uma forma sutil, agora eram um emaranhado produzido pelo travesseiro. Os olhos — também castanho-claros — estavam pequenos como os meus, mas era sono. Em breve eles estariam grandes e despertos, me olhando como se pudesse ler cada detalhe do meu ser. Mesmo assim, ele não me intimidava.

Apesar de ser mais alto e mais forte que eu, não havia nada ameaçador no Bernardo; ao menos não para mim. Exceto pelo medo de que ele se fosse — o que de fato aconteceria —, nada em seu porte físico forte e bem cuidado me incomodava. Eu nunca teria um corpo parecido, pelo fato de detestar o calor, basicamente; e era óbvio que ele viria com qualquer esforço físico que eu fizesse. Assim, eu só agradecia a Deus por ter me dado um metabolismo sensacional, que me permitia comer o que quisesse e continuar pesando o mesmo, sem ter que me exercitar e suar tanto. Obrigado por essa, universo.

Era difícil escolher algo no Bernardo de que gostasse mais. Eu gostava do sorriso, da forma como o lábio de cima era bem mais fino que o de baixo e do sorriso, que expunha quase todos os dentes perfeitos dele. Era quase desconcertante. Agora, o Bernardo também tinha uma pequena amostra de barba, que crescia timidamente pela pele clara e quase sem marcas de espinhas e outros terrores de adolescentes.

Eu também adorava as mãos dele: eram muito bem desenhadas. Os dedos longos poderiam facilmente arrancar músicas bem tocadas de um piano e tudo nele se mostrava tão harmonioso que todos os meninos o invejavam. Não era de surpreender a quantidade de meninas que ficavam caidinhas por ele. O engraçado era ver como o Bernardo não dava a mínima. Ele era muito bonito, mas se tinha consciência disso, guardava pra si.

Ainda pensando nisso, eu o empurrei pra fora da cama e ele caiu no chão, todo desajeitado. O Bernardo olhou para mim, confuso, e eu mal conseguia vê-lo de tanto que ria, ainda enrolado no lençol.

O Bernardo então lançou um sorriso quase tímido e ficou de pé em um pulo, usando a calça cinza de moletom em que ele sempre aparecia nos meus sonhos e uma camiseta preta. Eu sabia que aquilo não ficaria assim.

Ele deu de ombros e sentou-se na ponta da cama, se alongando. Esticou para um lado, para o outro, e tentou arrumar os cachos — sem sucesso. Eu ia começar a rir do esforço em vão, quando agilmente suas mãos alcançaram o meu pé direito e meu corpo inteiro enrijeceu. Eu sabia bem o que viria em seguida, e seria o chão.

Dando risada, o Bernardo me deu um único puxão. Eu senti todos os ossos do meu corpo estalarem e em segundos caí estatelado, com um baque. Ele gargalhava como uma criança, e eu também. O Bernardo se levantou, vitorioso, e a porta se abriu atrás dele.

Sua expressão vitoriosa foi logo substituída pelo susto e pela vergonha quando minha tia apareceu, assustada, na soleira.

Eu não parei de rir.

— O que aconteceu? Vocês estão bem?

O Bernardo ficou todo vermelho, muito sem graça.

— Estamos, claro...

— Sim, tia — assumi o controle, tentando me recompor. — O Bernardo foi jogado pra fora da cama por seu despertador, também conhecido como Lucas, e decidiu revidar. Essas implicâncias são comuns — expliquei, e ela pareceu se tranquilizar.

Então, minha tia entrou — com seu pijama de florzinhas —, vindo a passos lentos pra perto de mim, e se sentou no piso ao meu lado. O Bernardo continuava estático, envergonhado por estar fazendo bagunça em uma casa que não era a dele.

— Ah, meninos... — Ela soltou um suspiro. — Vocês são tão lindos! Admiro muito a amizade de vocês... De verdade. Fico triste com toda a situação, mas espero de coração que isso não os separe. Não quero ser obrigada a ir até Portugal puxar você pela orelha, Bernardo, pra colar de volta os pedaços do coraçãozinho do meu sobrinho.

Nesse ponto, fui eu que enrubesci até a raiz dos cabelos, de vergonha. O Bernardo deu de ombros, sem graça.

Ela suspirou mais uma vez e então deu um tapa no meu joelho, levantando-se e me estendendo a mão pra me ajudar.

— Vamos comer alguma coisa — ela disse. — Tem muito por aqui que vocês precisam conhecer... E não há nem um minuto a se desperdiçar.

Sorri, animado. Se eu conhecia bem a minha tia, ela planejara algo pra nós, e algo muito bom. Ela saiu do quarto primeiro e eu fui atrás, mas ao passar pelo Bernardo, deixei que nossas mãos se esbarrassem por um segundo. Sorri pra ele do batente da porta e saí em seguida, deixando o Bernardo com um olhar que não compreendi.

Também eu esperava não precisar colar os pedaços do meu coração de volta, como disse a Sarah.

Queria acreditar que o Bernardo não seria capaz de parti-lo.

24
Bernardo

O sobrenome da Sarah deveria ser Diversão. Simples assim. Ser uma quarentona que carregava no histórico alguns divórcios e relacionamentos não tão bem resolvidos — o que levaria muita gente na mesma situação à amargura — a tornou divertida e incrivelmente amistosa com a vida.

Eu e o Lucas tomamos café, um banho rápido e nos arrumamos, e a Sarah nos levou de carro até o shopping. Lógico que eu já havia ido a alguns shoppings antes, mas, por algum motivo, sempre que estava na companhia dos meus pais, sentia uma aura ao meu redor que gritava: GAROTO DO INTERIOR. Eu tinha a impressão de que as pessoas conseguiam perfurar além do meu físico e entrar na minha cabeça, para olhar meu passado e descobrir segredos sobre mim — até mesmo os que eu ainda não sabia e não entendia direito.

No entanto, dessa vez, com a Sarah apontando para lojas e mais lojas que ela julgava que eu e o Lucas deveríamos conhecer, creio que ninguém pensou nisso. Ou, simplesmente, se perceberam, as pessoas não estavam nem aí pra mim. Ou, quem sabe, eu é que não ligava mais tanto para as opiniões alheias.

* * *

Eu e o Lucas, dentro de uma loja de departamentos, na área dos óculos de sol, experimentávamos vários modelos, mesmo sabendo que não compraríamos nenhum. A Sarah estava na loja também, mas um pouco mais afastada, na seção de acessórios femininos.

E foi então que eu vi algo que me paralisou...

Do lado de fora, dois homens passaram, com sorrisinhos nos rostos barbudos, de mãos dadas. Isso mesmo!

De mãos dadas!

No shopping!

Na frente de todo o mundo.

Eu me senti nervoso e estranho por eles; meu coração acelerou de tal maneira que achei que eu iria enfartar. O Lucas, ao notar minha expressão, acompanhou o meu olhar e soltou um sonoro "Uau!".

Nós dois ficamos quietos por tempo demais, mesmo após os caras já terem sumido das nossas vistas.

— Errr... Legal, né? — o Lucas disse, com a voz baixa, quase um sussurro.

Eu apenas dei de ombros, tentando soar indiferente.

— Não sei se vale o risco...

— Como assim?

— Bem, eles poderiam ser... maltratados a qualquer momento, não?

Na nossa cidade era assim. No interior, com pessoas fofoqueiras que transformam o ato de cuidar da vida alheia em quase um hobby, com meninos machistas, meninas machistas também e indivíduos, em geral, com a mente menor que um grão de feijão, situações como aquela não aconteciam. Homens não andavam de mãos dadas com homens. Se o fizessem, sabiam que correriam sérios riscos.

Nesse momento, me lembrei da volta do parque... Me lembrei de como — Uau! — perto do Lucas minha cabeça parecia ser transportada para outro mundo e essas coisas ruins não me atingiam tanto. Apesar de elas estarem ali, nos rodeando, como se à espera de um mínimo vacilo.

— Mas não deveriam — o Lucas respondeu, meio ressentido. Tirou os óculos escuros que experimentara e o recolocou na gôndola. Então, se virou para mim e apenas disse: — Acho que todo o mundo têm a liberdade para escolher ser feliz!

E se afastou, indo de encontro à Sarah, que estava pagando por um chapéu que, de longe, parecia de palha e típico de praia. A Sarah ajeitou o chapéu na cabeça, o que destruiu totalmente qualquer nexo que seu visual pudesse ter. Mas acho que esse é o estilo da Sarah, de qualquer forma: não seguir regra nenhuma.

Foi quando me olhei no espelho. Um par de óculos quadrado e muito grande estava sobre o meu rosto.

As palavras do Lucas continuavam ali, quicando e batendo de um lado pro outro da minha cabeça.

Recoloquei os óculos no lugar e segui os dois pra fora da loja, mas só depois que o nó que se formara na minha garganta se desfez.

* * *

Depois de almoçarmos no McDonald's, coisa que os meus pais e os do Lucas nunca permitiriam, fomos ao cinema. A Sarah ficou feliz por saber que eu e o Lucas nunca havíamos visto um filme 3D e decidiu que aquele era o momento certo.

O Lucas e eu trocamos poucas palavras. Às vezes, ele me olhava com uma expressão estranha, como se pedisse, no silêncio, que eu abrisse minha mente para que ele pudesse entrar e ver tudo o que eu escondia lá dentro.

Entramos pouco antes de o filme começar e nos acomodamos. A Sarah se acomodou na ponta, seguida pelo Lucas e por mim. A sala não estava tão cheia, por isso foi fácil avistar duas garotas abraçadas de um jeito "somos namoradas" bem lá na frente, trocando carícias e colocando pipoca uma na boca da outra.

O Lucas parecia quase se divertir com a cena. Quer dizer, ela não causava nada "adverso" nele. Pelo contrário, o Lucas demonstrava estar quase feliz por ver aquilo.

Eu também achava ok... Não tinha problemas com isso. Mas, sei lá, ver assim, às claras, me causava um choque, de qualquer maneira.

O Lucas me olhou de novo e, dessa vez, apenas esboçou um sorriso cúmplice que dizia: "Relaxa, tudo vai ficar bem. Nós estamos bem."

Sorri também. As luzes se apagaram e o filme começou.

* * *

    Havia robôs, explosões, coisas voando pra todos os lados, fogo, e mais explosões, e vilões, e moças bonitas sendo salvas. Era um típico filme de ação americano, cheio de efeitos especiais e bem dirigido.

    Costumo adorar filmes assim. Mas, desta vez, estava mais interessado em coisas reais. Queria que as luzes se acendessem para eu ver se encontrava mais gente corajosa como aqueles casais que eu vi. Eu queria mais provas de que o mundo estava mudando.

    E mais ainda: queria provas de que eu estava ali, vivendo, acompanhando, presenciando e sendo parte dessa mudança.

25
Lucas

Não existe nada tão emocionante como a cidade grande. Cada segundo ali fazia com que eu me sentisse um pouco mais completo, mais capaz, mais livre, mais *compreendido*.

Na verdade, pra mim, cada canto daquela imensidão de concreto parecia bem mais do que um simples "concreto". Tudo ali tinha cheiro de possibilidades, de liberdade, mesmo que entre grades e paredes. Sempre ouvi dizerem que no interior as pessoas se sentem mais à vontade, têm mais amizades e são mais completas, e que na cidade grande não era bem assim. Nelas, havia correria, interesses próprios e diziam até que os indivíduos não conheciam seus próprios vizinhos.

No início, eu compartilhei desse pensamento: "Que terrível deve ser viver sem saber quem está ao seu lado." Agora, penso diferente.

No interior, as pessoas são mesquinhas. A proximidade dá a elas uma sensação de intimidade que pode ultrapassar alguns limites, e o "telefone sem fio" funciona vinte e quatro horas. Qualquer passo em falso que se dê é o suficiente pra ser alvo de olhares tortos, risinhos e comentários nas ruas, e isso sempre me assustou muito. No interior, eu não era refém de perigos — era refém das pessoas e suas opiniões. Todas as atitudes eram calculadas friamente para que, fora dos portões, nada saísse do "normal" e aceitável para aqueles que eram tão próximos. Essa proximidade facilitava julgamentos e condenações.

Por isso, a cidade grande me parecia melhor. Todos se mostravam menos interessados na vida alheia. Seus entes queridos podiam não morar tão perto de você, mas não ter a sua vida esculhambada na boca dos maledicentes era um preço que eu pagaria sem pestanejar. Sua liberdade lhe pertencia e era você quem abria as portas de sua intimidade, se assim o desejasse.

Acho que a minha tia viu muito disso quando precisou se mudar. Depois de terminar o primeiro casamento, aos vinte e três anos, todos na cidade passaram a torcer o nariz pra ela. Eu ainda nem havia nascido, mas minha mãe disse que foi o que mais a machucou. Ela e o primeiro marido eram novos e intensos, e da mesma forma que o amor surgiu, ele se apagou. Nenhum dos dois guardou mágoas um do outro, mas isso não era importante: o que realmente interessava pra aquela gente era criticar sua moral e sua conduta. Criticavam-na por não ter sido capaz de manter o marido em casa, e não foram poucos os que a condenaram como se isso fosse uma questão de caráter.

Era impressionante a facilidade dos seres humanos de serem malvados e cruéis!

Aqui, na cidade grande, ela parecia outra pessoa: se vestia como queria — por mais que eu achasse engraçado e muitas vezes nada combinasse, a Sarah se sentia bem assim. Sempre a vejo com um sorriso genuíno e, por mais que esse lugar seja monstruosamente grande, ela parecia conhecer tudo como a palma da mão.

Ela parecia livre.

Eu ainda estava mergulhado nesses pensamentos sobre cidade grande × cidade pequena e seus moradores e particularidades quando minha tia me chamou:

— Lucas, algum problema?

Eu não fazia ideia a que ela se referia e por isso me senti constrangido. O som do carro tocava uma música pop gostosa que eu não conhecia, então eu a usei como desculpa.

— Perdão, tia, não entendi... Estava viajando na música.

O Bernardo me olhou sorrindo como se soubesse que eu mentia.

A Sarah sorriu.

— Estou falando que daqui a pouco dois amigos meus irão lá em casa. Prometi fazer um jantar antes que eles viajassem pra Londres, na semana que vem, e hoje parece ser a melhor data. Tem algum problema? Você e o Bernardo se importam?

— Claro que não, tia. A casa é sua e você pode convidar quem quiser. E não precisa se importar com a gente, nós ficamos no quarto vendo algum filme, não vamos atrapalhar e...

— Lucas! — ela me interrompeu, rindo. — Não seja bobo!

Ela e o Bernardo riram de mim.

— Vocês não vão ficar no quarto de jeito nenhum! Quer dizer, a não ser que queiram. O jantar será pra nós cinco: eu, vocês e eles. Seu tontinho!

Eu sorri, um pouco ansioso e sem jeito.

— Vou adorar, então — falei sem ter muita certeza. — Será divertido.

O sol já se punha entre os prédios altos, que agora tinham suas janelas brilhando: algumas refletindo o sol, outras transparecendo as luzes que se acendiam lá dentro.

Sempre gostei de luzes. No interior, tínhamos as estrelas: um tapete infinito preto e branco estendido no céu. E eu amava a imensidão que sentia ali. Mas algo nas luzes da cidade — dos faróis, dos luminosos coloridos, dos carros que conduziam pessoas apressadas — me alegrava também.

O Bernardo parecia tranquilo, mas seus olhos iam de um detalhe ao outro, ágil, com pressa para não perder nada. Ele era a melhor parte do interior, e com ele por aqui as coisas eram melhores também.

Quando eu pensava no que iria fazer sem o Bernardo a partir do dia em que ele se fosse, tudo o que via eram as luzes da casa dele apagadas. Um vazio, um labirinto.

Aqui na cidade grande, muitas luzes estavam acesas.

Por aqui, eu talvez me sentisse mais preenchido por todas aquelas luzes vazias.

26
Bernardo

Assim que chegamos à casa da Sarah, o Lucas foi pro banheiro principal, e a Sarah, pra sua suíte. Fiquei sem camisa, com a toalha no ombro, esperando que o Lucas saísse pra eu tomar banho também. Fui pra sala e fiquei olhando pela janela. Eu amava aquela vista: todos os prédios se esgueirando e tentando se sobressair uns aos outros. A noite já escurecia tudo e as luzes acesas complementavam as poucas estrelas que surgiam.

A tarde fora incrivelmente agradável, e eu não queria que acabasse. Nunca! Mas então, recebi uma mensagem no celular que me trouxe de volta a realidade. Na verdade, era uma mensagem simples da minha mãe: "Está tudo bem, Bernardo?" A minha vontade era contar tudo: "Mais ou menos, mãe. Está tudo bem agora, mas não sei se vai continuar assim. Pois é. Porque você e o papai querem me levar pra longe do Lucas. E ele precisa de mim aqui, para impedir que os meninos do futebol falem mal dele ou para ajudá-lo a pular o muro. É. Exatamente. Neste momento, está tudo bem porque estou ao lado dele. Mas tudo vai ficar uma merda quando estivermos longe um do outro."

Porém, em vez disso, quando ligo pra minha mãe e ela pergunta se está tudo bem, só o que respondo é que sim, está tudo bem, tudo ok, tudo tranquilo. Eu apenas minto, até que ela desligue, porque, na verdade, dentro de mim há um caos e um monte de conceitos sendo derrubados como um castelo de areia. E eu não quero ter que jogar todas as verdades pra fora agora. Além do mais, não sei se eu conseguiria...

Então me lembro de que, na escola, no time de futebol, termos como "veadinho", "boiola", "bicha", "gay" etc. são disparados a torto e a direito. As pessoas usam esses termos para agredir, mesmo que, no fundo, nem tenham muito essa intenção, o que é bem confuso.

"Droga, seu veadinho! Por que não me passou a bola?!"

"Olha os peitos daquela menina do oitavo ano! Se você não quiser pegar, boiola, deixa pra um homem de verdade!"

"Por que você está chutando a bola como uma bicha? Não seja tão gay!"

Esses termos se tornaram comuns para rebaixar alguém, mesmo que seja um amigo, mesmo que a pessoa não tenha feito nada que a caracterizasse como homossexual. E, pensando bem, como será que alguém que de fato é gay se sente ao saber que sua condição é vista como um xingamento? Aliás, por que será que tais termos existem? O que neles é tão pejorativo? A palavra, em si, não deveria carregar mal algum, mas, ao saírem das bocas de quem as profere, são como pedras, prontas para atingir o alvo. Será que nenhum menino consegue respeitar alguém que é apenas diferente?

Lógico que não sou ingênuo de pensar que aqui, na cidade grande, nada disso acontece. Porém, na verdade, aqui, ninguém parece ligar muito para isso. E, sinceramente, tenho a impressão de que os dois caras que eu vi de mãos dadas e as garotas no cinema não ligariam a mínima se fossem ofendidos ou qualquer coisa do tipo. Eles pareciam felizes. E acho que os assumidamente felizes são assim porque conseguiram, em algum momento da vida, deixar as opiniões negativas pra trás.

E eu os invejava. E ficava feliz por eles, tudo ao mesmo tempo.

— Bernardo? — a voz de Lucas me despertou.

Ele usava só uma bermuda jeans — sem camisa, o que é uma raridade —, e seus cabelos estavam tão molhados que alguns fios negros e pesados caíam por cima do seu rosto. Ele me encarou por alguns segundos, até que perguntou:

— Refletindo?

Dei de ombros.

— Só um pouquinho.

Ele se aproximou de mim e parou perto da janela.

— Aqui parece outra realidade, não é? — ele comentou, como se durante o banho tivesse pensando nas mesmas coisas que eu.

Eu o olhei por um breve segundo e sorri.

Aquela era a nossa outra realidade.

Aquele poderia ser o nosso outro mundo.

— Sim. E soa perfeito pra mim — eu disse, antes de caminhar pro banheiro, deixando o Lucas com um sorriso estampado no rosto.

Não sei se ele viu, mas eu sorria também.

* * *

A Sarah preparou muito animada o jantar, recusando severamente a minha ajuda e a do Lucas. Eu não sabia bem como poderia ajudá-la, mas de qualquer forma ofereci.

Ela cantava, da cozinha, músicas do Elton John, e parecia muitíssimo feliz e satisfeita. Eu e o Lucas ficamos na sala, acomodados no sofá e vendo MTV sem prestar muita atenção.

— Você acha que é um encontro meio amoroso? — perguntei pro Lucas, que me olhou com uma expressão engraçada.

— Acho que... provavelmente, não... Minha tia convidou mais de um amigo... Ao menos foi o que ela falou no carro. *Amigos*, no plural.

— Huuum... Será que não vamos atrapalhar?

— Não, Bê. Se não ela teria comentado, né?

Nesse instante, a campainha tocou. A Sarah gritou para que o Lucas abrisse a porta, e ele foi, me deixando sozinho na sala.

Eu me sentia ansioso com a chegada desses tais amigos da Sarah, mesmo sem saber qual era o motivo. Acho que esse contato com a cidade grande e com pessoas de mentalidade diferente daquelas do interior me deixava nervoso e apreensivo, tudo ao mesmo tempo e na mesma medida.

A Sarah veio pra porta também, enxugando as mãos num avental floral, enquanto dois homens entravam na sala, acompanhados do Lucas.

— Olha, a massa está quase pronta! — a Sarah afirmou com um enorme sorriso, cumprimentando-os com beijinhos no rosto.

O Lucas voltou com as faces coradas e se sentou ao meu lado, no mesmo lugar de antes, e os dois caras vieram e apertaram a minha mão.

— Prazer, Jorge.
— Prazer, Bernardo.
— Prazer, Pedro.

E então eles se sentaram no outro sofá.

Um silêncio se seguiu enquanto a Sarah ia de volta à cozinha, e todos nós encaramos a TV. Passava um clipe antigo da Britney Spears. Ela meio que estava vestida de colegial, com marias-chiquinhas, dançando de um jeito sexy ao mesmo tempo que fazia cara de inocente.

— Jorge, você lembra quando a Rita se vestiu de Britney naquela festa da medicina? — o Pedro perguntou.

O Pedro era negro e tinha uma cabeleira afro que impunha respeito, além de ser muito estiloso. Ele parecia ter uns trinta e poucos anos.

O Jorge riu um pouco, até concordar com a cabeça e dizer:

— Ela levou duas horas pra conseguir vestir a roupa de colegial!

O Jorge era ruivo e tinha muitas sardas no rosto. Acho que os dois tinham a mesma idade.

O Pedro então olhou para mim e pro Lucas, vendo nossas expressões que diziam que não estávamos entendendo nada.

— Bem, meninos, é que eu e o Jorge nos conhecemos na faculdade... Eu me formei em publicidade, e ele, em jornalismo. Isso mais de dez anos atrás. Nós tínhamos uma amiga que era fã da Britney Spears e na época ela cismou que queria ir a uma festa à fantasia vestida de Britney... Até aí, tudo bem. Mas nas vésperas da festa ela teve uma crise de ansiedade e não conseguia parar de comer, e acabou engordando uns cinco quilos, que foram suficientes pra fazer a roupa não caber...

— Mas nós fizemos caber... Tivemos que apertar a Rita dentro dela — Jorge disse.

— Apertá-la *muito*! — o Pedro completou, e os dois caíram na gargalhada mais uma vez.

A Sarah também deu risada, da cozinha, o que me fez pensar que ela já conhecia a história.

Foi quando eu notei algo: o braço do Pedro estava dando a volta nos ombros do Jorge, pousado relaxadamente ali. A mão do Jorge aos poucos se acomodou na coxa do Pedro. Será que...?

E, ainda rindo, eles trocaram um selinho.

Rápido.

Sutil.

Inocente.

Mas um beijo.

Um beijo gay.

GAY.

G-A-Y.

Senti o meu rosto queimar e então me levantei e fui pro quarto. Ouvi, às minhas costas, o Lucas pedindo licença num tom casual e vindo atrás de mim.

O Lucas apareceu segundos depois de eu entrar no quarto e fechou a porta. Eu estava lá, estacado, com os olhos arregalados como se tivesse visto um fantasma, e ele apenas se aproximou e me deu um cutucão rápido.

No mesmo instante, ouvimos a Sarah gritar que o jantar estava na mesa.

O Lucas me deu um abraço apertado e me soltou em seguida. Não deve ter durado mais do que cinco segundos. Por fim, ele apertou a minha mão bem de leve e disse num quase sussurro:

— Essa é outra realidade. Fica bem. Apenas, fica bem. — E saiu do quarto, me deixando ali sozinho.

Sentei na cama, ainda meio zonzo, e apenas respirei fundo, tentando clarear a mente.

Ok. Esta era outra realidade.

E ok... Ela me assustava... Me inquietava...

Mas eu poderia dizer, com segurança, que era mais feliz nela.

27
Lucas

Estávamos os cinco à mesa — o Jorge, o Pedro, a Sarah, o Bernardo e eu —, comendo a massa que minha tia havia feito e conversando sobre todos os assuntos. Algo que não faltava ali eram risos.

Assim que nos acomodamos para jantar, vi cinco taças na mesa e uma garrafa de vinho, mas não comentei nada. Apenas me sentei e comecei a comer, enquanto os três adultos se serviram do vinho. A massa estava deliciosa, mas eu começava a ficar com sede. Troquei olhares confusos com o Bernardo, que pareceu não notar. Foi quando a minha tia perguntou:

— Vocês não estão com sede?

— Eu estou — falei, me levantando. — Vou pegar um suco ou água. Você aceita, Bernardo?

Todos me olharam como se eu fosse ridículo. A Sarah riu, e o Bernardo só me olhou sem graça.

— Suco? Por que vocês não bebem vinho com a gente? — minha tia ofereceu. — Prometo não contar nada pra sua mãe... Olha, não é como se vocês fossem ficar bêbados nem nada, é uma taça apenas! Massas ficam muito mais gostosas com vinho...

Fiquei de pé mais um instante, sentindo o rubor que se espalhava pelo meu rosto, com eles ali ainda me encarando de um jeito engraçado. Me sentei em silêncio e coloquei as mãos sobre o tampo, ainda sem saber o que fazer.

— Pode ser vinho, então — o Bernardo disse no seu tom mais casual, pondo a mão sobre a minha e a apertando de leve, como em um sinal de aprovação.

O toque, apesar de suave, causou um choque pelo meu corpo. O Pedro e o Jorge fitaram disfarçadamente nossas mãos sobrepostas e trocaram olhares cúmplices. Então eu tirei minha mão de sob a do Bernardo e a esfreguei no meu short pra secá-la de todo o suor que a molhou de repente. *Está tudo bem*, eu disse a mim mesmo.

O Bernardo já enchia nossas taças, e a minha tia nos observava com um sorriso no rosto.

Quando minha taça já estava na metade, o Bernardo parou de enchê-la, e então o Pedro sugeriu um brinde.

— A quê? — o Bernardo quis saber. Fazia tempo que eu não o via tão sereno e feliz.

— A vocês — o Jorge disse. — A nós. À juventude e à eternidade.

— Ao amor. — A Sarah olhou pra mim e piscou.

— Ao amor — respondi, incerto.

Alguma coisa naquela noite parecia conspirar a favor de algo que eu temia admitir.

Levei a taça à boca e me surpreendi ao descobrir que a bebida tinha o mesmo gosto de um suco de uva, porém um tanto mais forte ou "concentrado". Era a primeira vez que eu bebia qualquer coisa que continha álcool, e isso despertava mil sentimentos em mim.

O Bernardo me fitava com um sorriso fácil nos lábios e bebia do líquido com uma facilidade muito maior — a facilidade de quem já fizera aquilo antes. Algo em mim não gostava da ideia, mas que se danasse. A sensação de experimentar a bebida pela primeira vez era boa e parecia adequada.

Tudo naquela noite combinava, e o vinho só deixava tudo mais gostoso.

Minha tia era muito legal e fazia questão de incluir nós dois, eu e o Bernardo, em todos os assuntos. Seus amigos também eram muito divertidos e não houve um minuto sequer em que o assunto morreu. Sempre havia algo novo a ser dito, algo velho a ser lembrado e uma gargalhada a ser solta. Era ótimo.

— E então, meninos — o Jorge indagou, depois que terminou de comer —, desde quando vocês são amigos?

Ter o assunto direcionado a nós era estranho. Por algum motivo, era mais confortável ouvi-los falar.

O Bernardo tomou a frente, limpando a garganta e dizendo:

— Desde sempre. — E riu, dando de ombros.

— Só isso? — o Pedro não se conformou. — Sempre *sempre*?

A Sarah me olhou com um olhar engraçado.

— Nossas mães engravidaram quase na mesma época — eu disse, um pouco envergonhado, não sei por quê. — São poucos meses de diferença. O Bernardo nasceu primeiro, e somos vizinhos. Nossos pais sempre foram muito amigos...

— Verdade — a Sarah me interrompeu. — As mães deles sempre se amaram.

— Pois é — o Bernardo assumiu a história. — E nós somos vizinhos, assim, desde que me conheço por gente, o Lucas está perto de mim.

— Te irritando — brinquei.

— Certamente — ele retrucou, rindo.

A conversa prosseguiu, mas minha mente já prestava atenção a outras coisas. O Pedro e o Jorge deram-se as mãos discretamente sobre a mesa, como Bernardo fizera comigo, mas eles as mantiveram unidas. Além disso, vez ou outra trocavam carinhos sutis, e aquilo — literalmente — aqueceu meu coração. Ou talvez fosse o vinho.

Nenhum de nós mencionou a despedida iminente, e por causa das conversas agradáveis, a lembrança de que ele iria partir quase não revisitava minha cabeça.

Após o jantar, ajudei minha tia a retirar os pratos e talheres, enquanto o Pedro e o Jorge continuaram conversando à mesa com Bernardo. Quando entrei na cozinha, minha tia foi categórica:

— Eu lavo os pratos. Não se preocupe. Pode voltar pra conversa.

— Estou bem, tia. Adorei o jantar, obrigado.

Dei um sorriso tímido, e ela bagunçou meus cabelos. Saí da cozinha e fui até o quarto, enquanto os três ainda conversavam. Encostei a porta atrás de mim e fui novamente até a janela.

Voltei a observar os prédios e fiquei imaginando quantos momentos bons — e ruins — as pessoas estariam tendo entre suas quatro paredes.

Tomei um susto com o som da porta se fechando atrás de mim e, quando me voltei, me deparei com o Bernardo a poucos centímetros de mim. O quarto estava com a luz apagada, mas o contorno escuro do Bernardo era reconhecível pra mim.

— Você está com cheiro de vinho — comentei, pra disfarçar a tensão.

— Você se saiu muito bem.

— Você também. Eles são ótimos.

— Da minha mão — ele falou, e havia quase raiva em sua voz.

— O quê? — perguntei, confuso.

— Você sabe, Lucas. Você soltou nossas mãos, à mesa.

— Bernardo... Minha tia estava olhando — rebati, na defensiva. Não dava para acreditar que ele brigaria comigo por causa de algo tão bobo.

— E ela não parecia se importar. Não percebeu como a Sarah parece estar quase incentivando isso? — Seu tom era quase súplice, o que me deixava ainda mais constrangido, arrependido e magoado.

— Desculpa, eu só... não estava pronto, ok? Não estava pronto. — E me virei de costas, me encostando no parapeito.

Senti a presença do Bernardo ainda atrás de mim, no escuro, imóvel. Mas não me virei pra encará-lo.

— Desculpa — ele disse após um tempo. — Não foi certo, não sei o que deu em mim.

— Tudo bem — falei, sem olhar pra ele, e então o Bernardo se aproximou e parou ao meu lado, na janela.

— Eu queria que estivesse tudo bem. E quando estou ao seu lado, como agora... — A proximidade dele me arrepiou. — ... sinto como se tudo fosse *realmente* ficar bem e que tudo de bom *realmente* poderia acontecer.

Um pensamento muito estranho passou pela minha mente. O hálito de vinho e as palavras pesarosas dele mexeram comigo e eu precisei me conter em um esforço sobre-humano para não obedecer meus impulsos de chegar mais perto, um pouco mais perto... A boca do Bernardo parecia brilhar refletindo as luzes de fora do apartamento.

O vinho floreava no meu olfato, no meu cérebro.

Meu coração batia de um jeito estranho e desesperado.

Por um instante, me perdi nos olhos dele. E senti que poderia me perder ali pra sempre. Toquei a mão do Bernardo — a que estava no parapeito da janela — e me aproximei mais.

Um pouco mais.

Estávamos muito próximos, muito. Talvez fizesse sentido estarmos assim agora, já que estivemos assim a vida toda. De todo modo, sentia que agora era diferente.

O Bernardo estaria distante em alguns dias; não parecia justo.

Congelei meus impulsos ali e me mantive onde estava. Eu continuaria fazendo sempre isso, de qualquer forma.

O Bernardo pareceu quase desapontado. E alguém abriu a porta, acendeu a luz e me despertou dos meus devaneios.

28
Bernardo

Primeiro, a claridade feriu os meus olhos. Depois, ela feriu algo dentro de mim que sabia exatamente o que meu coração queria, mas que o medo tornava nebuloso e oculto; sentimentos que eu próprio ainda não havia entendido direito, mas que eu queria viver e experimentar de algum jeito.

A Sarah, meio alta, dizia que o Jorge e o Pedro estavam animados, querendo brincar de Jogo da Vida. Eu nem sabia como iríamos brincar, se todos estavam meio tontos, porém eu e Lucas trocamos um sorriso e concordamos, dizendo que iríamos. A Sarah assentiu, pediu que não demorássemos, e se foi.

Eu e o Lucas continuávamos próximos à janela e nos olhamos, meio sorrindo, meio envergonhados, meio felizes, meio tontos por causa do vinho.

— Então… — encontrei minha voz, perdida em algum lugar dentro de mim. — Vamos?

O Lucas exalou um suspiro que veio junto com um risinho. Os lábios dele estavam arroxeados. Era delicioso ver o Lucas assim, mais leve, mais solto, longe de toda aquela aura que permeava sua moral, sempre julgando o que era certo e o que era errado.

— Vamos! — E ele caminhou pra fora do quarto.

Eu fiquei olhando pra ele com um sorrisão que o Lucas nem percebeu.

Dessa vez, pra o Lucas, beber vinho era certo.

Dessa vez, pra mim, ver estrelas era permitido.

* * *

Jogar o Jogo da Vida era mais fácil do que viver a vida real. Tínhamos dinheiro pra comprar imóveis, pagar contas, viajar etc. Podíamos nos casar, ter filhos, e não, não havia nenhum vizinho fofoqueiro pra vigiar nossa vida ou os amigos chatos do futebol pra julgar suas opções.

Jogar Jogo da Vida era definitivamente *muito* mais fácil do que a vida real.

Mas acho que ninguém estava pensando muito nisso... Só eu. Tanto é que, por algum motivo, fiquei em último lugar.

A Sarah ganhou, seguida pelo Pedro, pelo Jorge e pelo Lucas. Eu fui o lanterninha. A verdade é que, no meio da partida, tudo virou uma grande confusão. Os adultos haviam bebido bastante vinho e o Lucas, como não era acostumado, depois de uma taça e meia já ficou meio alto. Eu... bem, eu já havia tomado meus goles por aí; portanto, dois copos não surtiam muito efeito em mim. Então tudo bem. Eu era a pessoa mais sóbria daquele jogo, enquanto todos os outros falavam alto, riam e meio que cambaleavam um pouquinho.

Quando a partida terminou, o Lucas me zoou, com sua voz mais irritante:

— Nossa, você é péssimo! — E me mostrou a língua como uma criança mimada.

Eu abri a boca para responder, mas antes que conseguisse, a Sarah falou, em alto e bom som:

— Apenas se lembrem, rapazes: azar no jogo, sorte no amor.

E quando a olhei, ela piscou com um dos olhos pra mim, o que me fez corar. Se eu estivesse meio bêbado, talvez tivesse sorrido, pegado na mão do Lucas e dito que sim, eu tinha um pouco de sorte no amor...

No entanto, eu estava sóbrio o bastante e não conseguia esquecer que em menos de uma semana estaria longe dele e de tudo o que nossa amizade representava.

Desse modo, apenas assenti, enquanto o Lucas ria feito doido. A verdade é que na hora me deu vontade de chorar.

* * *

Depois da meia-noite, o Jorge e o Pedro chamaram um táxi. O Lucas havia dormido uma meia hora antes no sofá. Mas, com um pouco de esforço, consegui levá-lo no colo pra cama de casal do quarto de hóspedes. Acomodei sua cabeça no travesseiro, descalcei seus tênis e tirei a sua calça jeans. Procurando não pensar muito, eu o cobri com o lençol fino.

O Lucas dormia tranquilamente, com a boca meio aberta. Mas eu sabia o que o vinho fazia com quem não estava acostumado. Assim, busquei em minha bolsa uma aspirina e a deixei sobre a mesinha ao lado da nossa cama. Então, fui até a cozinha, peguei um copo de água e o coloquei ao lado do comprimido. Torcia pra que não, mas talvez no dia seguinte o Lucas fosse precisar.

Depois disso, voltei pra sala e me despedi do Pedro e do Jorge. Eu os abracei como faria apenas com amigos e disse que tinha sido uma noite muito agradável. Os dois pediram pra que eu e o Lucas voltássemos em breve pra outra visita. Eu apenas assenti, sem paciência pra contar que logo estaria bem longe dali.

Voltei pro quarto e já me preparava para fechar a porta quando as palavras da Sarah, vindas da sala, me atingiram, e eu estaquei. Minha mão ficou grudada na maçaneta:

— Obrigada por terem vindo, rapazes. Eu sabia que faria muito bem aos meus meninos.

— Que é isso, Sarah! Não tem o que agradecer — disse o Pedro.

— Quando precisar, é só chamar... — garantiu o Jorge.

— É que, vocês sabem, eles foram criados em uma cidade pequena... Nunca saíram de lá. E em cidades pequenas, as diferenças são vistas quase como ameaças. Eu sempre me preocupei com esses meninos e sabia que, na hora certa, eu seria a pessoa que iria abrir os olhos deles pra que não se sentissem errados ou mal compreendidos... E é engraçado, porque eu sinto que eles se amam desde...

E então fechei a porta.

Estava assustado, surpreso, feliz e...

Tirei a camisa, a calça jeans, os tênis e deitei ao lado do Lucas. Por um tempo, apenas fiquei olhando pra ele, absorvendo e reparando em cada mínimo detalhe.

As palavras da Sarah ficavam flutuando na minha cabeça: "Eles se amam..."

Dormi sem saber o que eu estava sentindo.

29
Lucas

Acordei no meio da noite com a sensação de que minha cabeça explodiria a qualquer momento. Olhei pro lado e vi o Bernardo dormindo sereno, com seus cachos atrapalhados, o que teria me feito sorrir, se não fosse pela dor me martelando o cérebro.

Minha visão ainda tentava focalizar os objetos no escuro quando vi algo atrás do Bernardo: um copo com água pela metade e uma pequena cartela de remédios. Meu coração quase implorou pra que fosse algo pra me ajudar com a dor.

Puxei o lençol para longe do meu corpo e tomei um susto: eu estava só de cueca e camiseta. Procurei minha calça ao lado da cama, mas não a encontrei. Me levantei cambaleante e, quase zonzo, dei a volta na cama, tentando alcançar o copo. Peguei um comprimido na cartela, despejei-o na minha mão, joguei-o na boca e bebi a água.

Olhei pra cama com a água ainda me descendo pela garganta e engasguei: o lençol agora revelava um Bernardo só de cueca que antes estava ao meu lado.

Meu Deus, será que...?

— Qual é o problema, Lucas? — soou a voz abafada do Bernardo.

Ele se virou pra mim. A minha sorte era a luz apagada, assim o Bê não veria minhas bochechas queimando de vergonha.

— Achou o comprimido. — Então o Bernardo deu uma risada fraca, e eu entendi que fora ele que deixara aquilo ali pra mim, propositadamente.

Era quase como se o Bernardo estivesse cuidando de mim. Ou talvez fosse isso mesmo. Eu teria ficado tão bêbado assim?

— Bê... cadê minha calça? — indaguei, devagar e baixinho, com certo medo da resposta. Na verdade, com muito medo da resposta.

— Como assim, Lucas? Acho que coloquei em cima da mala, não lembro...

A entonação dele estava cheia de sono e um pouco arrastada. Dei um sorriso na escuridão.

— Mas... por que ela... está lá? — Eu não queria fazer a pergunta direta, mas precisava da resposta.

Foi quando ouvi o barulho dele na cama e vi sua silhueta escura se sentando.

— Como assim, Lucas? Você não está... Espera! Você tá pensando que... O que você tá pensando?

A inocência e o susto dele imediatamente me tranquilizaram. Eu soube que nada acontecera, e então expirei aliviado. Bebi o restante da água no copo e voltei a me deitar. O Bernardo continuava sentado.

— Não é nada, Bê. Vamos voltar a dormir, ok?

Ele coçou a cabeça e arrumou mais ou menos os cabelos, se deitando de novo, com o rosto virado pro meu.

— Você precisava ter se visto bêbado — ele disse, bem-humorado.

— Para, eu nem fiquei bêbado — contestei, mesmo sem muita certeza.

— Você nem sabe onde estão suas roupas. — Uma risada saiu dessa vez, ainda que baixa. — Isso, pra mim, é um sintoma claro de alguém que está bêbado.

— Não enche, Bernardo. Minha cabeça está doendo...

— Segundo sintoma.

Eu ri e dei um soquinho nele. O Bê estava quase completamente descoberto, e constatar isso me causou um arrepio. Não que eu já não tivesse visto aquelas mesmas partes do corpo dele antes; mas mesmo assim...

Puxei o lençol sobre mim, por mais calor que eu estivesse sentindo.

— Será que você pode abrir a janela? — pedi num sussurro.

— Por quê? Tá tudo bem?
— Está sim, é só... Sei lá.
— Ok.

Sem questionar mais nada, ele se levantou e foi escancarar a janela. Uma brisa fria e gostosa entrou no quarto no mesmo instante, e com as luzes que vinham de fora, eu pude ver melhor o corpo do Bernardo à mostra.

Senti mais um arrepio repentino assim que ele se deitou na cama.

— Está tudo bem? — ele tornou a perguntar; devia ter percebido os meus arrepios.

— Sim... É só a dor de cabeça — menti.

— Aqui. — Senti o toque familiar dele no meu ombro. — Vem cá.

Então ele me puxou até que eu deitasse sobre seu braço, e com a outra mão fez um cafuné bem devagar. Eu me acalmei na hora.

— Quem dera alguém tivesse feito isso por mim quando eu tive ressaca... — ele comentou, brincalhão.

— Basta que você volte a ficar bêbado, mas perto de mim. — E adormeci profundamente.

* * *

Horas depois — nem imagino quantas —, senti minha perna balançar, mas tudo estava escuro. Minha perna sacudia e sacudia, e eu não entendia nada.

— Lucas? Lucaaas... Lucas! LUCAS!

Abri os olhos, assustado, e a claridade invadiu meus olhos com violência.

— Socorro, o que tá acontecendo? — Eu tentava ajustar minha visão e minha cabeça à luminosidade.

— Já passou da hora do almoço, seu doido. Na verdade, já são 15h32. Sua tia está ficando preocupada... — O Bernardo, enfim, soltou a minha perna.

— Estou bem — respondi, ainda estirado na cama. Escutei a risada do Bernardo e quase sorri também.

— Eu sei que está. Mesmo assim... Hoje é sexta feira, e era pra voltarmos daqui a pouco... Mas aí ela disse que não quer que a gente vá embora e nos convidou para ir àquele sítio dela de que você sempre fala.

Ao lembrar do sítio, sorri de verdade.

— Pois é... A Sarah disse que fica quase na metade do caminho daqui até as nossas casas. O que acha?

— Não sei... — Por mais que eu quisesse muito ir ao sítio, minha cabeça, que ainda estava doendo, impedia um pouco o meu raciocínio.

— Vou falar que você se animou. E acorda logo, ela disse que não vai fazer almoço hoje, e que vamos lanchar no Subway...

O Bê não precisou falar mais nada para me tirar da cama.

— Quero o maior de todos! — Sorri, e, mesmo com a mão cobrindo meus olhos, sei que o Bernardo sorriu também.

30
Bernardo

Eu havia acordado antes do Lucas e arrumado minhas roupas na mochila. Assim, fiquei sentado na sala, tentando ignorar os apelos de fome do meu estômago, enquanto ele se arrumava. A Sarah também, naquele momento, arrumava uma pequena mala para os dias que passaríamos no sítio, toda hora correndo de um lado pro outro, porque, supostamente, esquecera alguma coisa.

Eu conversara com meus pais pra falar da mudança de planos. Eles não pareceram muito animados. Primeiro, uma viagem de dois dias se estenderia por uma semana — minha última semana na nossa cidade. Mas acho que pararam de contestar pra evitar um novo e possível desentendimento. Fora que… bem, eu não abriria mão disso; não abriria mão desse novo mundo em que eu e Lucas estávamos vivendo.

* * *

Paramos no shopping uma última vez, tanto para lancharmos como pra darmos uma última volta. E nesses últimos minutos, tentei absorver todas as informações possíveis. Todas as pessoas diferentes, todas as atitudes que não me eram comuns, as luzes…

Foi então que a Sarah comentou:

— Meninos, vocês andaram, viram tudo, e não vão levar nenhuma lembrança daqui?

O Lucas deu de ombros, dizendo:

— Eu, sinceramente, pretendo voltar outras vezes... Claro, se você deixar...

A Sarah deu risada.

— Lógico que você pode voltar, seu bobo! Não é disso que estou falando... É de algo que... fará vocês se lembrarem destes dias maravilhosos que estão passando juntos.

Fiquei quieto, absorvendo as palavras da Sarah. Eu entendia o que ela queria dizer. Era mais uma daquelas dicas/sugestões que ela dava o tempo todo.

Minha mente começou a divagar sobre o que ela dissera aos seus amigos na noite passada: "Eles se amam..."

Eu não conseguia parar de pensar nisso... E acho que durante os meus sonhos essa frase foi tudo o que se passou na minha cabeça.

— Bê? — a voz de Lucas me trouxe de volta pro presente.

Ele e a Sarah me encaravam com olhar divertido. Deviam ter me chamado várias vezes. Eu apenas cocei a cabeça e ri.

O Lucas se inclinou pra Sarah.

— Ele sempre foi assim, tia. Tem horas que parece que a mente dele simplesmente desliga e...

Dei um leve empurrão nele, rindo.

— Ei! Não falem sobre mim como se eu não estivesse aqui...

— Bem, meninos, como vocês não querem comprar nada para levar de lembrança, vou pagar o estacionamento para podermos ir pro sítio.

Foi então, quando eu e o Lucas ficamos sozinho, que ele quis saber:

— Você... está gostando?

— Da viagem?

— É.

— Muito. Por quê?

O Lucas deu de ombros.

— Curiosidade... Pensei que você fosse querer levar uma lembrança... Só isso.

Eu o olhei com firmeza.

— Todas as lembranças mais importantes que eu tenho que carregar comigo estão aqui... — E apontei pro meu coração.

O Lucas me encarou com uma expressão diferente; quase como se tivesse sido atingido por algo invisível. Seus olhos logo se encheram de lágrimas, e acho que os meus também.

Nossa rotina era permeada por momentos de "Uau, vamos aproveitar nossos últimos momentos juntos!" e "Droga! Estes são nossos últimos momentos juntos".

Respirei fundo, tentando manter a calma, e apenas sussurrei:

— Ainda temos cinco dias, além do dia da minha partida, certo?

Ele assentiu.

— Então, tudo certo... Você tem cinco dias para fazer as minhas férias serem inesquecíveis, porque me levar pro clube foi meio...

E antes que eu pudesse terminar o que estava falando, ele me deu uma cotovelada, rindo alto. E eu fiquei feliz. Preferia os sorrisos do Lucas do que suas lágrimas.

* * *

O sítio ficava a pouco mais de uma hora da casa da Sarah. O caminho aos poucos foi deixando de apresentar prédios gigantescos e toda a urbanidade que me encantara. Então, conforme o carro ia passando pelo asfalto, a estrada começou a ser permeada por montanhas, árvores e lagos.

Era quase como voltar às origens...

O sol se punha preguiçosamente no horizonte e, enquanto o vento que entrava pela janela aberta bagunçava meus cabelos, eu só conseguia olhar pro Lucas e pro avermelhado em seus cabelos negros. Quando ele olhava direto pra mim, dentro dos meus olhos, eu sentia que havia um sol guardado ali. Um sol que brilhava só pra mim.

31

Lucas

Do lado de fora do carro, o crepúsculo mais lindo que eu já tinha visto estampava o céu. As nuvens estavam vermelhas e laranja como se pegassem fogo, mas a brisa era fresca e amena.

Meus cabelos voavam pra trás como que puxados por uma mão invisível.

O Bernardo, ao meu lado, observava a paisagem vasta que se estendia pela estrada, mas nós não nos olhamos diretamente nem conversamos. A presença do outro já nos bastava.

Alguma música pop chiclete vinha do rádio, mas eu não me importava em descobrir qual era. A Sarah sabia cantar e o fazia animadamente, balançando os cabelos ainda mais ao vento, e eu desejei que o sítio nunca chegasse pra que aquele momento pudesse ser eterno.

Peguei a câmera na mochila, que estava no banco do carro, e o Bernardo me fitou, sorrindo. Liguei o aparelho e comecei a filmar. Aquele momento, definitivamente, merecia ser filmado. Eu o assistiria para sempre: o vento, a vermelhidão no céu e a sensação de liberdade. O sorriso no rosto do Bernardo. Os cabelos escuros da Sarah esvoaçando e tapando seu sorriso vez ou outra, enquanto ela berrava a letra da música. A minha paz.

Em dado momento, a Sarah entrou com o carro em uma pequena estrada de terra. O veículo sacudia e levantava uma nuvem de poeira atrás de nós. O céu já estava em tons de roxo-azul-escuro-preto e muitas estrelas começavam a brilhar para nós. Fiz mais um take rápido com a câmera que tremia em minhas mãos à medida que o automóvel passava sobre as pedras.

Talvez pela forma como as estrelas brilhavam — como no interior —, me senti mais próximo de casa e de tudo de ruim que ela significava: a partida do Bernardo.

Espantei logo o pensamento, parei de filmar e guardei a máquina na mochila.

A casa-sítio da Sarah apareceu no meio das árvores. O carro parou debaixo de uma árvore sem frutos no espaço ao lado da residência. *O Bernardo iria adorar jogar bola ali*, pensei. Puxei a mochila de dentro do carro, e o Bernardo fez o mesmo. A Sarah foi pegar sua mala no porta-malas.

A casa era bem grande — maior que a minha —, e tinha dois andares também. Três dos cômodos superiores possuíam varandas que pareciam deliciosas de se estar e janelas bem amplas. Assim que a Sarah acendeu a luz da entrada, pude ver que as paredes tinham um tom pêssego um pouco mais escuro. Também havia uma piscina de tamanho razoável perto do gramado onde o carro estava parado. Eu queria passar mais dias ali, e o Bernardo pareceu estar pensando o mesmo que eu.

Entramos, a Sarah acendeu a luz da sala e... Uau! Que casa linda! As paredes eram de pedra, havia uma lareira em um canto e móveis de madeira muito bonitos. Em cada parede, um quadro diferente, e tapetes confortáveis pelo chão.

A Sarah achou graça de ver meu olhar impressionado.

— Já era pra você e seus pais terem vindo aqui — ela disse. — Não tem tanto tempo que comprei a propriedade, mas já cansei de chamá-los pra vir. Quem sabe, agora que você veio, eles não se animam?

— Pode ter certeza de que vou dar um jeito de trazê-los pra cá — falei, rindo e impressionado.

— Meninos, estou exausta... Vou abastecer a geladeira, e vocês fiquem à vontade pra se servirem, ok? Depois vou me deitar, mas vocês podem escolher o quarto que quiserem. E um deles aqui embaixo tem banheira. — Ela disse dando uma piscadela para nós.

— Eu quero esse! — Atirei a mochila no sofá e me joguei nele. Eu estava bem cansado também, apesar de ter dormido demais. Ressaca não conta como descanso, conta?

Esperei no sofá até que minha tia terminasse de guardar a comida na cozinha e subisse as escadas. Lá em cima, ela gritou um "Boa noite, meninos! Juízo!". Olhei pro Bernardo e sorri.

Estávamos quase a sós.

— Pois é... — falei. — Temos que escolher um quarto...

— Temos...

Seguimos corredor adentro, acendendo as luzes dos cômodos, e fiquei me perguntando como eu não estive ali antes.

Nenhum dos quartos que abrimos tinha a tal banheira. Então, imaginei que ela estivesse no segundo andar e acabei preferindo o quarto mais afastado da cozinha.

— Acho que este tá bom — disse pro Bernardo, colocando minha mochila no chão e me sentando em uma ponta da cama.

— Ok... — ele falou em um tom estranho. — Bem, vou ficar no quarto ao lado, então... Até amanhã.

Ele saiu sem dizer mais nada, e eu fiquei estarrecido no local em que estava, sem saber o que fazer.

Logo depois, fiquei com raiva, muita raiva. Por que ele estava agindo daquela forma depois de tudo?

Eu não havia feito nada, né?

Não, sabia que não!

E não deixaria esses pensamentos de culpa me consumirem de novo como quando ele se afastou por quase duas semanas. Por isso, apenas apaguei a luz, zangadíssimo, tirei a minha roupa e deitei sob as cobertas apenas de cueca, revoltado.

Se o Bernardo queria bancar o babaca e estragar tudo, que fizesse. Eu teria tempo demais para sofrer depois que ele partisse.

Agora, eu só queria dormir.

32
Bernardo

Entrei no quarto e fechei a porta rapidamente atrás de mim, como se meus sentimentos e pensamentos pudessem sair voando da minha mente e deixando rastros pelo corredor.

A noite estava quente, abafada. Fui até a janela de madeira e fiquei apenas encostado lá, olhando as folhas das árvores balançando preguiçosamente à mercê da mais simples brisa.

Eu me encontrava em outro lugar, outra cidade, outro ambiente, outra casa, outro quarto. Outro mundo. Este era outro mundo, com certeza. E com alguns velhos problemas.

Tirei a camisa, a calça jeans e fiquei só de cueca, com os braços abertos em frente a janela, recebendo o vento fresco do verão. A verdade era que eu percebera a frustração no rosto do Lucas ao não entender a minha suposta "fuga". Nós já havíamos dormido juntos várias vezes, isto era verdade. E nunca tivemos problemas com isso, o que era verdade também. Mas agora era diferente; tudo mudara.

A minha relação com o Lucas se tornou algo grande demais para se controlar. Nós sempre fomos melhores amigos, e eu sempre o vi como uma pessoa que eu amava e queria por perto sempre. E, conforme fomos crescendo, nosso carinho mútuo cresceu muito. Eu ainda preferia passar uma noite jogando videogame na companhia dele do que sair pra uma festa e ficar com alguma menina cujo nome eu provavelmente não lembraria no dia seguinte. Pra mim, isto era amizade. Pra mim, todas as amizades eram assim. E eu me assustei quando percebi que estava enganado...

A Sarah conseguira ver o que sempre esteve na minha frente e eu não notara. Ela sentira algo diferente em mim e no Lucas; na nossa amizade, cumplicidade e sentimento.

E se a Sarah estiver certa mesmo? E se... eu e o Lucas... nos... amássemos?

Me esgueirei até a mochila, procurei um pouco e encontrei a filmadora que o Lucas ganhara. Sentei na cama e dei o *play*. As imagens filmadas ganharam vida... E então, fui invadido por um furacão de sentimentos.

Estava tudo ali, estampado como um filme: os sorrisos, os olhares, as brincadeiras. A cumplicidade, a amizade... O tão assustador amor.

Foi então que minha mente deu um estalo, e quando dei por mim, já estava fora do quarto, caminhando a passos firmes até o quarto do Lucas. Abri a porta sem bater e encontrei um Lucas meio sonolento.

— Você não está dormindo, está? — sussurrei.

— O que aconteceu? — ele perguntou, grogue de sono.

—Er... — Eu não sabia o que dizer.

— Você está só de cueca? — A confusão dele me fez rir. Com a quantidade de coisas que aconteceram, achei engraçado essa ser a primeira pergunta dele.

Me aproximei da cama e me agachei ali perto.

— Desculpa por hoje mais cedo... É que tem muita coisa acontecendo dentro de mim — falei, esperando que isso fizesse algum sentido pro Lucas.

Por sorte, ele apenas sorriu.

— Os mundos estão colidindo... — ele murmurou.

E eu entendi o que ele queria dizer. O mundo criado nos limites do nosso quintal, o mundo que vivíamos em nossos quartos, o mundo que enfrentávamos na escola, o mundo na casa da Sarah, o mundo no sítio, e os outros vários mundos que eu e o Lucas vivíamos juntos.

"Os mundos estão colidindo."

— Sim... — afirmei, num sopro fraco.

Foi então que uma ideia me ocorreu, num lampejo inesperado.

— De 1 a 10, qual a probabilidade de a sua tia acordar no meio da noite?

O Lucas encolheu os ombros; o corpo dele estava protegido por um fino lençol.

— Bem... Acho que zero, porque ela toma calmantes e...

Antes que o Lucas pudesse continuar a frase, eu o peguei pelos braços. Espantado, ele gritou e riu ao mesmo tempo. Num movimento só, eu o puxei pra cima, o coloquei num dos meus ombros e o carreguei pra fora dali. Dei risada ao ver que ele também estava só de cueca. O Lucas gritava, batendo nas minhas costas, querendo entender o que estava acontecendo. Mas eu o ignorava, mantendo o foco no plano que se formara na minha cabeça.

Com esforço, percorri todo o corredor e saí pela porta de entrada. O Lucas parara de gritar e agora só repetia compulsivamente:

— Bernardo, não seja louco! O que você está fazendo? Por favor, Bernardo, não! Não faz isso!

E essa atitude, sinceramente, me dava ainda mais vontade de rir.

Quando ele percebeu o que eu planejara, se descontrolou ainda mais.

— Não faz isso! — o Lucas rosnou.

Eu apenas o deslizei pro chão e o coloquei de pé, bem à minha frente. Menos de dez centímetros separavam o corpo do Lucas do meu. E essa era a mesma distância que o separava da borda da piscina.

— Me deu muita vontade de nadar... — afirmei, como se isso justificasse tudo.

— Problema é seu! É só você pular aí! Você não precisa de mim! — o Lucas disse, ainda nervoso.

Fiz um beicinho, só pra provocar.

— Não seja malvado...

Ele revirou os olhos.

— Você acha que pode brincar pra sempre comigo, né?

— Não, Lucas, calma... É só que...

— Não! Calma, não! Sabe por quê? — Ele estava transtornado, e por isso me perguntei se as risadas que deu enquanto estava no meu ombro seriam de nervoso. — Porque você faz isso o tempo todo com a droga da sua indecisão... Em um momento parece que você me quer por perto; no outro, você simplesmente me empurra para longe.

— Lucas...

— MERDA! Eu estou aqui te querendo. Sempre te quis. Seja corajoso, só um pouco, e me queira também.

Pisquei, atordoado. E então voltei à realidade... O Lucas ainda estava ali, mas as palavras dele haviam sido ditas apenas na minha cabeça. Foi um devaneio no qual, acho eu, minha própria mente gritou tudo o que eu precisava ouvir.

O Lucas mudara de posição, e agora eu é que estava na beirada da piscina. Ele me encarava com um olhar de desafio.

— Por que você nunca pode ser corajoso? Se quer nadar à noite, seja corajoso! Pula primeiro!

Corajoso...

Eu me aproximei do Lucas, estreitando completamente a pouca distância que já existia. A respiração dele batia na altura do meu peito. Meus lábios estavam secos e minha mão suava.

— Se eu pular, você pula comigo?

O Lucas me olhou fundo nos olhos.

— Sempre — ele respondeu, sem titubear.

O Lucas era valente. Eu precisava ser também.

Coragem...

Nossas mãos se entrelaçaram e pulamos juntos na piscina.

33
Lucas

E lá estávamos nós, de volta à água. Eu tremia muito dentro da piscina, como se cada um dos meus ossos rejeitasse veementemente a ideia de continuar ali por um só segundo mais. Meu maxilar sacudia como uma escola de samba, e ainda assim eu sorria.

A piscina estava roxa por conta da luz interna que vinha dela. O Bernardo ficava ainda mais bonito iluminado. Olhei pra ele quando mergulhou e admirei o brilho da água na piscina e o borrão escuro que era ele passando sob tudo aquilo. Deveria ter uma forma de filmar aquilo... Seria lindo.

De repente, lembrei que não havíamos levado toalha e, por isso, provavelmente, acabaríamos com hipotermia antes de voltarmos para casa... Mas que se danasse. Talvez isso o impedisse de viajar.

O Bernardo emergiu devagar e abriu os olhos. Seus cachos estavam escorridos e pesados por conta da água, escondendo a testa dele, e seus lábios sorriam.

— Você é um idiota — falei. — Vamos pegar uma bela gripe antes de sair daqui.

Ele deu de ombros.

— Se você se movimentasse aqui dentro... — Indicou a piscina ao nosso redor. — ...talvez não sentisse tanto frio.

— Eu estou me movimentando. — Joguei água na cara dele.

— Você entendeu o que eu quis dizer. — E ele jogou água em mim também.

— Isso não anula o fato de você ser um idiota. — Atirei mais e mais água nele, que apenas ria e tentava se esquivar, se aproximando de mim.

Foi quando senti suas mãos me tocarem os braços e subirem por eles até os meus ombros. Então o Bernardo me abraçou, desajeitado, pra me impedir de atacá-lo ainda mais.

Acho que cada centímetro de mim se arrepiou.

E de repente me senti afundar junto com ele, que tentava me afogar de brincadeira. Tudo estava roxo: eu, ele, as paredes de azulejo ao nosso redor e milhões de bolhas que se formavam enquanto eu me agitava, tentando subir de volta à superfície.

Eu o empurrei com mais força e voltei, respirando fundo.

O Bernardo emergiu de novo, dando risada, e agora era eu que queria sufocá-lo.

— Idiota! — Tossi. — Você podia ter me afogado de verdade!

— Não seja dramático! Não ficamos nem meio minuto lá embaixo — ele respondeu num tom bem mais baixo que o meu.

— Babaca!

— Lucas, calma! Eu não ia te machucar! Desculpa!

Olhei pra ele com a cabeça baixa, ainda pensando na melhor maneira de matá-lo, mas com certa empatia. Eu realmente sabia que ele não queria me machucar; mesmo assim, estava com raiva.

— Meninos! — ouvi antes que eu pudesse responder pro Bernardo. — Vocês ligaram o aquecedor?

Olhamos ao mesmo tempo na direção da sacada mais alta da casa. E lá estava a Sarah, sorrindo pra nós, mesmo com voz de sono.

— Aquecedor? — Bernardo franziu o cenho.

— O quê? Vocês estão na água gelada?! — ela berrou lá de cima.

— Sim. — Dei de ombros, tentando amenizar a situação e evitar uma possível bronca. Mesmo tentando parecer casual, já sentia meus ossos começando a vibrar novamente, sentindo de novo o frio, após toda a descarga de adrenalina.

— Loucos! Esperem um minuto!

A Sarah voltou pra dentro da casa. Eu e o Bernardo nos encaramos, por um momento apreensivos. De repente a piscina fez um barulho estranho e muitas bolhas começaram a subir ao nosso redor.

— Aquecedor, seus loucos! O aquecedor está aí pra ser usado... — a Sarah falou lá de dentro.

A água começou a esquentar, transmitindo uma sensação confortável e quase extasiante. Sorri pro Bernardo, e a Sarah apareceu na porta com uma toalha em cada ombro e uma na mão.

Três, pensei depressa. *Mas somos só dois.*

Então ela atirou as toalhas na grama e pulou na piscina — ainda de pijama — no meio de nós dois, espirrando bolhas roxas para todos os lados.

Ela conseguia ser ainda mais louca que nós.

34
Bernardo

A Sarah era louca. Louca no melhor sentido da palavra.

Por algum tempo, com a água morna, ela nadou, mergulhou, brincou de nos afundar e agiu como se fosse uma adolescente de quinze anos.

A Sarah havia se separado, e nunca mais se casou, nem teve filhos. O Lucas já havia me contado que um dos sonhos dela era ser mãe. E acho que, enquanto ela afundava a minha cabeça e a do Lucas, a Sarah se sentia meio assim, como nossa mãe. E eu fiquei feliz por ela.

Espero que meus sorrisos e minha cara de felicidade consigam dizer à Sarah que ela seria uma mãe incrível.

* * *

Quando os bocejos começaram a se tornar constantes, e o cansaço foi cravando suas garras em nossos corpos, decidimos que era hora de sairmos da piscina e irmos dormir.

A Sarah subiu rápido pro próprio quarto, depois de nos dar um beijo e dizer que éramos doidos. Eu enrolei um pouquinho ainda, antes de ir pro meu quarto, e quando o Lucas foi na direção do dele, eu o acompanhei.

Assim que entramos, ele me encarou com uma expressão engraçada, que demonstrava claramente a confusão por me ver ali. Tremendo muito, mesmo enrolado na toalha, o Lucas se inclinou sobre sua mochila para pegar roupas secas, e eu o ajudei.

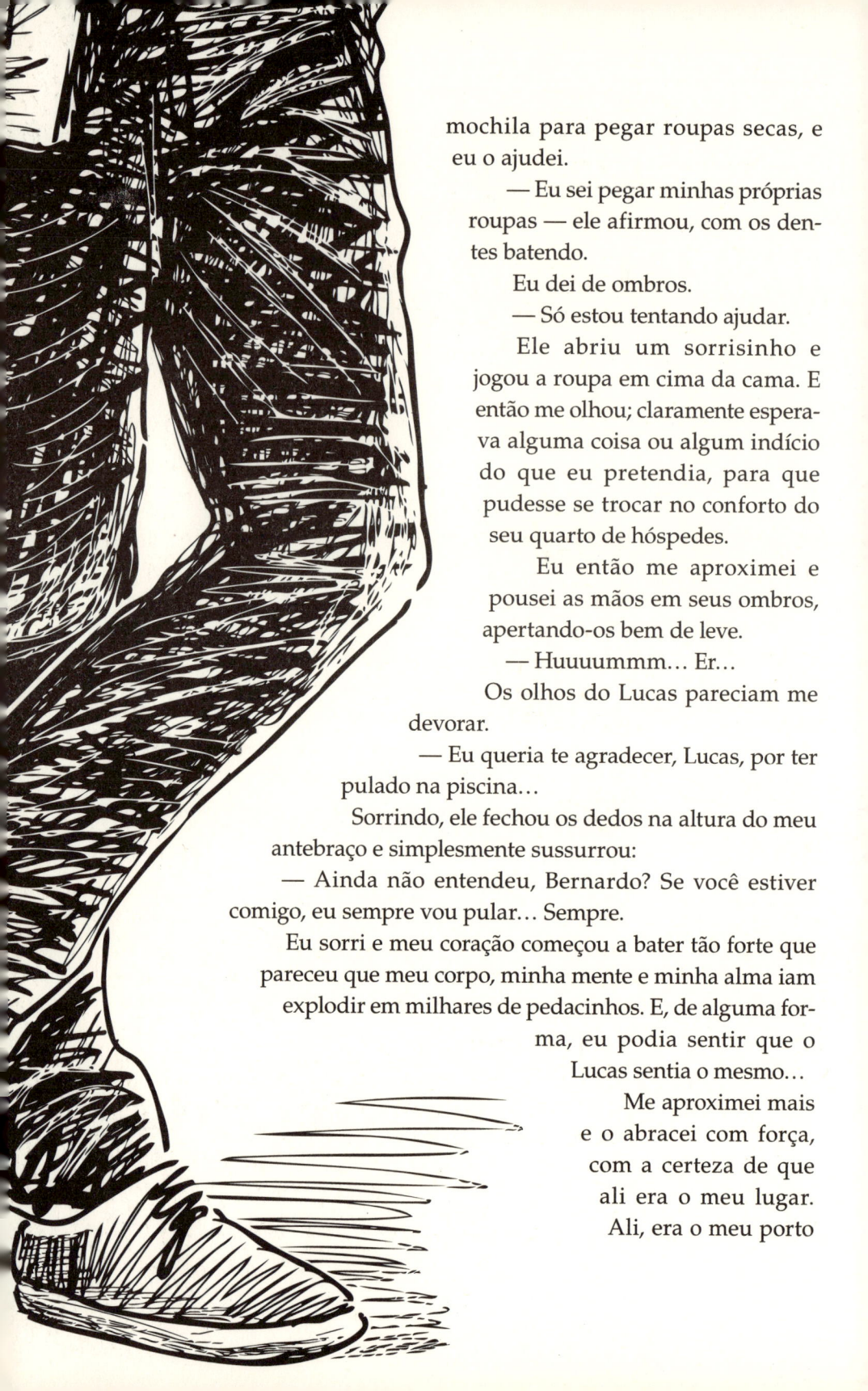

— Eu sei pegar minhas próprias roupas — ele afirmou, com os dentes batendo.

Eu dei de ombros.

— Só estou tentando ajudar.

Ele abriu um sorrisinho e jogou a roupa em cima da cama. E então me olhou; claramente esperava alguma coisa ou algum indício do que eu pretendia, para que pudesse se trocar no conforto do seu quarto de hóspedes.

Eu então me aproximei e pousei as mãos em seus ombros, apertando-os bem de leve.

— Huuuummm… Er…

Os olhos do Lucas pareciam me devorar.

— Eu queria te agradecer, Lucas, por ter pulado na piscina…

Sorrindo, ele fechou os dedos na altura do meu antebraço e simplesmente sussurrou:

— Ainda não entendeu, Bernardo? Se você estiver comigo, eu sempre vou pular… Sempre.

Eu sorri e meu coração começou a bater tão forte que pareceu que meu corpo, minha mente e minha alma iam explodir em milhares de pedacinhos. E, de alguma forma, eu podia sentir que o Lucas sentia o mesmo…

Me aproximei mais e o abracei com força, com a certeza de que ali era o meu lugar. Ali, era o meu porto seguro. E eu sabia que eu também era o porto seguro do Lucas. De algum jeito, eu sabia...

PAAAAH! A janela aberta do quarto do Lucas nos fez pular de susto quando bateu na parede. Nós dois rimos, ainda assustados. O Lucas levou a mão ao peito, e eu fui fechar a janela. Em seguida, eu o encarei, sério.

— Quer pegar um resfriado?

O Lucas apenas deu de ombros.

— Vai pro seu quarto, chato.

Tornei a encará-lo de onde eu estava. Não queria ir pro meu quarto. Eu sentia que faltava alguma coisa. Sentia que estava deixando algo não terminado no quarto do Lucas. Mas apenas sorri de leve e assenti:

— Boa noite! — falei, me afastando.

Antes de fechar a porta, ainda o vi com a mão no coração e dando uma risada, decerto ainda se lembrando do susto.

* * *

Nessa noite, demorei a dormir... Tive sonhos a todo o momento, o que é uma coisa rara, porque quase nunca me lembro do que sonho.

Havia o Lucas, molhado, nadando num mar azul e ficando cada vez mais distante. Eu gritava seu nome e tentava alcançá-lo. Nadava com força, com desespero, como se minha vida dependesse disso. Mas o mar levava o Lucas cada vez pra mais longe de mim...

Cada vez mais longe...

* * *

Quando acordei, o sol já brilhava forte. Olhei no visor do celular: já passava das dez da manhã. Fiquei ainda um pouco na cama, entre os lençóis, remoendo minha própria preguiça.

Depois de alguns minutos, quando enfim me coloquei de pé, fui até a cozinha e a encontrei completamente vazia. A casa estava mergulhada num silêncio profundo. Será que ninguém havia acordado ainda?

Foi quando ouvi uma movimentação no quarto do Lucas e segui pra lá. A porta estava encostada, então dei duas batidinhas de leve e entrei.

Encontrei o Lucas na cama, afogado por uma montanha de cobertas, com o rosto levemente avermelhado. Ele tremia um pouco. Arqueei uma sobrancelha, porque eu estava morrendo de calor. A Sarah andava pra lá e pra cá, com o telefone preso ao ouvido, parecendo nervosa.

Eu me inclinei sobre o Lucas, e ele apenas me fitou. Seus dentes batiam uns nos outros.

— Oi — ele sussurrou, com esforço.

— Oi... — Pousei a mão na testa dele e constatei o quão quente ele estava. Minha testa se enrugou na hora.

— Ele está ardendo em febre... — A Sarah jogou o telefone sem fio na cama. — E nenhuma farmácia entrega remédios aqui... Vou precisar ir à cidade comprar. — Ela pegou a bolsa, pendurou no ombro e, ao sair, me pediu: — Preciso que cuide dele para mim, Bernardo... Qualquer coisa, me liga.

E antes que eu pudesse dar tchau ou falar que a ideia de cuidar do Lucas me aterrorizava, a Sarah se foi, correndo.

Meu coração ficara pequenininho. Eu me virei e me ajoelhei no chão, ficando com o rosto mais perto do dele.

— Desculpa... — sussurrei, muito arrependido por ter feito o Lucas pular na piscina de madrugada. Ele não estava tão acostumado assim; eu devia ter sido mais prudente.

O Lucas apenas sorriu de lábios fechados e fechou os olhos. Acho que ele estava tão mal que preferiu poupar a si mesmo de falar.

Não sei se isso me redimia, mas eu estava muito mal também.

Muito mal por dentro.

35

Lucas

Minha cabeça estava completamente confusa. E quente.

As últimas coisas de que me lembrava era de ter trocado de roupa, com frio, e depois de ter me deitado e abraçado as cobertas bem próximas ao corpo, tentando recuperar a temperatura. E consegui, porque estava tudo bem confortável.

Porém, em seguida comecei a sentir como se meu corpo boiasse... Foi uma sensação muito estranha: eu sabia que ainda estava na cama, mas sentia movimentos quase flutuantes sobre mim. Tentei abrir os olhos, mas não consegui, e na minha mente eu ainda via as luzes roxas e o sorriso do Bernardo e da Sarah pra mim. Então, a Sarah saiu do meu campo de visão e a piscina se estendeu, pra frente e pra frente, sem parar. O Bernardo estava do outro lado, indo para longe. Ele começou a nadar na minha direção, mas nunca parecia ser o suficiente. Eu não conseguia me mexer e ir atrás dele.

Acordei aos berros, com a Sarah me sacudindo. Eu estava molhado e, por um instante, me perguntei se havia me deitado sem me secar, depois da piscina. Foi quando senti uma dor forte de cabeça, e a Sarah me fez deitar de novo, me mandando continuar ali e saindo do quarto.

Tentei ir atrás dela, mas a dor não permitiu. Minha tia voltou minutos depois com uma bolsinha branca e sacou de lá um termômetro.

Mediu minha temperatura e, enquanto eu voltava a tremer de frio, pudemos constatar: 39 °C.

* * *

Arrastei as mãos sobre a coberta, de olhos fechados, procurando alguma coisa. Senti algo menos quente do que eu: um braço. Entreabri os olhos e encontrei um Bernardo preocupado ao meu lado, sentado no chão.

— Não precisa se preocupar, sabe? — falei com a voz completamente rouca, a garganta queimando. — É só uma gripe... E preciso de água.

O Bernardo se levantou em um pulo e foi até a cozinha. Esperei de pálpebras cerradas que ele voltasse; a claridade fazia minhas têmporas latejar.

— Aqui, Lucas. Curioso, né? Você está mal por causa da água, e água é a primeira coisa que você me pede...

O comentário inocente dele teria me feito rir em outra ocasião, mas agora meu corpo não combinava com o riso.

— Muitas vezes... há alguma coisa que te faz mal e, ainda assim, aquela coisa é tudo o que você quer — afirmei. — Neste caso, eu realmente preciso da água. — E esbocei um sorriso para tentar quebrar qualquer possível clima chato.

Ele deu um sorrisinho sem graça também.

— A gente não devia ter feito aquilo — ele afirmou após um tempo, pesaroso.

— O quê? Ido nadar?

— Sim. Você disse que a gente ia gripar.

— Para de besteira, Bê. Eu quis estar lá. E adorei. Sério, gostei mesmo. Sei que estou ferrado agora, mas... Não teria ficado do lado de fora, só te vendo, como já fiz tantas vezes. Vou aproveitar nossos últimos minutos, beleza? Terei tempo pra me recuperar depois.

— Ah, Lucas! — Minha tia entrou no quarto de repente, me dando um susto. — Você é louco... Sei que já te disse isso, mas é verdade! Trouxe este remédio para aliviar um pouco, pelo menos. Mas amanhã você vai ao médico. Já liguei pra sua mãe e ela está superpreocupada. Ocultei o fato de que nadamos de madrugada ou ela me mataria, mas...

Ela olhou pro Bernardo e ponderou se deveria falar o que vinha a seguir ou não.

— Você não pode mais agir assim, Lucas! — Ela segurou minha mão, olhando pra mim e pro Bernardo. — Se você não ficar bem, como irá aproveitar os últimos dias com ele? Gripado na cama é que não será, né?

Ela estava certa, mas eu ainda não me arrependera de ter pulado na piscina.

— Eu sei, tia. Não entendo o que deu em mim... Eu só... Só quis estar lá. E não pensei em mais nada.

— Compreendo, Lucas. É assim que a gente se sente quando é jovem, quando está apaixonado, quando não se tem nada a perder. A gente se joga no escuro. Mas isso pode ser muito, muito perigoso. E na verdade, sim, sempre haverá algo a se perder. Bom, vou lá pra cozinha. Qualquer coisa, Bernardo, me chama...

E na verdade, sim, sempre haverá algo a se perder.

Sempre haverá algo a se perder.

Sempre haverá algo a se perder.

Então o Bernardo encostou de novo a mão na minha e fez um pequeno carinho com o dedo no meu polegar.

Eu já estava correndo todos os riscos...

Talvez eu já estivesse perdido.

Quando ele se fosse, eu me preocuparia com o que perdi.

36
Bernardo

Com Lucas doente, nosso dia foi passando preguiçosamente... O remédio, graças a Deus, fez efeito rápido, e a temperatura dele logo baixou.

Eu fiquei sentado no chão e, por vezes, segurando a mão dele. Não que isso fosse ajudá-lo com o que quer que fosse, mas eu sentia que *me* ajudava; era como se, ao segurar a mão do Lucas, eu conseguisse, de alguma forma, mantê-lo ali, comigo.

Vimos alguns filmes juntos; depois, enquanto eu lia, ele apenas ficava lá, olhando pro teto.

— Você sabe que não precisa ficar aqui o tempo todo, né, Bê?

— Sei.

— Então, por que fica?

Eu baixei o livro e o encarei.

— Porque eu gosto de estar por perto... — respondi, dando de ombros, como se isso fosse simples.

O Lucas assentiu, mas depois de um tempinho fez uma careta e resmungou. Eu o olhei, curioso:

— Lucas? Tudo bem?

Ele respirou fundo e soltou o ar devagar.

— Eu me sinto morto por dentro por saber que estou ferrando com as nossas férias desse jeito... — falou, inconformado. — Era pra estarmos lá fora... Sei lá... E estamos aqui, perdendo tempo...

Eu me inclinei sobre a cama, para poder olhá-lo nos olhos.

— Eu não estou perdendo tempo — afirmei, muito sério.

O Lucas apenas revirou os olhos.

— Jura que não? O que estamos fazendo aqui? — Ele bateu a mão na cama.

Achei engraçada a revolta dele, mas me contive e me impedi de rir.

— Estamos esperando você se recuperar. Simples assim.

— Pois é... Se eu não fosse tão fraco, a gente poderia...

E então eu pousei as pontas dos dedos nos lábios do Lucas. Minha mão, no mesmo instante, formigou. Isso me desestabilizou e fez meu coração disparar.

— Para de se chamar de fraco, tá legal? — Eu tentava me concentrar nas palavras e torcia pro Lucas não perceber o quanto ele fazia com que eu me sentisse fraco quando estava assim, tão perto, tão... lindo...

— Mas é que... — O movimento de seus lábios fez cócegas nos meus dedos.

— Não... — eu o cortei, antes que continuasse.

E então minha mão foi parar na sua nuca. Eu a mantive ali, para forçá-lo a me olhar nos olhos. Segurei seus cabelos e ouvi um gemido represado nos lábios dele. Eu sabia que não precisava fazer isso para manter a atenção do Lucas em mim, mas, de alguma forma, senti que precisava fazer aquilo. Eu queria fazer aquilo.

Aí as palavras saíram da minha boca sem filtro, sem controle:

— Nem um milésimo de segundo que eu passo com você é perda de tempo. Nunca foi e nunca será!

E então meu celular explodiu com o som da chamada, nos assustando e nos fazendo rir de nervoso, de raiva, de ansiedade; de tudo ao mesmo tempo. O Lucas soltou uma risada tímida, e eu também. Acho que minhas bochechas estavam vermelhas. Então eu apenas o acomodei de volta no travesseiro e me inclinei sobre sua testa, lhe dando um beijo demorado ali. O Lucas segurou na minha camisa, enquanto eu o beijava, como se tivesse medo de que eu fosse sumir. E isso fez meu coração doer um pouquinho. Não queria sair de perto dele até que o Lucas tivesse plena certeza de que cada momento ao seu lado era importante para mim. Mas meu celular continuou a tocar... a tocar... Quando o Lucas me soltou, vi que se tratava de uma ligação da minha mãe.

— Oi! — atendi.

— Bê! Eu estava preocupada, poxa! Já são quase dez da noite e nada de você ligar...

— Ah, mãe... Acabei me distraindo... Mas está tudo bem...

E então conversei brevemente com a minha mãe, enquanto o Lucas apenas me observava. No fim, em uma contagem mental, lembrei que faltavam apenas quatro dias... Quatro dias, e então eu iria pro outro lado do mundo. Quatro dias pra ter o Lucas comigo...

Desliguei o celular.

— Então... acho que vou pro meu quarto...

— Ahhhh... — Lucas resmungou. — Será que você não pode ficar aqui? Ao menos até eu dormir...

O peso na voz de Lucas não me permitiu pensar e avaliar as opções. Eu apenas me aproximei e deitei ao lado dele, enfiando o braço por baixo de sua nuca e colocando sua cabeça apoiada no meu peito. O Lucas respirou fundo, perto do meu pescoço, acho que sentindo meu cheiro, e eu o fiz ficar ainda mais próximo do meu corpo.

Demorou menos de dois minutos pro Lucas adormecer.

Mas demorou mais de duas horas para eu sair da cama... Eu não queria pôr fim àquele momento. Não queria perder aquele instante. Mas, por fim, eu me levantei e voltei pro meu quarto, deixando metade do meu coração com o Lucas, entre os lençóis.

37
Lucas

Diferentemente de quando viemos, o carro agora estava envolto em completo silêncio. O vento também não era tão forte, uma vez que os vidros estavam parcialmente fechados pra "não piorar minha gripe", como dissera minha tia.

Eu ia enrolado num cobertor, mais por ordens dela do que por de fato precisar dele. Tentei dizer isso à Sarah, mas preferi não brigar. A consciência dela já estava pesada demais, e eu me sentia culpado por ter estragado o passeio de todos nós.

A estrada continuava a mesma imensidão plana ao nosso redor, com uma ou outra árvore aqui e ali permeando o cenário. Por mais que parecesse bonito, agora, eu não tinha a mínima vontade de filmar nada. *O dia está chegando, o Bernardo vai embora, e eu vou ficar.* Era só nisso que eu pensava.

O que vou fazer depois de perdê-lo?

Cada segundo que olhava pra ele eu sentia algo diferente. O Bernardo era o amigo que sempre esteve ali, o irmão que eu nunca tive, o meu complemento natural. A gente se encaixaria como lego se o destino deixasse.

E ao mesmo tempo eu sentia raiva! Os meus sonhos tomavam forma na vida real: eu estagnado em um mesmo lugar, e ele se afastando mais e mais, embora lutasse pra se aproximar de mim.

Tanto esforço parecia ser em vão.

Por que lutar em uma batalha que só nos machuca? É isso o que chamam de amor? Novamente, outro sentimento confuso. Eu já não dava mais conta dos meus próprios sentimentos, tudo era tão esquisito, novo, bom, e ruim logo em seguida. E sim, eu sabia que o Bernardo sentia algo bem semelhante, por mais que não dissesse. Quero dizer, eu tenho certeza de que ele ia me beijar quando o telefone tocou. E sei que ele não ia se esquivar quando fui beijá-lo, mas a janela bateu. Sei que ele gostava de me dar a mão, o que agora já nos era natural: nossas mãos pareciam se atrair o tempo todo. Uma espécie de magnetismo incontrolável.

E cada vez que elas se tocavam, meu corpo queria mais. Eu desejava tocá-lo todo, colar meu corpo no dele até, quem sabe, virarmos um só. É um pensamento bizarro... E, sinceramente, isso só comprovava a minha teoria de que 1+1 é 1 sim!

No nosso caso, tinha que ser.

E por mais que fôssemos nos separar em breve... eu sabia que, em alguma parte de mim, talvez em todas, um dia nós nos somaríamos e ainda assim nos tornaríamos um completo 1.

Me abaixei um pouco, peguei minha mochila do chão, que estava perto do meu pé, e tirei meu MP3. O Bernardo me olhou preocupado; eu sussurrei que estava tudo bem e mostrei os fones. Ele sorriu e pegou um, colocando no próprio ouvido, e eu fiz o mesmo.

Novamente, apertei *play*, no modo aleatório, e mais uma vez uma música da P!nk soou. Mas uma bem diferente daquela agitada da última vez. Era *Glitter in the Air*:

> *Você já conseguiu alimentar um amor*
> *Apenas com suas mãos?*
> *Já fechou seus olhos e confiou,*
> *Apenas confiou?*
> *Já jogou um punhado*
> *De glitter no ar?*
> *Você já encarou o medo*
> *E disse: "Eu não me importo"?*

Cada estrofe da música fazia sentido pra mim, e acho que o Bernardo também estava prestando atenção à letra e fazendo algumas traduções na cabeça, porque ele olhou pra mim.

Me lembrei da noite na piscina, quando eu pulei sem medo.

Me lembrei de quando pedalei até a montanha mais alta pra fazê-lo feliz.

Me lembrei de quando me joguei na piscina do clube para provocá-lo.

Me lembrei de quando pulei o muro atrás dele.

> *Acabamos de passar*
> *O ponto em que não há mais retorno*
> *A ponta do iceberg*
> *O sol antes da queimadura*
> *O trovão antes do clarão*
> *A respiração antes da frase*
> *Você já se sentiu dessa maneira?*

Sim, P!nk, já me senti dessa maneira. Eu me sinto assim agora. Me sinto desse jeito quando olho pro Bernardo e sei que não somos mais o que éramos. Somos diferentes agora. E não há mais volta.

> *Você já se odiou*
> *Por ficar olhando pro telefone?*
> *Sua vida inteira esperando que ele tocasse*
> *Pra provar que você não está sozinho...*
> *Você já foi tocado*
> *Tão gentilmente que teve que chorar?*
> *Alguma vez já convidou*
> *Um estranho pra entrar?*

Sim, sim e sim! Meu Deus! Eu quis mudar de música, pois era como se todos os meus sentimentos estivessem sendo escancarados, expostos e dissecados na frente de todo o mundo.

Me odiei quando briguei com o Bernardo e não tive notícias. E ao mesmo tempo, todos os toques do Bernardo eram gentis e me deixavam à flor da pele.

Ele não era um estranho, mas eu não podia dizer o mesmo de todos os sentimentos que nutria por ele e não conseguia entender. Mesmo assim, eu os permitia. Não que eu tivesse o controle...

>*Acabamos de passar*
>*O ponto de esquecimento*
>*A ampulheta sobre a mesa*
>*A caminhada antes da corrida*
>*O suspiro antes do beijo*
>*E o receio perante as chamas*
>*Você já se sentiu dessa maneira?*

Então, ele esticou o braço muito devagar na minha direção, com os olhos fixos à frente, provavelmente observando minha tia. Sua mão vinha pra mais perto e mais perto. Então, eu fingi um espirro e, com o movimento, joguei uma parte do cobertor sobre o banco entre nós, e minha mão encontrou a dele antes que ele se aproximasse mais.

Sorri, fitando a paisagem diante de mim, da mesma forma que ele fazia. Mas agora, ambos sorríamos, e eu acariciava a mão dele bem devagar.

>*Você já desejou*
>*Uma noite sem fim?*
>*Laçou a lua e as estrelas*
>*E as prendeu bem forte?*
>*Já ficou sem fôlego e perguntou a si mesmo:*
>*"Poderá algum dia ser melhor que esta noite?"*
>*Esta noite*

Nesse momento, escrevi "não vá embora" com os dedos na mão dele, mas duvido que ele tenha sacado.

38
Bernardo

Minha mãe foi criada na igreja, então ela acabou me passando muitas das coisas que aprendeu lá. Uma das teorias que mais me intrigavam e me chamavam a atenção era o prometido Paraíso: um lugar em que tudo seria sempre perfeito, sem dor, sem tristeza, seria apenas amor.

Uma vez, eu ainda era bem pequeno, perguntei a ela se existia Paraíso na Terra. Minha mãe, primeiro, se mostrou surpresa e desconcertada demais com a pergunta. Depois, sorriu e tentou dizer que o Paraíso era um lugar aonde iríamos se tivéssemos sido boas pessoas aqui, na Terra. Mas eu não me convenci muito com esta explicação vaga.

Era um tanto triste pensar que estávamos presos na Terra, sem poder conhecer o Paraíso de verdade. E que aqui era apenas um tipo de campo minado dotado de julgamentos. Me recusava a acreditar nisso... E acho que eu estava certo.

Com a minha mão na de Lucas, ele a acariciando timidamente com seu polegar, fazendo movimentos circulares e contínuos, enquanto eu olhava pra fora da janela, pro horizonte que parecia não ter fim, tive certeza de que minha mãe estava errada. O paraíso existia — escondido nas pequenas coisas, disfarçado nos breves momentos.

O paraíso era aquele instante em que eu me sentia completo com a mão do Lucas presa a minha. Era aquele instante em que eu o olhava e meus olhos se conectavam com os olhos castanhos dele. Era aquele segundo em que apenas sorríamos um pro outro sem precisarmos de motivo aparente.

Minha mãe, definitivamente, estava errada...

Eu havia conhecido o paraíso.

* * *

Era meio-dia, mais ou menos, quando a Sarah parou o carro em um restaurante de beira de estrada para que pudéssemos esticar os músculos e comer alguma coisa. Ela saiu quase correndo na direção do banheiro. Eu e o Lucas fomos caminhando mais atrás, com calma.

— Eu estou tão mal... — o Lucas sussurrou.

Apenas o olhei com atenção.

— Não me diga que...

— Sim! — ele me interrompeu. — E não tente me convencer do contrário, tá? Porque eu sei que estraguei nossas férias...

— Lucas, você não estragou nada...

— Sim, estraguei! Faltam apenas três dias pra você ir embora e em vez de aproveitarmos...

— Tá bom! Tudo bem... Você estragou as férias — concordei, porque o Lucas era teimoso demais e iria levar esse assunto até onde fosse possível.

— Tá vendo?! Eu sabia!

— Porém, tem uma coisa que você pode fazer pra que elas não se percam completamente... — emendei, antes que ele permitisse que a culpa fizesse morada em seu peito.

O Lucas me olhou com expectativa.

— Tá bom... Fala...

Abri um sorrisinho:

— Apenas fique por perto, certo?

— É óbvio que eu vou ficar, Bernardo... — o Lucas afirmou, como se aquilo fosse a coisa mais boba do mundo.

Pra mim, não. Pra mim era o que mais importava.

— Promete, Lucas?

Ele me olhou bem fundo nos olhos. E aconteceu de novo aquilo que já havia rolado outras vezes: o mundo parava de existir, e de repente só estávamos nós dois no foco, no centro.

Apenas nós dois.

— Prometo... — ele respondeu, num quase sussurro. — Eu estarei por perto para sempre...

— Sempre — repeti. — E sorri, emocionado.

Neste ponto, a Sarah apareceu com uma expressão de alívio.

— MEU DEUS! Me sinto uma nova mulher depois desse xixi... — ela disse, rindo. — Vamos comer?

Eu e o Lucas trocamos um olhar e assentimos.

* * *

O resto da viagem transcorreu com tranquilidade. Mil pensamentos me vinham à mente; coisas boas, coisas ruins, coisas confusas, coisas muito claras.

Quando o carro entrou na nossa cidade, cada vez mais próximo de casa, me dei conta de que regressava daquela viagem com algumas conclusões:

Amar alguém nunca é fácil; mas o mundo gosta de definições. O mundo precisa de definições, e ele cobra isso de você o tempo todo. Você precisa se enquadrar em padrões criados pra que as pessoas possam te definir. Mas está aí algo em que sempre penso: quer definição maior que um sentimento puro e verdadeiro?

Eu olhei pro Lucas de soslaio... E ali estava a minha resposta pro mundo.

Eu o amava.

Isso pra mim bastava...

E eu torcia pra que bastasse pra todos os outros.

* * *

Quando chegamos em casa, encontramos nossos pais reunidos, esperando já na calçada. Os pais do Lucas o agarraram, colocando a mão na testa dele e comentando o quão irresponsável ele era. Os meus me receberam saudosos, porém mais comedidos. Eu já esperava por isso, porque era o jeito deles.

— E aí, se divertiu? — Meu pai bagunçou meus cabelos.

Eu sorri, confirmando com a cabeça.

— E se comportou direitinho? — minha mãe quis saber.

— Mãe... Sim! — respondi, meio contrariado, porque eu odiava esse tipo de pergunta.

Eu e o Lucas nos olhamos, sufocados pelas saudades de nossos pais. Meus pais então agradeceram à hospitalidade da Sarah, e fomos cada um para nossas residências.

Assim que eu entrei, sofri um baque. Minha casa estava irreconhecível. Quase tudo fora empacotado e estava pronto pra mudança. Por mais que eu soubesse que faltavam poucos dias, acho que constatar dessa maneira me assustava, de qualquer forma.

No entanto, creio que, de algum modo, eu já estava conformado. Parei de culpar meus pais e parei de tentar achar algum responsável por aquilo tudo. A vida era assim mesmo, feita de surpresas, chegadas e despedidas...

Subi as escadas, um pouco cansado da viagem, e fui direto pro meu quarto. Meus pais já tinham empacotado algumas coisas lá também, mas eu apenas queria ficar deitado um pouquinho, revivendo os momentos que tive com o Lucas.

Fechei os olhos e, enquanto minha mente era presenteada com inúmeras imagens, acabei adormecendo...

39
Lucas

Subi as escadas que davam pro quarto do Bernardo sem fazer barulho. De acordo com o pai dele, o Bernardo ainda dormia, mas eu decidi acordá-lo. Só não sabia por que nem pra que ou o que faria em seguida.

Mesmo assim, abri a porta do quarto dele e o vi deitado sem camisa, todo despenteado e com o rosto sereno. Eu estava ali, admirando-o em seu sono, quando de repente um espirro irrefreável escapou da minha garganta.

O Bernardo acordou de um pulo e eu comecei a rir, sem saber se respirava fundo pra recobrar o fôlego ou se ria da cara dele.

Sentado na cama sem entender nada, o Bernardo me olhou confuso. Só então me dei conta de que algumas das coisas dele também já estavam empacotadas, apesar de já ter visto que tudo o mais na casa se encontrava em caixas de papelão.

Mesmo sabendo que aquilo aconteceria de um jeito ou de outro, foi como um soco no estômago.

— O que houve? — O Bernardo perguntou, na certa notando a mudança repentina no meu humor.

— Nada. Deve ser a poeira por aqui, ou sei lá. — Dei de ombros, desviando do assunto.

O Bernardo percebeu, mas preferiu não falar nada, então, também não falei. Me aproximei da cama e me sentei na pontinha. Ele se afastou um pouco pra que eu me acomodasse melhor.

— Como você está se sentindo hoje, Lucas?

— Melhor. Estou tomando todos os remédios possíveis, e minha mãe já me deu sopa. E não, não são nem dez horas da manhã.

Ele riu.

— Nem dez horas da manhã? E o que está fazendo aqui, então? Não é você que não consegue acordar cedo?

— Com essa gripe, eu não consigo nem dormir, se você quer saber. Mas não é bem por isso, pois estou realmente melhor — me apressei em dizer, quando vi a preocupação no rosto dele. — É porque... bem, ainda não consigo deixar de pensar que atrapalhei nossas férias, então vim mais cedo pra gente se ver e aproveitar mais e... Sei lá.

— Eu vou te bater se você falar de novo que estragou algo. — Ele me encarou. — A única coisa estragada aqui é o meu bafo... Preciso escovar os dentes... Peraí. — E foi em direção ao banheiro.

Eu achei graça do seu humor autodepreciativo. Sem pensar muito, tombei na cama e fiquei ali, meio caído, meio deitado, meio sentado esperando por ele.

Quando o Bernardo voltou, parou à soleira da porta e sorriu pra mim, que fiquei sem entender.

— O que foi? — perguntei, quase impaciente.

— Você está com uma cara péssima. — E deu risada quando revirei os olhos, me levantando da cama com dificuldade, sentindo o corpo pesado e tenso. Merda de gripe.

— Me deixa. — Funguei. — Vamos fazer algo que preste.

— Vamos. Cadê a Sarah?

— Já foi embora. Bem cedo, na verdade. Acordei com ela me dando um beijinho discreto... E, sinceramente, já estou com saudade.

— Eu também. — O Bernardo se jogou na cama. — Queria poder ter me despedido, também...

— Relaxa... Haverá outras oportunidades.

Quem eu queria enganar? Não sabia nem quando *eu* o veria de novo depois que ele se fosse, quem dirá a próxima vez em que ele veria minha tia.

Um silêncio quase desconfortável se instalou entre nós, até que ele disse:

— Você não me chamou pra fazer alguma coisa? Temos mais algumas horas. As últimas. Vamos atrás delas!

40
Bernardo

Dois dias. Dois dias. Dois dias.

Era como se houvesse uma ampulheta no meu coração, contando o tempo que ainda me restava com o Lucas.

Mas vê-lo ali, me esperando, cheio de ansiedade, me enchia de sentimentos diversos; eu queria que tivéssemos momentos incríveis e marcantes, ao mesmo tempo em que sentia que deveria me afastar para nos poupar da dor iminente.

Foi quando respirei fundo e pedi que o Lucas me esperasse um instante, enquanto eu ia ao banheiro. Ele assentiu, deitando na minha cama.

Entrei no banheiro, fui pra frente da pia e joguei água gelada no rosto. Fiz isso umas cinco vezes até finalmente me encarar no espelho.

E lá estavam as minhas opções, bem claras, diante de mim. A certeza de que eu amava o Lucas estava acima de tudo. Fato já comprovado. Fato já consumado. Eu amava meu melhor amigo e isso era certo.

Mas o que eu faria com esse amor? Me entregaria, mesmo sabendo que faltavam poucas horas pra que uma imensa distância nos separasse... ou me afastaria, poupando uma dor ainda maior? Na verdade, o que iria doer menos? Será que pensar nisso me tornava um covarde?

Joguei mais água no rosto e o sequei com a toalha.

— Bernardo, anda logo... Pretende sair ainda hoje desse banheiro?

A pergunta do Lucas reverberou na minha mente. Respirei fundo, tentando clareá-la, e uma única palavra emergiu: Coragem.

* * *

Coragem...
O Lucas estava na garupa da bicicleta, segurando a minha cintura com força. Eu mantinha os meus pés no pedal, forçando as pedaladas pra que subíssemos com mais velocidade. A rua era meio íngreme. Eu sentia o suor cobrindo o meu corpo, mas não ligava para isso. Nem o Lucas.

Nós havíamos almoçado lá em casa, depois dos protestos dos meus pais que diziam que só sabíamos comer e dar atenção para os pais do Lucas. Depois, pegamos algumas coisas de comer e jogamos numa mochila qualquer. Agora tínhamos a tarde inteira apenas pra nós dois. E isso me enchia de expectativa e felicidade. Me preenchia de um sentimento que até então eu desconhecia...

Eu não dava mais a mínima para as opiniões das pessoas daquela cidade pequena. Quando eu fechava os olhos e deitava a cabeça no travesseiro, nenhuma delas me vinha à lembrança. Nem mesmo dos seus nomes eu recordava. Mas o Lucas... Ele importava. O que ele sentia importava.

O que eu sentia importava.

Quando enfim chegamos ao mirante, larguei a bicicleta ali perto e me joguei no gramado verde, à sombra de uma grande árvore, com os pulmões ardendo.

O Lucas se acomodou ao meu lado, e eu fechei os olhos.

— Você precisa se exercitar mais... — ele me provocou.

Eu soltei um risinho.

— Vai se ferrar, vai.

O Lucas riu também e me empurrou de leve. Quando percebi, ele estava deitado ao meu lado.

Havia algumas pessoas no bosque/mirante; algumas apenas se exercitando, outras fazendo piquenique, outras ainda passeando com seus animais de estimação. Todos aproveitavam o dia de sol fraco.

Não imagino por quanto tempo ficamos assim. Tudo o que senti foram a calma e o silêncio reinantes, como havia muito tempo eu não experimentava.

Meu coração foi se acalmando...
Eu ainda estava de olhos fechados, quando falei:
— Lucas, posso te perguntar uma coisa?
— Pode.
— Você se importa com a opinião dos outros?
— Como assim?
— É... Tipo... com a opinião dos vizinhos, do pessoal da escola e esse povo todo...
— Sinceramente?
— Sim.
— Olha, Bê, não me importo não. Porque a vida passa. Os dias passam. As semanas. Os meses. Depois de um tempo, ninguém se lembra mais de você ou nem sabe mais o que falou a seu respeito.
— Verdade...
— Eu me importo com a opinião dos meus pais. O que eles sentem, pensam... Porque, na hora do sufoco, eles é que vão estar por perto. Mas...
— Mas?
— ...quando estou no meu quarto, sozinho, chorando, nenhuma dessas pessoas liga a mínima pra mim. Então, procuro não me importar com o que elas pensam de mim.
— Certo.
Ficamos em silêncio por um tempo...
— Por que você perguntou isso, Bernardo?
Abri os olhos e deitei de lado, pra olhar o Lucas. Ele estava sentado, com as costas encostadas num tronco de árvore.
— Curiosidade... — respondi. — Eu queria saber o que você pensa a respeito...
O Lucas olhou para os próprios pés.
— Isso muda alguma coisa em relação ao que você pensa sobre... *mim*?
Eu pude ouvir sua voz se tornando um pouquinho mais baixa no final da frase.
Ele parecia receoso de minha resposta.
Eu abri um sorriso.
— Muda, sim... Me faz te amar ainda mais.

41
Lucas

Ele me ama.
Me faz te amar ainda mais.
Ainda mais.
Nada mais tinha relevância, então.
E em todos os meus dezesseis anos, acho que nunca fui tão feliz em ouvir uma única frase.
Queria dizer pro Bê que eu o amava também. Eu tinha certeza disso, certeza absoluta. Podia não saber o que era o amor, mas sabia que o que eu sentia pelo Bernardo era valioso e importante. Era certo? Era errado? Sei lá. Mas eu amava o sorriso dele, os cabelos ondulados, os toques, os olhares, a cumplicidade, os momentos, a chuva, o céu estrelado, as bicicletas, as árvores solitárias em montanhas íngremes, o muro, a pipoca queimada, os poemas e até a matemática.
Nós éramos indivisíveis, naquele momento.
E mesmo separados, jamais seríamos fração.
Mesmo as estrelas mais distantes fazem parte de um céu bonito.
Mesmo com um oceano entre nós... isso não mudava nada.
Muda sim... Me faz te amar ainda mais.

* * *

O mirante era um lugar muito gostoso. Na verdade, ele só tinha esse nome por ficar em uma montanha bem alta e com vista pra cidade. Tipo... não era bonita nem nada, só era um ponto de observação, onde foi feita uma espécie de pracinha e, bem, era onde eu e o Bernardo estávamos deitados.

Hoje o lugar estava mais vazio que o normal, já que todo o centro e as coisas importantes ficam lá embaixo. Quem vinha aqui era porque queria mesmo estar aqui.

E quando o Bernardo disse que me amava, eu senti que não havia mais nada entre nós. Nem ao nosso redor. Todos desapareceram, e só o que ficou foi meu coração descompassado no peito, a sombra que a árvore fazia em nós e a proximidade. Conseguia senti-lo ao meu lado mesmo sem tocá-lo; e eu queria tocá-lo.

Movi os dedos lentamente pela grama debaixo de nós, e meu mindinho encontrou o dele. Enrosquei o dedo no do Bernardo, e ele não se mexeu.

Peguei a câmera na mochila, com a mão desocupada, e passei a filmar o céu, as folhas da árvore que nos cobria, as pessoas que caminhavam com seus cachorros ou filhos pequenos, a única parte da vista que eu conseguia filmar com um só braço e deitado; e por fim virei a câmera pro meu rosto.

Olhei para o lado e o Bernardo sorria sem olhar para mim. Virei a câmera para ele e o filmei de perfil. O Bê continuou assim por mais um tempo, sem me fitar, e quando o fez, eu não queria ser nada além do motivo daquele sorriso.

Ainda bem que eu teria aquilo gravado, para ver aquele sorriso naquele rosto pra sempre.

Meu Deus, o que estava acontecendo comigo?!

42
Bernardo

As estrelas já piscavam no céu escuro; era quase como uma extensão do quarto do Lucas. E hoje, por mais que o tique-taque que anunciava o fim do nosso tempo juntos não parasse de martelar na minha cabeça, depois de dias indo ao clube, dias separados, a viagem pra casa da Sarah e pro sítio, o que eu mais queria era um momento assim — apenas eu e Lucas, com tranquilidade, sem ninguém por perto, sem que nada extraordinário acontecesse.

Isso pra mim bastava.

— Acho que temos que ir... — Eu estava sentado no gramado, olhando pra frente, vendo as luzes acesas das casas lá embaixo. Do lugar aqui de cima, as fofocas, as mentiras e a falação que as pessoas provocavam não pareciam uma praga destrutiva; pareciam apenas distantes demais para nos atingir.

— Sim... — o Lucas, que estava deitado de lado, de frente pra mim, murmurou.

— Mas eu não quero... — emendei, num tom triste.

O Lucas me olhava fixo e apenas resmungou baixinho em concordância.

Me levantei primeiro e estendi a mão pra ajudá-lo. O Lucas segurou meus dedos e eu o puxei pra cima... com mais força do que devia, o que fez com que seu corpo viesse direto pro meu.

Não soltei a mão dele, mesmo quando suas pernas colaram nas minhas e sua boca encostou em alguma parte do meu pescoço que me fez arrepiar.

Uma brisa fresca sacudia meus cabelos, e meu coração não parava de pular; batia tão forte que quase causava dor.

O Lucas ergueu o olhar, nossos olhares se encontraram, e ela estava ali... A boca dele era tudo o que eu queria... O Lucas era tudo o que eu queria e...

A praga nos alcançou. Ouvi ao longe, como se fosse um enxame; um burburinho e então os comentários. Soltei o Lucas e dei de ombros, meio sem graça, como se tudo tivesse sido sem querer, e levantei a bicicleta. Foi quando vi três senhoras que caminhavam pelo bosque e que nos olhavam com uma expressão de medo e repulsa. Elas comentavam sobre nós dois.

Isso fez minhas mãos tremerem.

— Bernardo, o que houve? — O Lucas estava claramente confuso.

Montei na bicicleta e apenas consegui dizer:

— Sobe aí.

Soou rude e grosseiro, mas saiu assim, fazer o quê? Eu não conseguia me controlar.

Assim que o Lucas subiu, comecei a pedalar com força, com velocidade, como se minha vida dependesse do quão rápido eu me afastaria dali.

O Lucas não disse palavra alguma durante o trajeto, e isso foi bom. O suor que escorria pela minha testa se confundia, vez ou outra, com uma lágrima teimosa que insistia em descer pelo meu rosto. E tudo em que eu conseguia pensar era que perdera a batalha. Deixei que as fofocas — que a opinião alheia — ganhassem de mim.

Assim que chegamos em casa, o Lucas saltou da bicicleta e parou na minha frente.

— Você não vai mesmo me contar o que aconteceu, Bê? Porque você num instante estava perto e no instante seguinte corria de lá e...

— Depois — foi tudo o que consegui dizer.

E eu pude quase sentir a frustração no olhar do Lucas.

Ele respirou fundo e apenas assentiu, contrariadíssimo. Então deu de ombros e entrou na própria casa, sem se despedir.

O Sushi, que estava ali pelo quintal, me olhava também. E eu juro que pude ouvi-lo dizer "Covarde!" no único latido que ele deu para mim.

O Sushi também parecia frustrado comigo.

* * *

Assim que entrei em casa, fui direto pro banho. Tinha esperança de que a água me trouxesse algum sinal de sanidade, porque eu sentia que iria explodir a qualquer momento. O tique-taque que batia e que representava que eu e o Lucas nos afastaríamos começou a significar a minha própria destruição também.

Após o banho, meus pais me chamaram para jantar. Papai pedira comida japonesa, o que acabou me distraindo e melhorando um pouquinho meu ânimo. E apesar da tristeza de ter que partir, eu já não os culpava mais por nada. Consegui guardar meu lado imaturo dentro de mim e acabei vendo que aquela era a melhor escolha pro meu pai; uma oportunidade que jamais poderia perder.

Jantamos no chão, sobre alguns tapetes, e isso, somado à comida japonesa, me transportou pra outro lugar. Após o jantar, meu pai foi ver um jogo de futebol qualquer na TV, que era uma das únicas coisas que ainda não haviam sido empacotadas, e eu fui lavar a louça. E foi quando eu estava na cozinha que minha mãe se aproximou e, sem dizer palavra alguma, me abraçou.

Ela parecia sentir que era exatamente disso que eu precisava, um abraço simples e verdadeiro, e não mais palavras. Eu estava farto das palavras.

— Tudo vai ficar bem... — ela sussurrou.

E eu apenas tentei guardar aquelas palavras comigo. Minha mãe com certeza não sabia a tempestade que acontecia no meu íntimo, mas tentei segurar aquelas palavras dento de mim, para que fizessem sentido.

— Bê, posso te falar uma coisa? — Ela ainda me segurava no seu abraço.

Eu fiz que sim.

— Vai chegar um tempo, daqui a alguns anos, não sei, em que você olhará pra trás e pensará em todas as oportunidades que a vida lhe deu pra ser feliz e que por medo você deixou escapar. E não, filho, não quero que você cresça com isso dentro de si. Você sempre foi tão corajoso... Sempre teve tanta luz em seu interior... Apenas não perca isso, ok?

Ela então me soltou e pegou meu rosto com as duas mãos. Meus olhos estavam marejados, e os dela também.

— Apenas pule, meu amor... Pule sem medo. — Minha mãe sorria, e uma lágrima desceu pelo seu rosto. — O mundo já é tão complicado para as pessoas que amam de coração aberto que você não precisa lutar contra si mesmo. Não mais...

Minha mãos tremiam e eu não consegui mais me conter. As lágrimas simplesmente desceram pelo meu rosto.

Minha mãe beijou a minha testa e então pousou a mão no meu coração.

— O verdadeiro paraíso está aqui... — sussurrou, olhando bem fundo nos meus olhos, me fazendo acreditar em cada palavra. — Nunca se esqueça disso.

E aí ela se afastou, indo se sentar ao lado do meu pai, me deixando na cozinha com a sensação de que tudo havia mudado...

Tudo.

Minha mãe era muito religiosa; não era possível que aquelas palavras tivessem outro sentido que não fosse o que eu acreditava ser... Não tinha como... O significado era simples...

* * *

Passei quase uma hora inteira em frente à janela, olhando para a vidraça do quarto do Lucas. Cortinas fechadas. Luzes apagadas.

Foi então que me ocorreu uma ideia: antes de dormir, eu colei uma folha de ofício na minha janela com durex.

O recado era claro:

DESCULPA!
PULA COMIGO?

Dormi e sonhei que eu e o Lucas estávamos num lugar lindo. Era um dia ensolarado e havia muitas montanhas, uma praia e a água era rosa. Tudo era lindo e surreal.

E os meus pais e os do Lucas estavam lá, também, e eu e ele ficávamos o tempo todo de mãos dadas e ninguém parecia se importar com isso. Todos se mostravam felizes.

Até que o Lucas sussurrou perto de mim:
— Pula?
Eu o olhei no fundo dos olhos.
— Sempre.
E pulamos...

* * *

Acordei pouco depois e a primeira coisa que fiz foi caminhar até a janela. Meu coração disparou quando vi a resposta colada na janela do quarto do Lucas:

PULO!

43
Lucas

Já passava das sete da noite, o que significava que eu estava atrasado. Muito atrasado.

Na hora do almoço, os pais do Bernardo vieram à minha casa pra almoçarmos todos juntos e meio que "nos despedirmos" de uma vez, já que a noite teria um rodeio superfamoso ao qual a cidade toda iria, inclusive a gente. Disseram até que teria um show da Ivete Sangalo.

Eu nunca tinha ido a um show, mas acho que adoraria o espetáculo da Ivete. Ela é sempre tão alegre... E hoje, sobretudo hoje, estou me sentindo mais feliz que qualquer um. Se eu e ela juntássemos nossas felicidades, poderíamos fazer um carnaval de um ano inteiro.

E essa nem parecia uma má ideia.

Minha mãe fez panquecas com a ajuda da Lílian, enquanto meu pai e o Carlos falavam de futebol na sala. Eu e o Bernardo estávamos pela escada, filmando o Sushi nos dando mordidinhas, exigindo atenção ou só curtindo a presença um do outro. Era impressionante como somente a presença dele me bastava.

Quando minha mãe anunciou da cozinha que as panquecas estavam prontas, eu, o Bernardo, meu pai e o Carlos nos levantamos todos ao mesmo tempo... Foi até engraçado. Demos risada, e eu esperei que o Bernardo descesse a escada primeiro, seguindo atrás dele.

Minha cozinha tinha um tamanho razoável. Por algum motivo, minha mãe decidira mudar alguns móveis de lugar e agora nossa mesa estava lá; portanto, almoçaríamos na cozinha.

Meus pais se acomodaram, os pais do Bernardo fizeram o mesmo, e eu fui até a geladeira pegar o refrigerante. O Bernardo apanhou os copos. Em seguida, ele se sentou, e eu percebi que havia um único lugar vazio à mesa: o meu, ao lado do Bernardo.

Quando ia me sentar, minha mãe chamou minha atenção:

— Lucas, espera!

Parei e olhei para ela, esperando algum comando.

— Refrigerante? Vocês já tem dezesseis anos e... Bem, a Sarah contou pra gente.

Ela estava com um sorrisinho no rosto, e o meu pai também. A Lílian olhou pro Bernardo com um olhar acusatório engraçado, e o pai dele riu.

Meu rosto devia estar em chamas.

— Tenho vinho ali dentro, ó. — Mamãe indicou o armário. — Como diria minha irmã, ele combina bem com massa.

Me virei de costas e fui em direção ao armário, e ouvi um burburinho à mesa que se assemelhava a risadas. Não queria acreditar que aquela cena fora combinada.

Abri o armário e achei uma única garrafa lá dentro, com metade de um papel ofício azul, que dizia:

> *Vinhos são deliciosos... Assim como a vida...*
> *Mas para apreciar ambos, é preciso sabedoria.*
> *Para o vinho há restrições; para a vida... a restrição é a tristeza.*
> *Fuja dela! De preferência, em busca do amor.*
> *Sabemos que você vai encontrá-lo.*
> *E onde quer que esteja, estaremos com você.*

Meu coração acelerou, e mesmo após ter relido o bilhete três vezes, ainda não conseguia me virar para vê-los. Peguei a cartinha com a ponta dos dedos e pedi desculpas, ainda de costas.

— Já volto.

Corri pro quintal com o papel nas mãos e o li um monte de vezes. Meus olhos estavam marejados e eu respirava cada vez mais fundo, mas as lágrimas pareciam ondas querendo sair dos meus olhos e por mais que eu piscasse depressa, algumas saltaram para fora.

O que tudo aquilo queria dizer?

Sarah... Será que...?

Alguém falou comigo do outro lado da porta que dava pro quintal, que tive o cuidado de fechar ao sair.

— Lucas... Tá tudo bem? Vem almoçar, filho. Pode tomar o refrigerante, se quiser.

Era o meu pai, e mesmo depois de ele ter terminado de falar, soube que ainda estava ali. Guardei a cartinha no bolso com o maior cuidado e carinho de que fui capaz e abri a porta, dando de cara com o meu pai. E antes que ele dissesse qualquer coisa, eu o abracei, e ele me apertou contra si.

Ficamos assim por alguns segundos, até que senti o cheiro da comida e o meu estômago roncou.

Fui pra mesa com meu pai atrás de mim, rindo.

Meu coração ainda batia acelerado e eu me perguntava se caberia mais felicidade ali.

* * *

Passamos a tarde juntos. Meu pai e o Carlos se revezaram com as louças do almoço, e minha mãe e a Lílian ficaram na sala falando sobre um programa que passava na TV.

Duas horas depois, os pais do Bernardo foram embora com ele pra se aprontarem pro show, e eu fui ler.

Ler e sonhar foi tudo o que fiz até o Bernardo tocar a campainha. Só então me levantei correndo e fui pro chuveiro, esquecendo de pegar a roupa e tudo.

Logo comecei a ouvir todos conversando na cozinha, lá embaixo. O Bernardo veio pro meu quarto. Por algum motivo, eu quis me ensaboar mais, me perfumar mais, estar mais cheiroso e mais bonito; como se um banho pudesse fazer milagres.

Quando saí do banheiro, uma nuvem de vapor veio comigo, fazendo o Bernardo se levantar da minha cama, sorrindo.

— Entendi a demora. Não era banho, era sauna.

— Me deixa... — falei, envergonhado. Estava só de toalha.
Ainda sorrindo, ele se calou.
— Preciso me trocar — murmurei, pra ver qual seria a reação dele.
— Tudo bem. Só não demore. — E se jogou de volta na cama.
O quê? Ele não vai sair? Sorri sem graça.
Abri o guarda-roupa e escolhi uma bermuda azul-escura e uma camiseta branca com algumas âncoras azuis também. Eu parecia um marinheiro. O Bernardo era a âncora do meu lado sonhador. Nunca me puxando para baixo, só me segurando pra que eu não navegasse pra longe demais. Depois, peguei a cueca na gaveta e, com todas as peças nas mãos, encarei novamente o Bernardo. Ele fitava as estrelas no teto.

Pigarreei e só então ele pareceu me notar. Estiquei as roupas para ele, indicando *algo*.

— Você quer que eu saia? Não é possível que queira que eu saia. — Ele riu. — Lucas, você já quase me deu banho... entre *outras coisas*... Anda, veste isso aí.

Eu devo ter ficado roxo, mas não me importei. Derrubei a toalha, vesti a cueca, passei desodorante, pus a camiseta, a bermuda, e calcei os tênis. Quando terminei, minhas mãos tremiam.

— Estou pronto — falei.

44
Bernardo

Sabe quando você se sente bem com tudo e com todos? Quando parece que o Universo finalmente te olha e diz "Ei, cara, sorria! Hoje é um belo dia pra ser feliz!", e você realmente se sente assim?

O dia era aquele.

O que importava que dali a algumas horas eu estaria entrando num avião pra ir pro outro lado do mundo? O futuro é tão incerto... E... bem, esse dia, para mim, estava sendo maravilhoso.

Eu e o Lucas caminhávamos em direção ao show. Nossos pais beliscavam alguma coisa na casa do Lucas, e a gente não quis esperar mais. Antes de irmos, porém, fui sorrateiramente até minha casa e voltei com uma garrafa de vinho; o mesmo que conhecêramos na casa da Sarah. O Lucas me olhou meio assustado.

— Meu Deus! De onde você tirou isso?

Apenas dei de ombros.

— Eu comprei, mais cedo... — respondi, enquanto o puxava para que saíssemos logo dali da frente.

— Você é louco! — O Lucas deu risada.

Eu ri também e servi nós dois. E, antes que bebêssemos, ergui meu copo. O Lucas fez o mesmo.

— Estamos brindando a o que exatamente? — o Lucas quis saber.

— A nós dois. Ao futuro. Às estrelas...

O Lucas gargalhou.

— Acho que você já está bêbado...

Foi então que um casal passou perto da gente. Ambos já eram adultos e meio que nos olharam com uma cara estranha e resmungaram algo sobre jovens, arruaceiros e bêbados.

Ergui meu copo na direção deles.

— Um brinde às pessoas que perdem tempo falando da vida dos outros em vez de serem felizes.

O Lucas estava com a boca ligeiramente aberta, um tanto chocado. O casal nos fitou ainda com mais repulsa e aceleraram o passo, e o Lucas ergueu seu copo, um pouco mais animadinho.

— Um brinde à hipocrisia desta cidade!

— Um brinde à única coisa verdadeira deste lugar: você!

Voltamos a caminhar, e o Lucas se encostou em mim. Em uma das mãos eu segurava meu copo e com a outra eu levava a garrafa. Então ele apenas fechou a mão no meu pulso e apertou bem de leve.

A noite tinha tudo para ser épica.

* * *

O local do show era meio afastado do centro. Demoraria uns bons vinte minutos para chegarmos, mas, como fomos bebendo e ficamos meio altinhos, a caminhada se estendeu por uns trinta.

Quando chegamos, o espaço estava lotado. Um DJ comandava a festa e tocava alguns sertanejos. O local fervia de adolescentes.

O local era amplo e quadrado. O palco fora montado em um ponto de frente pra entrada. Nas laterais, várias barraquinhas de comidas e brincadeiras, como pescaria e tiro ao alvo.

Eu e o Lucas decidimos parar de beber quando a garrafa já estava na metade, porque, por mais que quiséssemos nos divertir, já sentíamos que estávamos nos nossos limites.

— Preciso comer alguma coisa — o Lucas falou.

Eu o puxei pra perto e fomos caminhando na direção de uma das barracas.

— Já sei o que vamos comer!

— Ah, é? — o Lucas perguntou, curioso.

Eu sorri, meio convencido. Parei em frente a uma barraquinha e disse:

— Boa noite, senhor. Duas pipocas, por favor.

Sorrindo, o Lucas sussurrou:

— Ao menos essa não vai ser queimada.

— A pipoca queimada mais gostosa que você já comeu na sua vida — rebati. — E não reclama, porque você vai sentir falta...

Ele meio que sorriu, meio que fez uma careta.

— Já estou sentindo...

E eu também...

45

Lucas

Cada passo que dávamos em direção a qualquer lugar era doloroso. Cada segundo que passava era um inimigo invisível.

Em um minuto comíamos pipoca e fazíamos piada com momentos bons que vivemos, sorrindo e agindo naturalmente. No outro, eu me esforçava tremendamente pra ser forte e não enlouquecer.

Essa vinha sendo a minha sensação constante... A sensação de que eu ia pirar a qualquer segundo, sair chorando e gritando, implorando ao mundo que não afastasse o Bernardo de mim.

A simples ideia parecia ridícula, mas as lágrimas que marejavam meus olhos e me obrigavam a desviar o olhar dele a cada minuto eram um lembrete de que, por mais que fingíssemos e agíssemos como se não, a despedida estava, *sim*, próxima.

— Você deveria pedir algumas aulas para aquele pipoqueiro, sabe? — brinquei, enquanto andávamos sem destino pelos corredores abarrotados da festa.

Uma música sertaneja tocava alto, as batidas quase eletrônicas ecoando, e pessoas com chapéus de boiadeiro, botas e outros adereços do tipo passavam num fluxo espesso.

— Vou é pegar umas roupas emprestadas com essa turma. Estou achando tudo muito estiloso. E você?

Eu gargalhei.

— Botas... Jaquetas de couro... Meu Deus, está fazendo no mínimo vinte graus! Como esse povo aguenta, Lucas?

— Falou o cara usando xadrez vermelho... A verdade é que as pessoas estão tão desesperadas pra fazer parte de alguma coisa que... bem... acabam se enquadrando em qualquer grupo, acho.

— Não seja tão maldoso. — O Bernardo atirou uma pipoca dentro da boca. — O povo daqui é só um pouco sem noção... Deixa pra lá.

— Eu deixo... Foi você quem começou a zoar. — Pisquei pro Bernardo. — Mas olha ali. O xale daquela moça ali é *tããããão* a sua cara! — Apontei pra uma mulher com um xale de lã no pescoço com mais cores do que eu provavelmente já tinha visto na minha vida inteira. Era bem brega!

— Eu gostaria de me enquadrar no grupo de gente que usa xale — ele entrou na brincadeira. — Aquele ali sem dúvida seria seu presente de natal.

— Idiota! Eu iria queimá-lo na sua cara.

— Nossa... — O Bernardo parou e olhou para mim, fingindo estar magoando, com direito a mão no coração e tudo. — Não acredito que você faria isso com um presente meu!

Achei graça e dei de ombros. Continuamos em frente, vendo diversos artigos que não nos interessavam.

Então, chegamos a uma área externa que atraiu minha atenção: o palco da Ivete Sangalo já estava montado, com vários trabalhadores indo de lá pra cá, atarefados. Tinha também um touro mecânico perto. Morri de rir.

— Você deveria ir lá — falei pro Bernardo.

— Eu mataria aquele touro. Ele não teria a menor chance.

— Ã-hã... sei. Aliás, cadê nossos pais?!

— Já devem estar chegando, se já não chegaram — Bernardo falou.

— Já tem um bom tempo, né?!

— Sim, já rodamos o rodeio quase todo.

— Daqui a pouco a gente liga pra eles e marca de se encontrar na barraquinha do cachorro-quente. Quero um!

— Claro que quer! Quando você não quer comer?

— Agora. Não quero comer agora. Quero ir com você ali, no touro mecânico. Podemos?

Ele fez uma pose engraçada, e por um segundo imaginei que o Bernardo fosse pegar minha mão, mas ele não o fez. Só indicou o caminho de uma forma teatral.

Sorri e passei por ele, até que senti meu corpo inteiro gelar. Meu sorriso morreu na hora e eu quase quis retirar minhas palavras e pegar o xale colorido daquela mulher. Ou melhor, quis me esconder ali embaixo.

Bem na minha frente estava o time de futebol quase inteiro, com suas poses de donos da festa, dentes perfeitamente alinhados e roupas que custavam bem mais do que deveriam. Algumas loiras da cidade os acompanhavam, rindo do que imaginei ser uma piada muito sem graça. Todos os meus músculos travaram.

Merda, pensei. *Não podia haver pior hora pra estarmos aqui.*

46
Bernardo

Infelizmente, só percebi que a direção que eu e o Lucas seguíamos ia dar merda quando já era tarde demais. Logo adiante, segurando copos de cerveja e rindo alto, estava parte do time de futebol; a parcela dos meninos mais desagradáveis, na verdade.

O Rodrigo, o Gabriel e o Fernando estavam numa rodinha com algumas meninas avulsas, que pelo visto serviam apenas como apoio para os braços musculosos deles.

Eu parei de caminhar na hora, praticamente sem respirar, e minha boca se abriu, pronta para dizer "Vamos por aquele lado". Mas antes que isso acontecesse o Rodrigo me viu e começou a pular como um grande macaco, mandando que eu me aproximasse.

Senti que os músculos do meu rosto doíam. De tanto sorrir. De nervoso. Me aproximei, com passos incertos, e o Lucas deu uns dois passinhos à frente, parando ali.

O Rodrigo berrava coisas como: "Sua bicha! Você sumiu", e coisas do tipo. Meu estômago estava embrulhado. Ele me enlaçou pelo pescoço e me deu um abraço meio estranho. O Gabriel e o Fernando também me cumprimentaram, apertando a minha mão e dando aqueles abraços de brutamontes.

Ninguém falou com o Lucas. Nem olharam pra ele.

E os caras nem fizeram questão de me apresentar às meninas que os acompanhavam. Acho que eles nem sabiam seus nomes.

— Você sumiu! — o Rodrigo me disse, me empurrando.

— Pra variar — o Gabriel completou.

Apenas dei de ombros.

— A correria com a viagem acabou complicando tudo.

— Sei, sei. — Rodrigo me olhava com seu jeito debochado de sempre. — Espero que não esteja fugindo dos seus amigos...

Olhei pra trás e vi o Lucas de braços cruzados, com a boca crispada, olhando em outra direção.

— Er... Não... — falei, desconfortável. — Então... Eu vou encontrar os meus pais e...

— Não, agora não! Eu preciso falar algo muito importante com você! — o Rodrigo disse, rápido.

Algo importante? Vindo do Rodrigo? Para mim, importante era passar meu tempo com o Lucas e minha família.

— Não pode ser outra hora, Rodrigo?

Ele revirou os olhos.

— Não seja veado, cara! É rápido e... — Olhou pro grupinho dele. — Vou dar uma volta com o Bernardo para conversar sobre aquele assunto...

O Gabriel e o Fernando esboçaram sorrisinhos confidentes.

— Volto daqui a pouco.

— Mas e eu? — a loira que acompanhava o Rodrigo perguntou.

Ele suspirou, enfiou a mão no bolso e jogou uma nota de vinte reais em cima dela.

— Pega essa grana e vai dar uma volta com as outras garotas...

As três pareciam chocadas e temerosas de dar um fora no cara mais popular da cidade. As outras duas esperaram uma reação do Gabriel e do Fernando, mas um atendia ao celular e o outro apenas coçava o saco, totalmente alheio. As três, então, saíram com um ar de derrotadas.

O Rodrigo apertou mais o braço ao redor do meu pescoço.

— Agora vem comigo que eu tenho uma surpresinha pra você...

47
Lucas

Aquela era provavelmente a situação mais embaraçosa na qual eu havia me metido. Os meninos falavam com o Bernardo como se eu não estivesse ali. Isso até não me incomodava tanto: eu realmente não queria falar com nenhum daqueles babacas, mas me sentia megadesconfortável e estranho.

O grupo dos meninos se desfez, as meninas foram juntas para um mesmo lado, e o Rodrigo, capitão do time de futebol, grudou no pescoço do Bernardo falando algo que eu não escutava. Depois, disse outra coisa que fez os dois garotos que ainda estavam ali darem risada. Tudo o que vi em seguida foi o Rodrigo empurrando o Bernardo pra frente, e o Bê tentando me olhar, como se pedisse desculpas ou fosse me dizer algo. Mas ele não conseguiu, e eu fiquei confuso. Foi quando um calafrio subiu pela minha espinha.

O calafrio serviu pra me despertar do torpor e dei um passo adiante, depois mais um, e outro, até que os outros dois babacas fecharam o meu caminho e um deles colocou a mão no meu ombro.

—Ei, ei! Que pressa é essa? Aonde você vai? — o Gabriel indagou, sorridente.

— Dá licença. Preciso ir atrás do Bernardo.

— Atrás do Bernardo? O Bernardo está com uma companhia melhor, não tá vendo?

— Não te perguntei nada — falei, com raiva. — Dá licença?

O Gabriel e o Fernando trocaram olhares, me ridicularizando, e então o Gabriel, que me segurava pelo ombro, o apertou com força.

— O Bernardo não quer que você vá atrás dele, imbecil! Ele foi conversar com o Rodrigo. Vamos pra perto de onde os caminhões estão estacionados, eles vão nos encontrar lá daqui a pouco.

Eu não estava gostando nada daquela situação e já ia protestar quando a mão no meu ombro desceu até o meu braço e o apertou mais. Eles começaram a andar e me puxar meio disfarçadamente na mesma direção. Era óbvio que eles não estavam contentes em me acompanhar a lugar algum, mas algo ali era mais estranho que isso. Eles sorriam, trocando olhares cúmplices. Nada de bom viria daqueles meninos, eu tinha certeza disso.

O estacionamento de caminhões ficava na lateral do evento, e eu imaginava que não teria nada lá, além de, claro, os caminhões, e isso me causava uma sensação ainda pior. Só esperava que o Bernardo estivesse mesmo perto dos caminhões antes que nós chegássemos lá, e que pudéssemos ir embora como se nunca tivéssemos sequer encontrado aqueles idiotas.

Meu coração batia forte no peito, embora eu tentasse ignorar isso, e minhas mãos suavam. Ninguém olhava pra nós, e os garotos sorriam o tempo todo. Depois que o fluxo de gente diminuiu, eles começaram a falar comigo.

— Por que você é um babaca a ponto de pensar que pode mandar no Bernardo? — o Fernando rosnou.

O quê?

— Eu não mando no Bernardo — retruquei. — Nós somos amigos.

Eles gargalharam como se eu tivesse feito a piada mais engraçada da vida.

— Amigos? Vocês acham que somos otários, né? — o Gabriel bradou.

Sinceramente? Eu achava, mas não disse nada.

— Já tem um bom tempo que tá todo o mundo ligado na de vocês — o Fernando completou.

Eles riram um pro outro; no momento, eu só queria ir embora dali. Meu estômago revirava. Eu já nem queria ver mais show algum, só queria estar na minha casa, com o Bernardo, comendo pipoca queimada e fazendo qualquer coisa que não envolvesse esses babacas.

    Chegamos ao estacionamento dos caminhões dos expositores e meu corpo gelou em uma das piores sensações que eu já havia experimentado na vida. Minhas mãos tremiam e minha vontade era de sair correndo. E era isso o que eu ia fazer quando o Fernando falou algo, chamando minha atenção e agarrando o meu braço livre.

— Agora... — Ele lançou um sorriso horrível para o Gabriel, depois para mim. — ...nós vamos te ensinar a ser homem!

48
Bernardo

Quanto mais o Rodrigo me levava pra longe, mais eu sentia um aperto contorcendo o meu peito e triturando meu coração, como se quisesse dissolvê-lo à força.

— Pra aonde estamos indo? — perguntei, pela décima vez, já sem paciência.

O Rodrigo bufou.

— Que droga, cara! Eu te disse que é uma coisa boa... Apenas confie em mim.

E então, quando abri a boca para retrucar, ele simplesmente apontou pra frente. Estávamos numa parte que contornava as barracas de comida; um lugar mais afastado. E ali estavam duas meninas. Elas eram típicas: cabelos lisos, muito bem maquiadas, roupas curtas. Elas realmente eram muito bonitas, e eu não entendi por que o Rodrigo apontava pra elas e por que elas sorriam pra nós dois.

Assim que nos aproximamos mais, uma delas, a de cabelos pretos, se aproximou do Rodrigo e ele me soltou, agarrando-a pela cintura com um pouco de brutalidade. Os dois começaram a se beijar de um modo extravagante e vulgar.

O Rodrigo não estava ficando com a loira? Esse pensamento não saía da minha cabeça.

E a coisa só piorava. O Rodrigo apalpava os seios da garota e apertava sua bunda, e a menina apenas permitia.

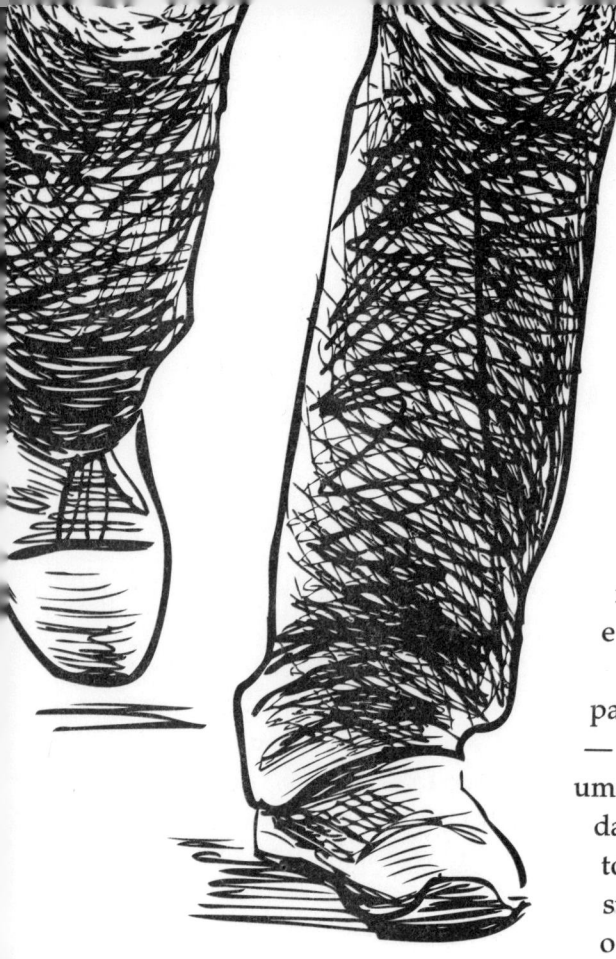

Foi então que a outra menina, que tinha cabelos vermelhos, se aproximou de mim, colocou as duas mãos na minha nuca e me puxou pra si.

— Calma aí... — Eu estiquei o braço, impondo certa distância.

Foi aí que o Rodrigo parou um pouco com a agarração em que estava envolvido e pousou a mão no meu ombro.

— Sua despedida, meu chapa! — ele afirmou, sorridente. — Por isso consegui pra você uma das meninas mais gostosas da cidade... — O Rodrigo encostou a boca no meu ouvido e sussurrou: — O boquete dela é o melhor que já recebi...

Meu estômago embrulhou na hora.

— Vem, Marina... — O Rodrigo fez sinal para que ela se aproximasse. — Abaixa a calça do meu amigo e dá o presentinho dele... — E piscou um olho, rindo.

A tal menina apenas revirou os olhos.

— Meu nome é Mariana!

— Que seja... — o Rodrigo respondeu, seco.

— Cara, para com isso... — foi tudo o que consegui dizer. Eu me sentia fraco.

— Não seja boiola, Bernardo! — O Rodrigo começava a ficar nervoso. — Aposto que o boquete dela é melhor do que o do seu namoradinho...

Meu sangue ferveu instantaneamente:

— Que merda você está falando?!

O Rodrigo me encarou, sério.

— Todo o mundo já sabe que você pega o veadinho do Lucas e...

Não pensei direito. Quando eu vi, já tinha empurrado o peito do Rodrigo com as duas mãos, com força. Ele meio que escorregou e perdeu o equilíbrio, caindo no chão.

— Não fala assim dele! — eu rosnei, sem ter noção da raiva que ribombava dentro de mim.

O Rodrigo, do chão, tirou sarro de mim:

— Você tá virando gay mesmo, cara... O Lucas eu já tinha certeza, mas você...

— Não fala dele! — repeti, com ainda mais força. — O Lucas é mil vezes melhor que você em tudo, seu merda!

E então comecei a me afastar dali, o mais rápido que eu conseguia.

Foi quando ouvi o último grito do Rodrigo:

— Corre mesmo atrás do seu namoradinho, Bernardo... Corre *rápido*. A essa altura, ele já deve estar sem dentes e com o rosto irreconhecível... Corre!

E sem que eu percebesse, com o coração acelerado, os olhos cheios de lágrimas, o medo tomando conta de tudo em mim, eu corri.

E corri...

49
Lucas

Antes que eu pudesse fazer qualquer coisa, meus pulmões arderam de repente e todo o ar que havia neles sumiu. Veio a dor. Me senti fraco e minhas pernas perderam as forças. Pensei no que estariam fazendo com o Bernardo e fiquei zonzo.

E enquanto eu ainda tentava respirar, senti outro impacto no rosto que me deixou ainda mais confuso. A única coisa que eu sabia era que tinha sido um soco. Minha visão naquele lado escureceu e fiquei aterrorizado quando entendi o que estava pra acontecer se eu não agisse rápido.

Caí no chão e tomei um chute na barriga que me deixou ainda mais sem ar, mas consegui fechar minhas mãos na perna de um deles e a puxei, jogando-o no chão. No instante em que ele caiu, acertei-o no rosto com a mão fechada, com toda a força que eu tinha.

— Veado! — ele gritou com a voz cheia de ódio.

Sem saber como, eu chutei a barriga daquele que ainda estava em pé da forma mais bizarra, e ele se arqueou para trás, gemendo.

Tentei me levantar, mas minha barriga ardia, o que me fez tossir. Tomei outro chute — na costela dessa vez —, e caí sobre o outro menino que eu derrubara.

Na precária luminosidade daquele local, eu não sabia diferenciar o Gabriel do Fernando.

O que havia me derrubado me acertou outro soco no rosto, e senti algo quente sair do meu nariz. Tentei respirar fundo antes de ser atingido de novo, e com uma força tremenda bati com a cabeça na testa do menino que também estava no chão.

E então, tudo o que vi foi escuridão.

50
Bernardo

Medo.
Era tudo o que eu conseguia sentir...
As pessoas passavam por mim como borrões.
Os sons eram como gritos ao vento.
Tudo estava confuso...
E a única imagem que se formava na minha mente era a do Lucas...
Ele precisava de mim.
Eu tinha que encontrá-lo.
Era culpa minha que ele estivesse em risco.
Nosso amor o condenou.
Nosso amor nasceu condenado.
Minhas pernas ardiam, e xingamentos eram disparados contra mim conforme eu ia esbarrando nas pessoas que ficavam na minha frente.
O mais desesperador era que eu não sabia pra onde correr. Não fazia ideia de aonde eu deveria ir.
Pensa! Pensa! Pensa!
Olhei ao redor, e tive a sensação de que o show da Ivete começaria. Um fluxo de gente começou a correr na direção do palco. Olhei ao redor. Eles, na certa, estariam em um lugar deserto... Se pretendiam fazer algum mal a ele, só podia ser em um lugar deserto...

Então avistei, com um pânico muito grande contaminando a minha corrente sanguínea, uma quantidade grande de caminhões ao fundo do espaço. Eles estavam lá. Era lá, sem dúvida!

Apertei o passo e voltei a correr feito louco. Meus olhos lacrimejavam e algumas lágrimas chegavam a cair pelo meu rosto. Se algo acontecer com o Lucas, eu jamais me perdoarei... Eu jamais...

— Bernardo!!!

Ouvi gritos familiares, mas não consegui parar. Não era a voz do Lucas, e a voz dele era tudo o que eu precisava ouvir. A ÚNICA que eu precisava ouvir.

Dei a volta pelos caminhões, indo pra parte dos fundos, onde as luzes da festa não alcançavam.

E então eu vi tudo...

O Fernando, machucado, com a roupa meio suja e um pouco ensanguentada, apoiava o braço ao redor do ombro do Gabriel, que era o menos pior. Acho que ele tentava se levantar.

Até que eu olhei pro chão...

Havia uma massa jogada num ângulo torto, desacordada e cheia de sangue.

Essa massa era o Lucas.

Essa massa era o amor da minha vida!

Continuei correndo desajeitado na direção deles, e eu conseguia perceber poucas coisas por causa da adrenalina.

Eu os ouvi dizendo:

— Era só para dar um susto nele!
— A culpa foi dele, que reagiu!
— Não era pra machucá-lo tanto!
— Ele nos atacou também!

O Fernando foi o primeiro a ser atingido. O soco que dei na cara dele foi o suficiente pra que caísse no chão, praticamente inconsciente. O Gabriel estava em melhores condições e logo me atacou, desferindo um chute nas minhas costelas. Senti a dor se alastrar, mas não me importei. Ódio era tudo o que eu conseguia sentir. O ódio era tudo o que me movia.

O Gabriel deu uns passos para trás, com os punhos erguidos. Eu apenas me ajoelhei sobre o Lucas e procurei sua pulsação. Seu coração ainda batia e eu percebi que ele respirava com a boca um pouco aberta.

Seu nariz estava cheio de sangue. Um ruído gutural escapou de mim — era alívio por saber que ele estava vivo; desespero por saber que ele estava mal; e tudo isso misturado com muita vontade de vingança.

— Não me faça te machucar, Bernardo — o Gabriel disse, mas sua voz tremia. Ele estava com medo. — Apenas pegue seu namorado e vá embora...

— Por que vocês fizeram isso, seus desgraçados?!

O Gabriel olhava nervoso de mim pro Lucas. Óbvio que ele não sabia a resposta. E não fazia ideia da seriedade de seus atos.

— Ahm... Nós odiamos os gays... E... o Rodrigo disse que, sei lá, todos os gays deveriam morrer... Esse tipo de coisa... — o Gabriel disse com a voz fraca, insegura.

— E você teria coragem de *matar* alguém que não conhece só por ele ser diferente de você?! — a pergunta saiu em um grito desesperado.

As mãos do Gabriel tremiam.

— Merda, Bernardo! Só pega o seu amigo e dá o fora daqui...

Tirei as mãos do corpo do Lucas e me levantei, virando-me na direção do Gabriel.

— Eu vou sair com o *meu namorado* daqui a pouco, Gabriel. Mas apenas depois de te deixar no chão.

E eu fui decidido para cima dele. O Gabriel investiu primeiro, mas eu apenas me desviei o suficiente pra conseguir dar um murro no queixo dele. O Gabriel caiu meio tonto no chão, e eu sentei em cima dele, prendendo-lhe os braços com minhas pernas e começando uma sucessão de socos na sua cara desprezível que fazia meus ossos arderem, mas que era incontrolável.

O sangue do Gabriel começou a respingar no chão, nas minhas mãos...

Mas eu não queria parar...

Não conseguia parar...

Eu pensava no Lucas.

O que tinham feito com o Lucas?!

Covardes!

Covardes!

Covardes!

Meu rosto era uma mistura fiel de lágrimas, suor e sangue.

Foi quando algo me trouxe de volta do inferno:

— Bê, para...

Ouvir a voz do Lucas, abafada, baixa e cansada, me fez estacar. Me virei pro lado e lá estava ele. Seus olhos brilhavam por baixo da massa roxa que era seu rosto inchado.

— Chega, acabou — ele sussurrou com dificuldade.

Eu ainda estava sobre o corpo estragado de Gabriel, com minha mão ensanguentada, com o meu sangue e o dele meio misturados. Apenas ergui o rosto na direção do céu e soltei um grito estrangulado por anos. Toda a minha dor parecia acumulada ali.

E então, aos prantos, me joguei de lado no chão e fui rastejando até o Lucas. Assim que me aproximei, ele esticou a mão e a fechou no meu pulso.

— Obrigado por ter me encontrado — foi tudo o que ele disse.

— Obrigado por ter me salvado e feito com que eu tivesse coragem para assumir meus sentimentos — sussurrei em resposta, e então lhe beijei a testa, que estava quente.

Eu chorava feito louco, e todo o meu corpo tremia.

— Eu te amo, eu te amo, eu te amo — sussurrei, com os lábios colados na testa dele.

A Ivete cantava ao longe:

> *Se eu não te amasse tanto assim*
> *Talvez perdesse os sonhos*
> *Dentro de mim*
> *E vivesse na escuridão*
> *Se eu não te amasse tanto assim*
> *Talvez não visse flores*
> *Por onde eu vi*
> *Dentro do meu coração*

Foi quando senti duas mãos pousando sobre os meus ombros e me virei num salto, já na defensiva. Mas eram apenas o meu pai e o pai do Lucas. Minha visão foi ficando turva, por causa das lágrimas, do nervosismo e de todos os sentimentos que me afogavam.

As coisas foram ficando cada vez mais confusas.

Lembro do meu pai me abraçando com força e dizendo que estava tudo bem...

Lembro do pai do Lucas carregando-o no colo e contendo o choro, sem saber o que fazer...

Lembro de nossas mães chegando, a Denise gritando e falando alto no celular...

Lembro da minha mãe me olhando nos olhos e sussurrando "Eu te amo", assustada...

Lembro dos pais do Lucas entrando no carro deles, e eu e meus pais entrando no nosso...

Lembro das minhas mãos tremendo, meu coração doendo e minha mãe me dando um comprimido que eu não sabia para o que era enquanto íamos pro hospital...

Lembro da minha mãe dizendo que tudo ficaria bem...

E, depois, não me lembro de mais nada...

51
Lucas

Minha cabeça ardia — ou melhor, estalava — sempre que eu tentava abrir os olhos. Procurei me levantar, mas uma dor aguda no meu tórax me impediu. Bufei baixinho, sentindo dores também na boca, nos braços. Em todos os pedaços de mim.

* * *

Mais tarde, repeti o processo de abrir os olhos, sem sucesso. Ouvi sons distorcidos e, depois de tentar relaxar o máximo que pude, consegui entender algumas coisas.

— Ele ainda está sob o efeito dos remédios, mas deve acordar daqui a pouco. Felizmente, não quebrou nada, mas... — uma voz feminina que eu não conhecia falava.

— Mas o que, doutora? — Essa era a minha mãe. Ela soava desesperada e cansada.

— Mas ele ainda vai sentir muita dor. Seu filho apanhou muito... Os inchaços também vão durar mais algumas semanas até sumirem completamente.

— E o que a gente pode fazer? Quanto tempo ele ficará aqui?

— Bom... Sugiro que façam o boletim de ocorrência. Apesar de que, sinceramente, acredito que não adiantará muito. O que vocês devem fazer mesmo pelo seu filho é dar-lhe muito carinho. Ele certamente vai precisar...

— Claro, claro — minha mãe respondeu. — E quanto ao estado clínico dele?

— Ele acordará em algumas horas, mas as dores vão continuar por alguns dias. Como não houve maiores complicações, seu filho poderá ir pra casa quando acordar, se quiser. A ambulância do hospital poderá transportá-lo com mais conforto. E será ótimo se ele ficar de cama por um tempo, até que as dores passem... O tempo de recuperação, contudo, dependerá só dele.

— Obrigada, doutora... E sobre o outro menino, você teve notícias?

A médica soltou uma risada curta e abafada.

— Pelo visto, seu filho quebrou o nariz dele com uma cabeçada. Sei que eu não deveria dizer isso, mas, foi pouco pelo que fez. Quando soube o que ele fez com seu filho, senhora... fiquei bastante irritada. Eu me senti mal. Tenho um irmão gay que mora na cidade e sempre tive medo de que isso acontecesse a ele. Como médica, não posso desejar mal nenhum ao menino, mas o que ele fez ao seu filho é inaceitável, e ele deveria ser preso! Desculpe, estou falando demais... Se precisar de qualquer coisa, é só me chamar.

Eu quebrara o nariz dele.

Justo eu, que jamais dera um simples tapa em ninguém, *quebrara o nariz dele*.

E isso nem fazia com que eu me sentisse melhor. Na verdade, só me deixava ainda mais em pedaços.

* * *

— Mãe... — chamei, com a garganta completamente seca. Ainda não enxergava nada, meus olhos estavam pesados demais.

— Lucas! Ai, meu Deus, Lucas, você tá bem?!

A voz era do Bernardo, e ouvi-la me fez sorrir por dentro.

— Tô — falei em voz baixa. — Sinto muita sede. Me arranja um pouco de água?

— Não posso — ele disse, pesaroso. — Você não pode beber água ainda. Isso poderia prejudicar sua recuperação, tipo fazer você sangrar ou qualquer coisas assim... Você está tomando soro aqui...

Acho que ele apontou pra algo, mas eu não conseguia ver.

— ... então, continuará hidratado. É só a sensação... Mas vai passar.

O Bernardo tocou de leve a minha mão, como se temesse me machucar, e fez o carinho mais sutil que qualquer pessoa já tinha feito em mim. E, mesmo assim, foi o melhor que já senti.

Abri os olhos muito devagar. Primeiro, tudo o que vi foi uma luz branca muito forte. Mesmo assim, insisti e continuei tentando me acostumar, até que um borrão se formou ao lado da cama e, com alguns segundos, esse borrão se tornou o Bernardo.

Ele tinha um pequeno corte nos lábios e um esparadrapo na testa. Os braços estavam um pouco arranhados e ele não olhava para mim, mas, sim, pra ponta da cama, onde estavam meus pés. O Bernardo continuou acarinhando minha mão, como se não houvesse outro lugar onde ele gostaria de estar, e então vi que algumas lágrimas caíam de seus olhos.

— Bê... — chamei num sussurro, e ele olhou pra mim, surpreso por ter sido flagrado.

E aí o Bernardo sorriu, um sorriso afobado e repentino, misturado às lágrimas.

— Você disse que eu era seu namorado — falei, lembrando de quando ele me encontrou e começou a bater nos meninos.

— Sim, eu disse. — O sorriso do Bernardo se transformou numa risada baixa.

— E você disse que me amava — continuei, sentindo as lágrimas marejarem meus olhos. O toque dele na minha mão anulou todas as dores que eu sentia no corpo e esqueci tudo de ruim quando me lembrei das palavras do Bernardo.

— Sim. — Ele pareceu quase envergonhado.

— E é verdade?

— Lucas... — ele se ajoelhou ao lado da cama, mas continuou com as mãos na minha — quando eu vi você caído ali, pensei que estivesse morto, e...

Ele começou a chorar muito, com seus ombros sacudindo violentamente. Tentei acalmá-lo, mas, como eu ainda estava sedado ou anestesiado, não consegui me mexer. Tudo o que pude fazer foi enroscar meu dedo no dele.

— Você é a melhor coisa do meu mundo, Lucas. Você é meu melhor amigo, a melhor pessoa que eu já conheci. Você é melhor do que qualquer pipoca, do que qualquer filme. Você faz com que eu queira ser melhor... Você é tão melhor... É lógico que te amo e... merda, eu devia ter dito isso antes! Jamais me perdoaria se não pudesse te dizer isso... Você precisa saber, ouviu? Eu te amo, Lucas. Cada pedacinho seu. Eu amo e não tenho medo nem vergonha de dizer e aceitar isso. Sabe por quê?

Fiz que não com a cabeça, da melhor maneira que consegui.

— Porque eu já perdi muito tempo tentando lutar contra isso ou simplesmente procurando entender essa confusão toda que acontecia dentro de mim, quando, na verdade, era tudo muito simples... Como 1 + 1.

Comecei a chorar com a lembrança, e ficou muito difícil respirar. Meu nariz parecia congestionado e muito dolorido, então puxei o ar com a boca. É quase trágico, mas engraçado, porque tinha algo que eu precisava dizer e que não conseguia decidir se eu respirava ou se eu falava.

— É bom saber disso — falei, quando enfim consegui. — É bom saber que você me ama e tudo o mais...

Por mais devagar ou baixo que eu tivesse falado, os olhos do Bernardo cravaram-se nos meus e não piscaram nem por um segundo.

— Porque eu te amo também, Bernardo, e se eu precisar lutar ou apanhar novamente por você, tudo bem, porque...

— Não! Isso não será mais preciso! Isso nunca mais vai acontecer e...

— ... você me faz forte — continuei, como se ele não tivesse cortado minha fala — e com você e por você consigo enfrentar qualquer coisa. — Apertei a mão dele, que ainda estava na minha. — Porque eu te amo... E talvez seja isso o que as pessoas fazem quando elas se amam: elas lutam contra tudo pra ver seu amado sorrir. E ver você sorrir agora me deixa muito feliz!

Me senti fraco e com sono, minha visão escureceu, mas eu não podia dormir. Não ainda.

— Então... me fale pra quem preciso dizer que sou seu namorado, se é isso que somos, porque... É o que eu quero ser! Seu porto seguro em qualquer caos. — E então, dormi de novo.

52
Bernardo

Definitivamente, esta foi uma das noites mais loucas da minha vida. Em todos os sentidos. Em toda sua complexidade.

Após o Lucas dormir, por causa da quantidade de analgésicos, eu sai do quarto e fiquei com nossos pais. Todos estavam tão preocupados que a questão pela qual o Lucas fora agredido ficou em segundo plano. Agora, porém, com apenas nós cinco na pequena sala de espera, esse tema era inevitável.

— Desculpa... — Me surpreendi por ser eu mesmo aquele a quebrar o silêncio. Minhas desculpas representavam tudo: a confusão em que enfiei o Lucas e todas as merdas que lhe aconteceram por minha causa.

— Pare! Não faça isso, ok? — O rosto da Denise estava muito inchado e vermelho. Ao seu lado, num sofá, encontrava-se o Manuel.

Eu e meus pais nos acomodáramos no outro sofá, de frente pra eles.

— Você não tem o porquê se desculpar, Bernardo... — o Manuel afirmou.

— Nós temos é que te agradecer... Por ter salvado o Lucas — a Denise completou, baixinho, com a voz embargada.

— Mas... — Minhas mãos tremiam. — Isso foi tudo culpa minha...

— Bernardo, não — a Denise me cortou, com muita ternura. — A culpa não é sua nem dele. A culpa é desse mundo feito de pessoas más e imbecis que... — Ela respirou fundo. — ... que simplesmente se importam demais com a vida alheia.

Eu não sabia muito bem o que dizer, então os meus pais me abraçaram e eu me senti tão bem, tão acolhido, tão compreendido... E nos braços deles, tudo o que consegui fazer foi chorar e chorar.

— Nós te amamos — meu pai disse.

— Nós sempre te amaremos — mamãe sussurrou do outro lado.

O pai do Lucas pigarreou. Então, levantou-se, veio até mim e apertou de leve o meu ombro. Seus olhos estavam vermelhos, mas ele sorria.

— Bê, eu te vi crescer e sempre te considerei um filho. E sei que a Lílian e o Carlos sentem o mesmo pelo Lucas. Isso não vai mudar nunca! Nosso amor por vocês é inquebrável. E, desculpa, mas nós sempre percebemos que vocês eram diferentes... E depois que vocês passaram um tempo com a Sarah... Bem, ela nos ajudou a entender. Portanto, tire esse peso do seu coração. Elimine essa culpa. E deixe que apenas o amor que você sente pelo Lucas fique aí... Apenas o amor...

E, quando percebi, a Denise também estava de pé, e todos nós nos abraçamos: eu, meus pais e os pais do Lucas. Cinco pessoas entrelaçadas em um único abraço. E acho que, naquele momento, tudo o que nós cinco sentíamos em nossos corações era o amor pelo Lucas.

* * *

Era uma da manhã quando a médica liberou a ambulância pra levar o Lucas pra casa. Os medicamentos fariam efeito até o dia seguinte, e ele estava tão dopado que na certa não acordaria. Os pais do Lucas decidiram que seria melhor ele acordar em casa — em um lugar seguro e longe daquela merda toda.

E, assim, o Lucas foi transportado na ambulância com a Denise e o Manuel. Meus pais seguiriam atrás, de carro.

— Vamos, Bê! — minha mãe chamou, já dentro do automóvel.

Eu continuava parado na porta do hospital, com as mãos enfiadas bem fundo dos bolsos da calça jeans.

— Eu... preciso espairecer um pouco — falei.

Minha mãe me olhou com uma expressão séria.

— Nada disso, Bernardo! Apenas entre aqui!

— Sua mãe está certa, filho. Olha só o que aconteceu hoje...

— Por favor — pedi, com a voz firme. — Daqui a algumas horas eu estarei longe, no avião, indo pro outro lado do mundo. Só quero me despedir da cidade em que vivi minha vida inteira.

Meus pais trocaram um olhar pesaroso.

— É sério — reforcei. — Só uma volta. Em menos de uma hora estarei em casa.

Meu pai bufou, meio derrotado.

— Uma hora, Bernardo. Uma hora! Se você não aparecer, acionaremos a polícia.

Minha mãe ainda reclamava, dizendo que aquilo era loucura, mas meu pai confiou em mim. Eu assenti, agradeci e fiquei observando o carro deles se afastar.

Uma hora era tudo de que eu precisava.

* * *

A noite sempre era fria na nossa cidade, independente do quão quente tivesse estado durante o dia. Então, correr àquela hora era uma atividade agradável e que me ajudava a manter o corpo aquecido.

Assim que cheguei de volta ao local onde acontecia a festa, a Ivete já deixara o palco, obviamente, e um DJ tocava alguns dos sertanejos mais populares do momento.

Então comecei a caminhar na direção mais afastada da festa, onde não havia barracas de comida nem tanta movimentação, e segui na direção do estacionamento dos caminhões — o mesmo lugar onde montaram a armadilha pro Lucas.

Por algum motivo, eu sabia que iria encontra-lo lá.

E eu estava certo...

O Rodrigo, parado e apoiado atrás de um caminhão, segurava uma garrafa de vodca pela metade em uma das mãos e um cigarro na outra.

— Oi — eu o cumprimentei, anunciando a minha chegada.

O Rodrigo apenas abriu um sorrisinho.

— Fiquei sabendo que seu namorado deixou o Fernando meio mal e que você deu uma surra no Gabriel. — Ele balançou a cabeça, com escárnio. — Que merda, hein?

— Por quê? — perguntei, direto.

O Rodrigo pareceu confuso.

— Não entendi...

— Por que, Rodrigo? Por que tudo isso? Qual o propósito dessa perseguição? Eu sei que foi planejado por você e só quero entender. Apenas entender.

O Rodrigo soltou a fumaça devagar.

— Merda, Bernardo, para de ser chato! As coisas são assim e pronto! Os homens de verdade mandam e, sei lá, as mulheres e os gays obedecem. É tipo a cadeia alimentar, entende?

— Tipo *a cadeia alimentar*? — repeti, porque estava perplexo demais para compreender.

— Bernardo, eu não tenho problemas com você! Você podia fazer o que quisesse com aquele gay, e o quanto quisesse! Mas, que merda, velho, vocês estavam juntos sempre, praticamente assumindo as sacanagens que faziam.

— Não tinha sacanagem. — Eu me sentia fraco. — O Lucas sempre foi a pessoa mais pura que eu conheci.

— Aí! Tá vendo?! — O Rodrigo atirou o cigarro longe. — Merda! Esse é o problema! Eu já beijei outros garotos, cara! Até já fiz mais do que isso... — Ele soltou um risinho ao ver minha cara de espanto. — É normal! Homens têm suas vontades e necessidades! É aceitável pegar um veadinho, sei lá, só para se divertir. O problema, meu caro, é quando isso se torna...

— *Eu amo* o Lucas!

— Esse é o problema, Bernardo. Esse é o problema. Pegar caras é ok! Contanto que seja em segredo. Mas... Amar? Assumir? — Ele fez uma careta de nojo. — Isso te transforma em um gay completo e...

Me virei de costas, atormentado com tudo o que o Rodrigo dizia e representava.

Ele também se calou, e eu apenas escutava as goladas que dava na vodca. Devia estar me contando tudo aquilo porque estava bêbado demais pra raciocinar.

Eu estava decidido a me afastar e simplesmente deixar pra trás todas aquelas barbaridades que ele dizia. O Rodrigo também era gay. Para mim, isso ficara muito claro. O Rodrigo era gay e não sabia lidar com seus sentimentos, por isso atacava o Lucas, porque ele representava toda a coragem que ele queria ter, mas não conseguia.

Porém, me veio a imagem do Lucas no chão, sangrando, sofrendo. Isso fez meu sangue ferver e eu me virei de novo, pra encarar o Rodrigo. Ele sustentou meu olhar.

— Rodrigo, eu juro que tinha vindo aqui pra te dar uma surra daquelas e te mandar pro hospital, pra fazer companhia aos seus amigos. Eu ia te dar uma surra como você nunca tomou na vida. Ia deixar tantas partes do seu corpo doendo que você não saberia reconhecer onde doía mais. Ia deixar seu rosto irreconhecível e na certa quebraria um dos seus braços. Eu te deixaria gritando e gemendo de dor como um pedaço de lixo. Como um pedaço de merda. Era essa a minha intenção. Mas quer saber? Não preciso te bater pra fazer com que você se sinta assim. Vendo o tamanho da sua ignorância, da sua covardia, juro, você já está na pior posição possível. E só de te olhar eu sinto pena de você.

E então comecei a me afastar, com o coração mais leve. Mais limpo.

O Rodrigo me xingou, e eu ouvi seus gritos começarem a se transformar em gemidos. Até que em certo ponto eu me virei pra trás e vi o Rodrigo com as mãos no rosto, aos prantos.

Dizem que as palavras ferem mais do que qualquer agressão.

Dizem que a palavra é a arma mais poderosa do universo!

Eu devo ter deixado o Rodrigo mais machucado do que o Gabriel ou o Fernando.

Me afastei sem olhar pra trás.

* * *

Assim que entrei em casa, avisei aos meus pais que já tinha chegado, coloquei minhas roupas sujas pra lavar e tomei um banho demorado. Me lavei e esfreguei meu corpo como se isso fosse fazer surgir uma nova camada de pele.

No fim, deitei nu na cama e fiquei encarando o teto. Eu me sentia exausto, mas, lá no fundo, bem no fundo, aliviado. A verdade tinha esse poder. Ela libertava nossos corações.

Meus pais e os pais do Lucas sabiam que a gente se amava, e estava tudo bem. E o mais importante: eu próprio sabia que o amava. Eu próprio entendia meus sentimentos. Isso era o que mais me proporcionava alívio e, lá no fundo, uma felicidade infinita.

Após um tempo, me vesti, me agasalhei, e fui pra casa do Lucas. Entrei sem bater, como sempre, e segui direto pro quarto dele.

— Posso entrar? — perguntei, dando duas pancadinhas com os nós dos dedos na porta.

Os pais dele pediram que eu entrasse. O Lucas dormia tranquilamente. A Denise estava sentada numa poltrona, e o Manuel, na cadeira do computador.

Estavam ambos exaustos, era evidente, mas pelo visto não queriam se afastar do Lucas, com medo de que algo acontecesse com o filho.

— Posso dormir aqui? — perguntei.

A Denise abriu um sorriso.

— O Lucas sem dúvida ficará muito feliz quando abrir os olhos e vir você, Bê. Tenho certeza disso!

Meu coração se aqueceu com suas palavras. Então, apenas peguei o colchão que ficava ali perto e o posicionei ao lado da cama. Em seguida, apanhei o travesseiro, o edredom, e me acomodei ali.

A Denise e o Manuel me desejaram boa noite e pararam em frente à cama, dando um beijo demorado no Lucas e sussurrando um "eu te amo" que eu quase não ouvi. Quando a porta se fechou, dando-nos privacidade, eu me ajoelhei e fiquei apoiado no colchão, pra ver o Lucas dormir.

Mesmo com o rosto inchado, os machucados e cortes, e todo o estrago que aqueles idiotas causaram no rosto do Lucas, eu juro que ele ainda era o garoto mais lindo do mundo!

E ele era o meu amor.

O meu namorado.

A pessoa que fazia as estrelas do meu céu brilharem mesmo nos dias nublados e tristes.

53

Lucas

Acordei um pouco melhor e encontrei o Bernardo dormindo da forma mais estranha que já vi. Ele estava sentado num colchão ao lado da minha cama, mas com a cabeça apoiada no meu colchão e a boca um pouco aberta. Era quase como se tivesse desmaiado, o que deixava tudo ainda mais esquisito, por mais que parecesse engraçado.

Olhei no relógio sobre a escrivaninha: 4h15; e eu estava com sede.

Me levantei com dificuldade, pois meu tórax estava muito dolorido e minha cabeça parecia dez vezes mais pesada. Em cima da escrivaninha também havia um copo cheio de água que minha mãe devia ter deixado ali. Andei lentamente até o copo, sentindo pontadas nas costelas, e então cruzei o espelho do meu quarto e vi meu rosto. Acho que foi o maior susto que eu já tomei na vida. Na minha testa, havia um enorme hematoma, e um inchaço deformava meu rosto. Meu olho direito também estava muito escuro e inchado, e tinha vários arranhões no meu pescoço, e algumas marcas menores no meu maxilar. Senti uma lágrima quente querendo escorrer pela minha face.

Mesmo assim, a região da barriga era onde mais doía, então, levantei a camisa devagar pra ver o que estava ali, embora morrendo de medo de encontrar o que quer que fosse.

Aos poucos, fui vendo — mesmo no escuro do quarto parcialmente iluminado pelas estrelas fluorescentes do teto e da pouca luz que vinha da janela — que minha barriga, que antes era clara, agora, apresentava uma variação de tons entre verde, roxo e vermelho. As marcas de um ódio que eu jamais seria capaz de entender.

Eu nunca fizera nada de ruim a ninguém. Nunca briguei com ninguém, nunca gritei ou desrespeitei. Na escola, andava com o Bernardo e com algumas meninas que queriam minha companhia. Na rua, nem mesmo olhava para os lados com maldade ou impaciência. Jamais ofendi ninguém, nunca roubei, nunca matei. Meu crime fora o amor. Quando foi que amar se tornou um crime? Quando foi que deram permissão pra pessoas comuns julgarem as diferenças e condená-las a sentir a violência de suas mãos e pés? Quando a vida daquela gente se tornara tão desinteressante a ponto de começarem a reparar em mim? E quando repararam, por que nunca viram as coisas boas que existiam em mim? Quer dizer, existem coisas boas em mim, certo? Tem que existir, caso contrário, qual o propósito de eu estar neste mundo?

Será possível que nasci para ser odiado, condenado por amar meu melhor amigo?

Passei os dedos lentamente por onde aqueles pés chutaram, onde os punhos fechados me acertaram com força, para machucar, para matar... quando o Bernardo tocou meu ombro. Levei um susto!

O toque dele era o oposto de todos os outros... Era suave, calmo, gentil e paciente. E não havia nenhum outro toque que eu queria experimentar na vida.

— Está tarde... — falei. — Você viaja daqui a pouco... Volta a dormir.

— Tudo bem... Você está legal? Está sentindo dor?

Ele me analisava com os olhos, as mãos suaves pelos meus braços.

— Não, estou bem... Apenas com sede. — Eu tentava disfarçar as lágrimas que molhavam o meu rosto.

Fui até a escrivaninha e bebi a água o mais rápido que consegui, desejando que aquilo afogasse minha vontade de chorar. Havia um comprimido pequeno ao lado do copo e um papel que dizia: "Se estiver com dor, tome isso ou chame a gente. Mamãe."

Quis tomar aquele remédio e quis que ele me tirasse dali. Me tirasse daquele mundo onde eu me sentia tão pequeno, tão incompreendido, tão julgado, desamparado e abandonado. Ele, provavelmente, resolveria a dor física, sim. Mas essa não era a que me doía mais. A dor física passaria.

O sentimento de derrota e de insignificância eu iria sentir para sempre.

Voltei pra cama e, quando me deitei, meus ossos reclamaram. Soltei um suspiro baixinho, por mais que eu não quisesse, e o Bernardo ergueu a cabeça do colchão dele:

— O que foi, Lucas? Onde está doendo?

Ouvir a voz dele tão preocupada comigo também me machucava, mas a sua presença ainda era uma das poucas coisas capazes de me fazer feliz... E até isso acabaria em breve.

— Estou bem — menti, baixinho. — Mas vem aqui — pedi, pegando a mão dele.

O Bernardo sentou na minha cama, e eu não consegui mais conter o meu choro.

— Ainda não acredito nisso, Bê. Não fizemos nada de errado... Eu poderia ter morrido... — A ideia não saía da minha cabeça, mas dizê-la em voz alta era ainda pior. — Você também... O que é que a gente fez? O que é que a gente fez?!

Ele me deu um beijo suave na bochecha e se deitou ao meu lado, sem malícia alguma, e colocou a mão nos meus cabelos. Enquanto eu chorava, o Bernardo apenas ficou ao meu lado, com a mão afagando meus cabelos. E então me abraçou com muita suavidade, na certa, com medo de me machucar mais. O Bê não entendia que um abraço dele era capaz de colar até o que não havia se partido; mesmo assim, eu não falei nada. Só fiquei ali, desejando um lugar onde pudéssemos ficar juntos daquela forma para sempre. Porque mesmo aqui, onde tudo parecia só nosso, onde as estrelas fluorescentes brilhavam só para mim... em breve o sol viria, meus pais acordariam, e nós apareceríamos em camas separadas. E, pouco depois, em continentes separados.

E eu já não sabia qual dor era maior em mim.

54
Bernardo

Demorou um pouco pro Lucas se acalmar. Os solavancos provocados pelo choro foram diminuindo de intensidade, até que eu só conseguia ouvir suspiros profundos.

— Quando você acordar, ainda estarei aqui... — sussurrei.

— Você promete? — o Lucas perguntou, segurando na minha camisa como se isso fosse me manter ali.

— Prometo.

E então, em minutos, com o rosto machucado repousado no meu peito, ele dormiu.

Eu queria chorar. Queria muito deixar a dor da minha alma explodir e colocar pra fora todos aqueles sentimentos conflitantes que me marcavam. Mas eu me mantive forte, única e exclusivamente porque sabia que o Lucas precisava de mim naquele momento.

Fiquei encarando o teto; as estrelas brilhando para mim. Logo o dia iria amanhecer e eu nunca mais as veria.

Tentei absorver a mágica daquele momento pra sempre: o peso do Lucas sobre o meu tórax, o quarto escuro, as estrelas brilhando e o meu coração se sentindo o mais tranquilo possível.

Apesar de saber das crueldades que havia no mundo, dentro de mim existia paz. Uma paz impagável, indescritível, inenarrável. Uma paz que representava que eu me encontrara no mundo.

Eu encontrara a minha verdade.

Encontrara o amor.

Foi quando tive uma ideia e, sem acordar o Lucas , pousei o rosto dele no travesseiro e saí da cama.

Eu queria deixar pro Lucas mais que o meu "eu te amo".

55

Lucas

— Acho que esta é a última — eu disse, saindo pelo portão, segurando, com certa dificuldade, uma caixa, a única que o Bê deixou que eu pegasse. Eu a levava pro carro estacionado ali, com o porta-malas aberto e cheio de pertences do Bernardo. Pertences que eu jamais imaginara ver encaixotados.

E aí está a *pior* parte de ser o melhor amigo: você *tem* que ser o melhor amigo. Você precisa ajudar a carregar caixas, tem de fingir que suportará a falta e que a distância não será tão ruim. Você precisa dizer que ficará tudo bem quando não tem a menor ideia de onde o chão está. Você deve aprender a engolir o choro e dar só o abraço, quando tudo o que você quer é algo mais. Outro minuto. Outro abraço. Outra eternidade pra todas as outras coisas de novo.

— Obrigado por ter me ajudado com isso — ele disse, perto demais.

Pensei que o Bernardo fosse ouvir o jeito como meu coração batia. Quase não conseguia ouvir outra coisa.

Escutei o portão abrir atrás de nós e me afastei o mais rápido que pude. Me virei pra trás e vi meus pais lá, meio abraçados, olhando pro Bernardo.

Obrigado por não terem notado nada, pensei, e baixei o rosto quando senti meus olhos queimarem com possíveis lágrimas.

Existe algo pior do que despedidas? Por mais que os últimos acontecimentos tivessem sido bem *tumultuados*... Eu, sinceramente, esperava que não.

O Sushi passou entre os meus pais e veio correndo até mim. Abaixei-me o máximo que pude e fiz carinho nele, deixando meus cabelos caírem sobre os olhos pra disfarçar a dor que eles decerto transmitiam. Depois, ele correu para os pés do Bernardo, que se agachou pra acarinhá-lo. Quando me levantei, minha mãe me olhava com o rosto preocupado, que ignorei. Eu ainda estava todo dolorido, mas não ficaria na cama durante os últimos minutos do Bernardo perto de mim.

E então senti que ele me fitava disfarçadamente. Cada vez que meus olhos encontravam qualquer sinal dele, as lágrimas vinham com força total e era quase impossível segurá-las.

Ergui devagar a cabeça para ver o Bernardo, na esperança de vê-lo concentrado no cachorro. Então nossos olhares se cruzaram e eu não consegui mais.

Desviei de novo o olhar.

— Vamos sentir muito a sua falta, Bernardo. Todo esse tempo, você foi como um filho pra gente. Você sabe disso — minha mãe disse atrás de mim, vindo abraçá-lo.

Ai, meu Deus, não! Mande um cometa ou qualquer coisa que impeça esse momento!

Mas não aconteceu!

— É, Bernardo. Obrigado por ter sido esse menino tão especial pra nós esse tempo todo. E um *irmão* pro Lucas.

— Até melhor que irmão — minha mãe disse. — Melhor amigo. — E passou a mão pelo rosto dele, que estava vermelho, tentando não chorar; o meu devia estar bem pior.

— Mande notícias de Portugal — meu pai pediu.

— E não se esqueça da gente — minha mãe completou. — Venha nos visitar, tá? E se cuide direitinho.

— Farei isso. — Ele abraçou os dois, com o meu cachorro balançando o rabo rapidamente entre os pés deles. — Obrigado por terem me acolhido em todos os momentos. E desculpem pelos últimos dias... Vou sentir muita saudade de vocês... E nunca esquecerei o que fizeram por mim. Voltarei para visitá-los e espero vocês lá em Portugal...

O Bernardo parou um minuto e olhou pra mim. Eu mantinha o olhar distante propositadamente pra não ter que encará-lo. Já nem tentava mais impedir as lágrimas.

O Bernardo continuou:

— Sei que é um pouco mais longe, mas se eu consigo vir... vocês dão um jeito também! E notícias... Também mandem notícias! — Algumas lágrimas rolavam dos olhos dele.

Meu pai tocou meu ombro de leve, já que eu estava de costas para ele, e fez um pequeno carinho. Vi pelo reflexo no carro que o papai abraçava a minha mãe de novo e ouvi os passos deles se distanciando. Senti a deixa. E então minha mãe gritou um "Tchau!" lá de longe. Decerto estavam indo ver se a Lílian ou o Carlos precisavam de alguma coisa. Eles estavam lá em casa, já que o último almoço tinha sido lá.

E nós ficamos no meio-fio, sozinhos.

Agora era a minha vez.

O Bernardo, ali, na minha frente, pronto para viver uma nova vida. E eu é que ficaria ali, esperando que ele voltasse, na esperança de que nossa vida fosse a mesma cada vez que estivéssemos juntos. Uma parte de mim, a parte boa, não duvidava de que isso aconteceria.

O Bernardo então esboçou um sorriso, mas não era exatamente um sorriso de felicidade. Era uma tentativa de me confortar, mas sem muito sucesso.

Não fui capaz de esperar mais um segundo sequer: dei um passo à frente e o envolvi no abraço mais forte que eu já dera em alguém. Por mais que eu estivesse em pedaços... Talvez assim eu o mantivesse inteiro. Intacto. Aqui.

Mergulhei meu rosto no pescoço dele e por mais que eu sentisse que as lágrimas estavam rolando e soubesse que o estava molhando pouco antes de ele ir embora, eu não ligava. Eu precisava desse momento.

E ali estava a *melhor* parte de ser o melhor amigo: *ser* O melhor amigo. Fui capaz de, em segundos, lembrar por que era tão triste que o Bernardo fosse embora. E os motivos eram todos os momentos nos quais ele foi presente e me fez feliz. A minha vida toda.

Lembrei de cada tiro no videogame, cada pipoca bem-feita e a última que ele queimou. Lembrei dos filmes, da macarronada, da ida de bicicleta até o alto da montanha. Do "B e L" gravado na árvore — será que ficaria ali pra sempre? E nossa amizade? Ela se manteria pra sempre? Lembrei da queda de bicicleta. Dos arranhões e das minhas tentativas de cuidar dele como ele cuidava de mim. Em algum momento devo ter sido bem-sucedido em ser um bom amigo. E talvez, por isso, o Bernardo não fosse me esquecer na vida nova em Portugal.

Lembrei das últimas semanas: todas as idas ao clube, o tempo que o Bernardo ficou afastado, pensando... Será que ele pensava em mim? Da viagem à casa da Sarah, as idas ao shopping e ao cinema, o jantar com o Jorge e o Pedro, o primeiro vinho... E, depois, a ida pro sítio... A piscina gelada e aquela gripe fora de hora. E o show. E as pancadas. E o "Eu te amo". E o "Ele é meu namorado". E da forma como ele desanuviava qualquer tempestade. O toque sutil, o beijo na bochecha, os dedos dele nos meus.

— Se você não for agora — sussurrei, tentando respirar fundo —, acho que não serei mais capaz de te deixar ir.

— Espera. Eu tenho mais um tempinho. Vem aqui dentro. — O Bernardo desfez o abraço e me puxou atrás de si pra dentro da sua casa vazia.

Fui, sem contestar.

— Esqueceu alguma coisa? — perguntei assim que entramos, e o eco da minha voz pelos cômodos vazios me arrepiou.

— Não. Eu não posso te levar comigo, você sabe, *inteiro*. Mas não vou me esquecer de você, Lucas. Nunca. Já era pra você saber disso.

— Eu sei — menti.

— Ótimo. E você, vai me esquecer? — O Bernardo segurou meu rosto com ambas as mãos, me fazendo encará-lo; o toque era gentil.

— Não vou te responder.

— Considero isso um não.

— Você vai me dar notícias quando chegar lá?

— Sim.

— E no meio do caminho? — Eu ri.

— Também. E antes de dormir, e quando eu acordar. Vou te dar tantas notícias que você vai ficar enjoado de mim.

— Vou te bater se você não fizer isso — falei, chateado com tudo.

O Bernardo riu.

— Lá em Portugal? — ele zombou.

— Sim, lá em Portugal. Estou falando sério. Você não vai desaparecer.

— Não, não vou desaparecer. Mas, se isso te fizer ir até lá, considero a oportunidade.

— Não me faça considerar a oportunidade de quebrar o seu nariz e voltar pra casa.

Ele riu de novo.

— Não duvido disso nem por um segundo, sabe? Acho que você está se tornando um profissional em quebrar narizes... E eu gosto do meu.

Eu o encarei, querendo rir.

—Tudo bem. Olha, prometo que nada vai mudar, tá? E eu virei te visitar às vezes. Você tem que ir lá também.

— Ok — murmurei.

— Promete, Lucas?

— Só se você prometer primeiro que vai voltar.

— Eu prometo! E só pra que eu não me esqueça, nem me arrependa...

E ele não terminou a frase... Os lábios dele tocaram os meus. Ele me deu um beijo.

56
Bernardo

Eu nunca me perdoaria se deixasse o medo me impedir de fazer o que realmente queria. Nunca me perdoaria se, naquele momento, pouco antes da minha partida, eu não deixasse meu coração falar mais alto.

Enfiei os dedos nos cabelos do Lucas e trouxe o rosto dele pro meu.

Vi, por um último segundo, seus hematomas e machucados. E juro, o Lucas nunca esteve tão bonito e atraente; sua coragem o fazia ficar assim.

Me aproximei mais e encostei minha boca na dele e, diferentemente de todas as outras vezes em que beijei na vida, dessa soava certo.

Dessa vez soava perfeito...

Era como se os meus lábios tivessem sido desenhados por Deus para se encaixarem nos do Lucas. Eu sentia a barriga formigar e um friozinho pela espinha, como se estivesse descendo uma montanha-russa...

E eu sentia o coração batendo forte, como se recebesse uma carga elétrica.

O beijo do Lucas era calmo, manso, tranquilo, mas ao mesmo tempo me despertava os meus instintos mais selvagens e desconhecidos. O beijo do Lucas, de uma forma sucinta, me completava.

57

Lucas

Ele me beijou!

Nossos dedos se enlaçaram, e tudo dentro de mim se revirou e explodiu. Mesmo com os olhos fechados, eu podia ver estrelas num céu imaginário. Num céu onde o mundo seria perfeito. Onde eu seria feliz.

Eu não conseguia respirar.

Não conseguia acreditar no que estava acontecendo.

Não conseguia me conter.

E não queria.

Eu nunca beijara ninguém antes, por mais que sonhasse com isso. Na maioria das vezes, parecia *estranho*. Mas tinha ocasiões em que eu sentia tanta vontade de beijar, de sentir, que ficava difícil segurar. Me lembrei de quando eu e o Bernardo tocamos nossas mãos pela primeira vez. Havíamos gostado e fazíamos isso com alguma frequência. Não fora nada nojento. Muito pelo contrário.

Ele estava ofegante. Eu não perdia em nada.

O Bernardo se afastou bem pouco do meu rosto, desgrudando os lábios dos meus. Ficamos de frente um pro outro enquanto a vida passava lá fora. Sabíamos que não podíamos ficar ali, mas era como se algo nos prendesse ao chão. Nossos pés não se moviam.

Nossos olhos cravaram-se uns nos outros, e ambos sorrimos por alguns segundos, em silêncio. Foi como desvendar os segredos que eu nem sabia que queria conhecer. Dei um passo pra frente e o abracei, enterrando de novo a cabeça entre seu rosto e seu pescoço. Senti a pele dele arrepiar, e quis pousar minha bochecha naquele calor mais vezes...

Ele retribuiu o abraço, e eu senti suas faces se esticarem, como se ele sorrisse. E experimentei a deliciosa sensação do coração dele batendo enquanto nos abraçávamos. Estava *tranquilo*. O meu, um turbilhão. Um dos braços dele desceu até a minha cintura e parou, me girando até que ficássemos lado a lado.

— Bernardo... — falei devagar, com os lábios ainda colados nos dele. — Como eu posso deixar você ir embora assim?

— Não pode. E eu vou voltar, ok? Você vai esperar por mim?

— Não tenho outra escolha. — Eu o beijei de novo em um impulso, antes que me arrependesse por não fazê-lo. Teríamos tempo para as palavras. Mas não teríamos presença para mais beijos.

* * *

Fomos pra rua. Eu não sabia como encarar meus pais — e os pais dele — depois do que acabara de acontecer. Achava que de algum modo eles saberiam e seria muito constrangedor. Por isso, quando saímos pela porta da casa dele eu baixei a cabeça pra fitar meus pés.

Quando me dei conta de que não olhavam para mim, relaxei um pouco. Ergui a cabeça e me deparei com meus pais abraçando os pais dele, e então nós só ficamos parados, observando o futuro tão incerto que estava a nossa frente.

Os abraços enfim acabaram e os quatro se voltaram pra mim. A Lílian colocou a mão de leve no meu braço, como se estivesse com medo de me machucar, então eu mesmo a abracei, com força. Por mais que doesse... Afinal, não sabia quando poderia fazer aquilo de novo. O Carlos também me abraçou, e eu quis impedi-los de partir. Sei que era um pensamento egoísta e infantil, mas tudo em que conseguia pensar era na saudade que eu já sentia.

Foi quando aconteceu algo muito estranho. Um carro branco, que eu conhecia muito bem, entrou na esquina e subiu a rua, diminuindo a velocidade ao se aproximar de nós. Olhei depressa pro Bernardo, que também não estava entendendo nada.

O carro estacionou e... bem, a Sarah desceu dele.

58
Bernardo

Como tudo o que envolvia a Sarah, aquela foi uma cena inusitada, confusa e até meio engraçada. Eu e o Lucas não parávamos de nos olhar, confusos, sem entender o que estava acontecendo.

Foi quando a Sarah pulou pra fora do seu carro, quase ainda em movimento, e veio correndo até o Lucas, soltando uma série de frases como: "Ai, meu Deus!", "Olha o seu estado", "Se eu descobrir quem foi, eu mato", ao mesmo tempo que o pegava num abraço apertado.

O Lucas gemeu alto, sem conseguir se conter, o que deixou todo o mundo tenso. A Sarah se desculpou, soltando-o rápido, e foi impossível não rir. Acho que todos riram, inclusive o Lucas.

— Sua tia é impulsiva, você sabe... — A Sarah deu de ombros. — Me perdoa...

O Lucas sorriu, mas eu vi em seus olhos que ainda doía. Ele só não queria preocupar ninguém.

— Tudo bem, tia. Nem foi tão ruim assim...

A Sarah então suspirou, com uma das mãos no peito. A outra ela esticou na frente de todo o mundo. Os dedos dela estavam trêmulos.

— Gente, assim eu não aguento! Juro que não aguento! Ainda estou tremendo toda. Eu vim assim que eu pude. Eu juro.

O Lucas então olhou pra mãe de forma acusatória:

— Você não precisava ter incomodado a tia Sarah com isso, mãe.

— Incomodado? — a Sarah tomou a palavra, antes que a Denise pudesse responder, com um dedo erguido e tremendo ainda mais. — Você é meu sobrinho, meu querido. Eu te vi nascer. Não troquei suas fraldas pra qualquer delinquente te atacar e achar que ficará por isso mesmo!

O Lucas respirou fundo, sem dúvida muito cansado. Cansado daquele assunto. Cansado de todas as implicações daquele assunto..

Pela primeira vez, a Sarah notou o carro dos meus pais lotado de caixas e malas. E acho que só então a ficha dela caiu. Toda a sua expressão corporal denunciou isso.

— Meu Deus! É hoje! — Ela me encarou.

Eu não consegui sorrir. Acho que o máximo que saiu foi uma careta.

A Sarah bateu na testa.

— Claro... Sim! — Ela então pareceu compreender toda a situação; a despedida que eu e o Lucas tanto não queríamos viver.

Sem dizer mais nada, a Sarah me puxou para um abraço apertado e ficou me segurando ali por um bom tempo. E foi ótimo. Quando dei por mim, ela esticou o braço e puxou o Lucas também, nos mantendo juntos no mesmo abraço.

— Ai, meninos... Vamos lá... — ela disse com uma voz doce. — Vocês sabem. Isto aqui não é um adeus. É apenas um até breve.

"Isso aqui não é um adeus. É apenas um até breve."

Por que a Sarah tinha o dom de sempre dizer as palavras que pareciam certas? Por que ela sempre conseguia isso?

Meu pai então pigarreou alto e disse que se não fôssemos naquele instante, poderíamos perder o voo. Eu e o Lucas trocamos um olhar que dizia claramente que aquela não seria uma má ideia.

Todos se abraçaram de novo, e eu deixei o Lucas pro final. Quando paramos frente a frente, como se uma mágica acontecesse, todos ao redor desapareceram. Éramos só eu e ele. Só nós dois, nossos corações e todas as coisas que tínhamos.

— Não é um adeus — sussurrei. Eu nem havia percebido, mas as lágrimas corriam pelo meu rosto.

O Lucas estendeu a mão e passou o dedo por elas.

— É apenas um até breve — ele completou.

E sorrimos um pro outro, chorando ao mesmo tempo, e terminamos com mais um abraço apertado. Fechei os olhos, tentando guardar aquele toque para sempre.

Minha boca formigava, sentindo falta dos beijos dele.

Era insano, mas eu já havia beijado muitas meninas. Muitas mesmo. Mas com o Lucas... Foi como se pela primeira vez alguém houvesse tocado os meus lábios.

A primeira vez.

Meus pais já estavam no carro, me aguardando. Eu sabia que não tinha mais tempo.

Respirei fundo, tentando ser forte.

— Eu te amo — o Lucas murmurou, de modo que só eu ouvisse.

— Eu te amo — respondi, num sussurro corajoso.

Entrei no carro, sentindo em meu coração uma confusão de emoções. Havia felicidade por saber que eu amava o Lucas, por termos nos beijado e por todas as coisas boas que vivêramos juntos. Mas havia a tristeza e a saudade tomando conta de tudo.

Meu pai passou a primeira marcha e o carro começou a se movimentar, a se afastar. Só então me lembrei de algo.

Coloquei a cabeça para fora da janela e gritei:

— A filmadora!

O Lucas me olhou com uma expressão estranha por um segundo, mas então ele sorriu ao compreender.

O carro avançou e virou a esquina.

A última visão que tive do rosto de Lucas foi seu sorriso de reconhecimento.

Eu daria tudo pra ver a cara dele quando assistisse ao vídeo que eu lhe deixara.

* * *

— *Oi, Lucas, tudo bem? Aqui é o Bê. Dã... Eu esqueço que você tá me vendo... Caso se pergunte, estou gravando isso nesta madrugada, e você está bem aqui, na sua cama, dormindo. Então, bem... Não sei direito como começar. Ou o que falar. Porque, você sabe, eu nunca fui muito bom com as palavras. Acho que sou mais das exatas. De todo modo... quero te deixar este vídeo, pra que sempre que você se sentir sozinho possa olhá-lo e então saber que eu estou aqui. Por você e pra você. Certo, estou do outro lado do mundo agora... E você, com certeza, vai ter algumas crises de ciúme dizendo que arrumei novos amigos ou que estou te esquecendo... Mas não... Nunca vou te esquecer. E sim, você sempre será o meu melhor amigo. A melhor parte de mim. A coisa mais preciosa que terei na vida. E não importa quanto tempo passe, eu vou te esperar. Me espera também, se você puder... Porque eu te amo, viu? Demorei um pouco pra entender tudo isso, mas eu te amo muito. Meu coração é seu. E... obrigado por ter me ensinado que, às vezes, 1 + 1 é 1. Beijos do seu Bê.*

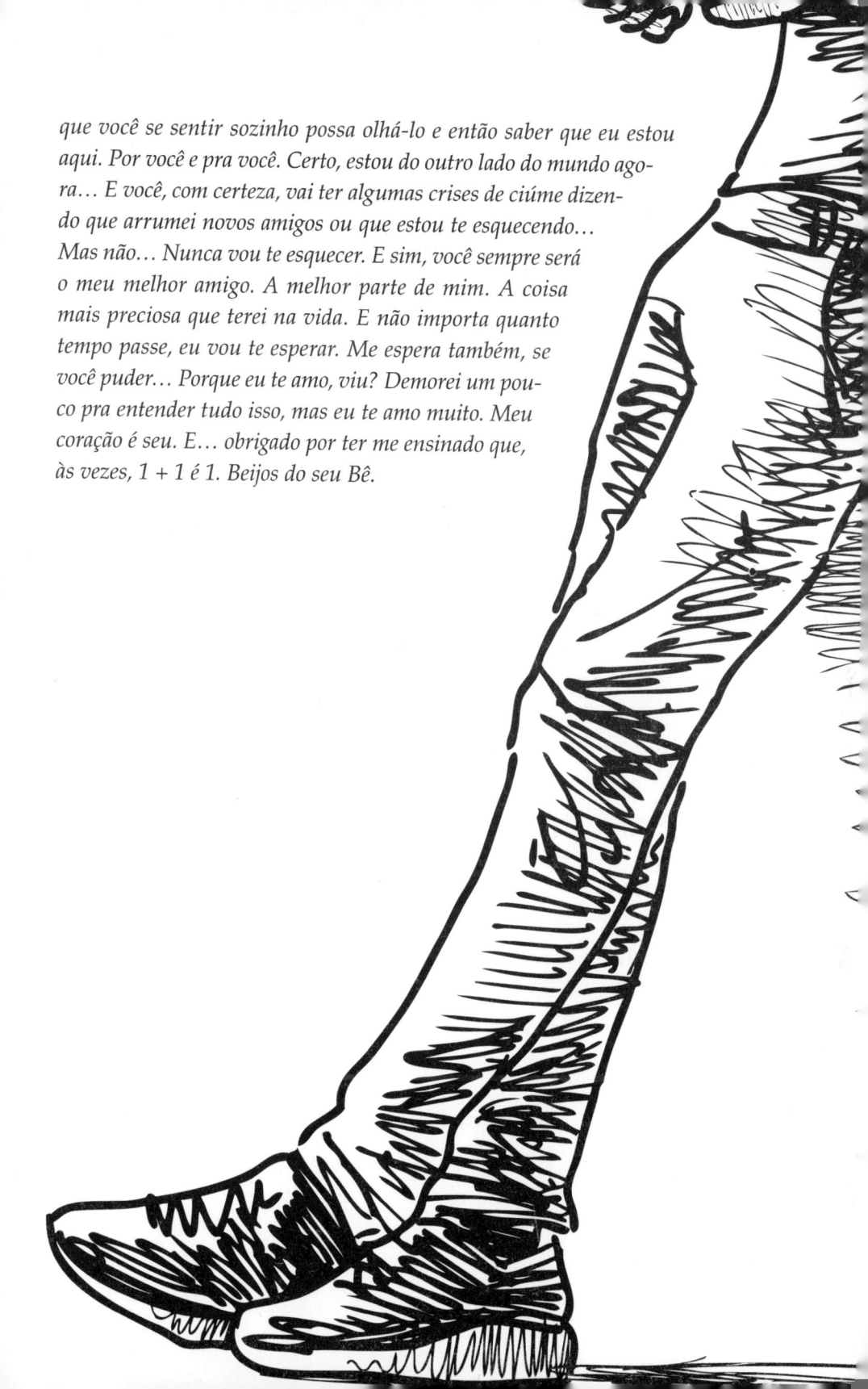

59
Lucas

Bernardo,

Faz dois meses que você se foi e não tem sido fácil... Sei que a gente se fala pelo telefone toda semana, e pela internet e tudo o mais, mas... sabe, tem algumas coisas que escondi de você e que acho que só agora consigo colocar em palavras.

E esse é o principal motivo pelo qual estou escrevendo. Você sabe que sempre fui melhor com as palavras.

Não entendo como consegui esconder isso por tanto tempo, mas... Vamos lá! Eu também me mudei. A tia Sarah apareceu lá em casa no dia da sua partida e ficou três dias conosco. Conversamos muito eu e ela, e depois eu, ela e meus pais. Meu quarto não é mais aquele cuja janela dava vista pra sua casa, Bê. Agora eu moro com a tia Sarah.

Você deve estar se perguntando os motivos e tudo o mais, então... vou contar. Começo dizendo que eu simplesmente não conseguiria voltar para aquela escola sem você. E não seria capaz de encarar aqueles meninos, ou o restante da escola inteira, depois do que aconteceu. Outro dia fui à feira e vi a Adrielli, foi horrível. Você precisava ver como ela me olhou. Eu gostava dela, fazíamos alguns trabalhos juntos, você lembra?

Mas o olhar de aflição que ela me direcionou foi terrível. Não sabia se a Adrielli tinha medo de mim, de me tocar ou sei lá do quê. Ela não foi preconceituosa, mas deve ter ficado sabendo do acontecido e o olhar de pena que me lançou foi... péssimo.

A verdade é que também senti muito a sua falta. Tudo que eu olhava aqui me lembrava você. E, por mais que minha mudança não tenha ajudado muito nesse sentido, creio que me sinto melhor aqui, sabe? Era ruim olhar pro teto de estrelas e não ter sua mão na minha. Era ruim olhar pra sua janela e ver seu quarto vazio. Era ruim... tudo era ruim.

Dois dias depois que você foi embora, os pais do Rodrigo vieram aqui em casa e disseram que ele queria me pedir desculpa. Meus pais não desejavam nem vê-lo, é claro, mas eu aceitei. Ele sentou na minha sala, com os pais passando a mão nos cabelos dele como se para consolá-lo. Ele pediu desculpas, dizendo que precisava de ajuda e estava fazendo tratamento na psicóloga. Você consegue acreditar nisso? Ele precisava de ajuda. Ele! E falou também que tinha feito um post público no facebook dizendo que lamentava muito o que tinha feito. Eu quis vomitar. Expulsei o Rodrigo da minha casa e disse que ele tinha, sim, o meu perdão, mas que isso não o ajudaria em nada. Ele começou a chorar, e seus pais me olharam de cara feia. Você precisava ver o dó que eu tive dele chorando: Nenhum!!! Ele é um babaca e quis vir aqui pra se sentir melhor! Ele estava se vitimizando!

Depois disso eu tive certeza de que não conseguiria viver nem mais uma semana naquela cidade cheia de gente mesquinha. A melhor coisa ali não morava mais lá, e essa melhor coisa era você. Foi bem doloroso deixar meus pais pra trás, mas eles pareceram até felizes. Disseram que minhas chances de estudo aqui na cidade grande seriam bem melhores, mais ou menos o mesmo que os seus pais falaram para você. E eles vêm me ver quase todas as semanas. É sempre muito bom porque vivemos com tanta saudade que tudo o que fazemos é nos divertir...

Minha mãe chora toda vez na despedida, e essa é a pior parte. No entanto, depois ela fica bem, e eu já estou quase acostumado a minha nova casa. A tia Sarah é a mesma coisa todos os dias, então, quando não estou estudando ou falando com você, estou sendo apresentado por ela a alguém ou a algum lugar.

As coisas aqui são tão diferentes... Sei que você já esteve neste lugar, mas naquela época viemos só visitar. É outra coisa quando, de fato, se vive aqui. Evidente que o trânsito é chatinho e tem um ou outro problema; mesmo assim, estou tão mais feliz do que acho que estaria lá... É como se eu tivesse tirado um peso das minhas costas.

Estou aprendendo a andar sozinho por aqui, e já tenho até alguns amigos na escola. As pessoas são bem mais legais, desprendidas, independentes e sonhadoras... É lindo!

Tudo isso faz com que eu me sinta quase completo. Na verdade, tudo o que posso completar está quase transbordado. Se não fosse por meus pais estarem longe, esse meu lado estaria plenamente feliz.

Contudo, existe outra parte de mim sobre a qual não tenho muito controle, que é a que ficou com você. Essa só estará completa quando a gente estiver junto, e você não faz ideia do quanto espero por esse dia. A Sarah — agora já nem a chamo mais de tia, somos mais amigos do que parentes — disse que quando você voltar será obrigado (!!!) a passar uns dias aqui. Neste dia, vou te mostrar novos lugares da cidade que adoro e que são a sua cara. Tem até ciclovias, para você cair com segurança.

Quando vi o vídeo que você me mandou, confesso que chorei um tanto, mas fiquei muito feliz depois. Aquele vídeo — e os outros que fizemos nas férias — se tornaram partes de você que eu consegui ter, segurar, manter em mim. Não só memórias, são quase palpáveis, são visíveis... São reais.

Confesso também que vejo os vídeos com mais frequência do que deveria, mas é que não sou capaz de abrir mão de tudo de bom que nós passamos, e eles são uma prova de que, por mais complicadas ou distantes que as coisas fiquem, nós somos reais. Nós existimos um dia, e existiremos pra sempre.

Nunca serei capaz de escrever o quanto sinto sua falta, mas tente multiplicar (pra você que é bom em números, vai ser um desafio) cada palavra desta carta pelo infinito e, talvez, você se aproxime do resultado.

Eu trouxe as estrelas fluorescentes do meu teto para cá. Elas continuam brilhando.

Estamos esperando que você volte pra vê-las comigo.

Com mais saudade do que cabe em mim,

Lucas.

P.S.: Gostei de escrever esta carta. Espero que você responda (e que o correio não demore tanto), e também que chegue logo o dia em que a gente vai se ver. Tem um abraço esmagador guardado aqui para você.

P.S. 2: (...) E assim, quando mais tarde me procure
Quem sabe a morte, angústia de quem vive
Quem sabe a solidão, fim de quem ama

Eu possa me dizer do amor (que tive):
Que não seja imortal, posto que é chama
Mas que seja infinito enquanto dure.

Espero que nós duremos para sempre.

60
Bernardo

Eiiiiiii! Que saudade! Meses com um gostinho amargo de anos.
    Tudo bem que não entendi quando você ficou insistindo tanto pra que trocássemos cartas, tendo internet liberada e telefone. Mas sei que você adora a minha letra (por isso sei que você me ama mesmo, porque minha letra é horrível), e assim temos algo mais concreto para guardar um do outro.
    Sinceramente, agora tudo faz sentido. Agora entendo as ocasiões em que te perguntava como estava a escola e você ficava enrolando pra me dar uma resposta direta. E eu não te julgo nem te culpo, nada disso. O alívio por saber que você está em um lugar melhor e bem é maior que tudo. Manda beijos pra Sarah e tenta não ficar interessado em nenhum menino ou algo do tipo, porque, você sabe, somos namorados e…
    Sei que é complicado, e nunca me imaginei passando por uma situação dessas. É tudo novidade pra mim. Acho que pra nós…
    Gostar abertamente de alguém é novidade, ter um relacionamento é novidade… ainda mais um a distância. Fora isso, há a escola nova, a cidade nova, um clima novo, gente e culturas diferentes e… Tem horas em que me sinto soterrado por tantas novidades. Parece que aquele Bernardo que amava videogame e sempre pulava o muro da sua casa ficou num passado meio distante. Eu me sinto novo. Não que isso seja ruim…
    A parte boa do meu passado está aqui, comigo. Meus pais, quero dizer. E a outra parte boa está aí, a muitos milhares de quilômetros de lonjura…

Mas sabe de uma coisa em que eu reparei? Que distância é algo relativo... Aqui, em Portugal, há muitos cafés. É meio que tradição, sabe? Em qualquer esquina você encontra um café. É comum ver as pessoas sentadas à mesma mesa, tomando seus cafés, lendo seus jornais, mexendo em seus *smartphones* com uma companhia de frente para elas. É como se todos estivessem acostumados a ser independentes e apenas olhar pro universo virtual, sei lá, e o mundo real não fizesse mais tanto sentido. E, bem, quem me prova que essas pessoas não estão mesmo distantes umas das outras?

Mesmo longe fisicamente, eu estou aqui, e você está aí, e me sinto mais próximo de você do que de qualquer outro ser humano. E juro, é uma sensação maravilhosa.

Errr... bem... a gente conversa sempre por telefone e internet e, por isso, não sei direito o que colocar aqui, na carta. Nunca fui muito bom com as palavras, você sabe. Mas... Enfim, saiba que eu te amo e que cada pedacinho do meu coração, que antes de você eu nem sabia que existia, é seu. É todo seu.

E, ahhhh, por favor! Espero que todos esses amigos que você vem fazendo saibam que você já tem um namorado que te ama, que é muito bacana e que vai ficar com você pra sempre! Porque sim, quero que duremos pra sempre.

Nossos destinos foram traçados na maternidade, Lucas.

Para sempre, seu Bernardo.

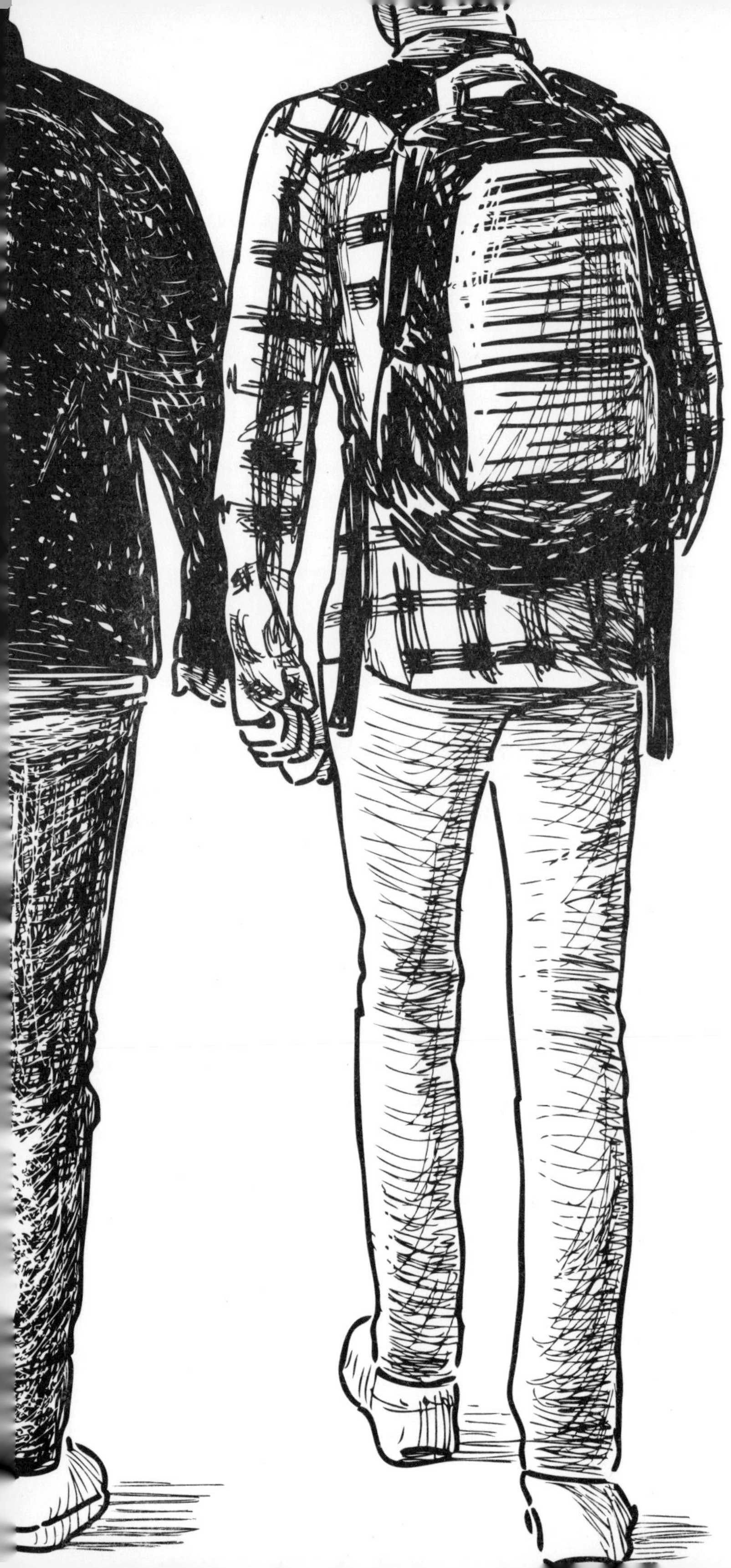

Epílogo

1 + 1 = 1

Lucas

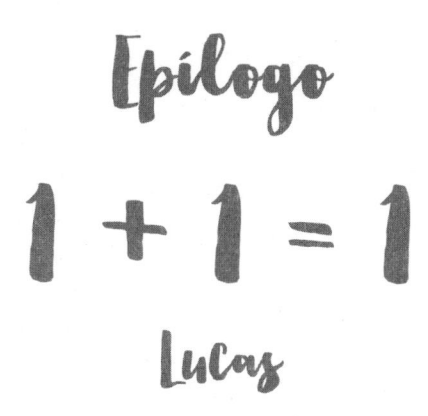

Havia algo de muito assustador nesse lugar, por mais que eu tivesse esperado por esse dia durante meses. Basicamente abri mão de todos os presentes que poderia ganhar pelos próximos cinco aniversários e natais só pra pagar a passagem, mas não me importava. Quando a Sarah me disse que estava tudo comprado e ajeitado, eu a abracei. E, depois, chorei. E o medo veio logo em seguida.

Então, lá estava eu, sozinho, num avião que cruzaria o oceano, pelo céu.

Um ano longe do Bernardo...

Antes de o avião decolar, eu já havia feito pelo menos quinze orações. A Sarah me ajudara no *check-in* e a despachar as malas, mas a partir do momento em que passei pelo detector de metais, era só eu. Eu e o que eu encontraria em algumas horas.

Bem, já não havia mais o que pudesse fazer. O medo eu engoliria, a saudade eu mataria em algumas horas, e o desconhecido... eu conheceria. Tudo que eu precisava fazer era relaxar. Relaxar. Respirar fundo. E tudo bem, eu já enfrentara coisas piores. Bem piores. Era só uma decolagem, algumas horas no ar, o pouso e fim — estaria a salvo. Eu esperava mesmo estar a salvo.

Minha cabeça estava exausta de tanto pensar, então me lembrei de algo que trazia na pequena pasta-carteiro que minha tia me dera dias antes. Além de dois livros, lá estava o meu bem mais precioso naquele momento, um velho e adorado conhecido: meu mp3 de sempre, com as mesmas músicas do Bernardo e algumas novas que eu colocara nas últimas semanas.

Recostei a cabeça no espaldar da poltrona, apertei *play* no modo aleatório e fechei os olhos, querendo que o avião pousasse logo e diminuísse a distância que parecia quase infinita.

Meu Amor É Teu, do Marcelo Camelo, começou a tocar. A Sarah me mostrara essa música uma semana e meia atrás, e eu fiquei feliz por ouvi-la de novo. Acho que não haveria nenhum momento mais apropriado.

Meu amor é teu, mas dou-te mais uma vez...
Meu bem, saudade é para quem tem.

Não lembro muito bem como eu e o Bernardo, meu melhor amigo, nos conhecemos. Mas, até onde sei, em breve ele estaria ao meu lado.

Epílogo
1 + 1 = 1
Bernardo

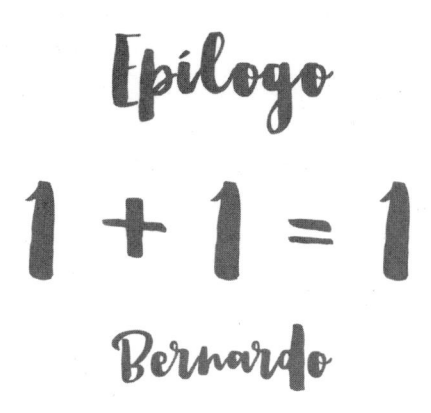

Eu jamais experimentara essa sensação. Parecia que havia vários bichinhos na minha alma, mordendo e mordendo, ameaçando me fazer surtar. Nem mesmo os relaxantes que minha mãe sugerira, para que eu conseguisse conter um pouco a ansiedade, surtiram algum efeito.

Um ano longe do Lucas...

Enxuguei o suor das mãos na calça jeans pela milésima vez, me levantei do banco em que estava sentado no saguão do aeroporto e comecei a andar de novo, de lá para cá. Esse ritual se repetia pela milésima vez.

Olhei o celular. Desde nossa última conversa, muitas horas haviam se passado. Ele estava perto... Eu podia sentir. Em algum lugar, dentro de mim, podia sentir.

Respirei fundo, me lembrando de que eu tinha pulmões.

Ali estávamos: eu e a minha ansiedade, e a minha espera, e a minha saudade, e o meu amor.

Eu pedira aos meus pais que não viessem. Não sei bem ao certo o motivo, mas acho que queria que esse momento fosse só nosso.

Meu e dele.

Olhei pro monitor que anunciava as chegadas, e lá estava o número do avião. Era o próximo.

Segui até uma parede de vidro que dava de frente pra pista de aterrissagem e logo a imagem do avião apareceu no meu campo de visão.

Meu coração disparou, minha garganta ficou seca, minhas mãos estavam mais suadas e parecia que a força das minhas pernas se esvaía. Minha impressão era de que eu estava sob o efeito de uma mágica...

Enfiei as mãos nos bolsos do casaco e consegui ver meu reflexo na parede de vidro. Eu crescera um pouco e usava um corte de cabelo mais atual. Mas o meu sorriso... esse era o mesmo. Igual àquele de quando eu implicava com o Lucas e ele revidava, ou de quando a gente se tocava.

Minha mãe me disse uma vez que quando o amor é verdadeiro até as coisas mais impossíveis acontecem... Que o amor é mágico. E eu simplesmente tinha que concordar, porque mesmo a metros de distância o Lucas provocava todas essas reações em mim. O que mais isso poderia ser senão mágica?

Tão natural quanto respirar. É assim que penso no meu amor pelo Lucas. Como tudo começou? Olha, eu não sei. No entanto, se dependesse de mim, terminaria com o final mais feliz possível...

Agradecimentos:

Um relacionamento complexo, mas um amor simples e puro. Como conseguir transmitir tudo isso em um livro? "Terminar" esta história foi difícil. Sonhá-la, acreditar nela, escrevê-la, tudo isso foi fácil. Lucas e Bernardo não nos deram sossego um dia sequer, até que, finalmente, a história deles fosse contada da melhor maneira possível.

Primeiramente, gostaríamos de agradecer aos nossos leitores, que nos motivam e nos fazem chegar cada vez mais longe. Vocês são sempre o '1+1' das nossas vidas. Vocês nos inspiram e são o motivo de tantas páginas: as que existem e as que virão. Agradecemos também às nossas famílias, por respeitarem (e apostarem) nos nossos sonhos. Especialmente vocês: Isabela e Patrick. Vocês nos fazem acreditar em apoio incondicional, em amor no escuro, em suporte. Este livro é para vocês.

Aos nossos amigos mais preciosos, que insistiram, torceram e acompanharam tudo: não podemos citar todos vocês aqui, mas saibam que vocês nos fazem acreditar diariamente que nossas somas fortalecem uma união. Gratidão também ao Pedro Almeida, nosso editor, pela paciência e parceria, e por ter acolhido este projeto com entusiasmo e carinho (e um agradecimento especial pelo estoque extra de paciência que precisou usar conosco).

Agradecemos, também, a toda a equipe da Faro Editorial, pelo apoio e suporte.

Augusto Alvarenga e Vinícius Grossos

Por fim, obrigado Augusto. Você sabe... 1+1 me salvou. Apareceu num dos momentos mais difíceis da minha vida e me tirou de uma tristeza que simplesmente me impedia de seguir em frente. 1+1 me ensinou a acreditar novamente no amor. Obrigado, para sempre!

Vinícius Grossos

Por último, mas não menos importante, obrigado, Vinícius. Se não fosse por você, este livro não existiria. Sei que não foi fácil chegarmos até aqui, mas aconteceu. Esta história foi uma verdadeira prova de fogo, e passamos por ela. Eu não poderia dividir isto com mais ninguém: nem os momentos mais felizes nem as brigas mais intensas. Obrigado por ter sobrevivido a isso tudo comigo. E nunca, nunca se esqueça que podemos transitar até pelas montanhas-russas mais malucas que sairemos vivos, inteiros e mais fortes.

Augusto Alvarenga

ASSINE NOSSA NEWSLETTER E RECEBA INFORMAÇÕES DE TODOS OS LANÇAMENTOS DA FARO EDITORIAL

www.faroeditorial.com.br

FARO EDITORIAL

ESTA OBRA FOI IMPRESSA PELA GRÁFICA
LC MOYSES EM FEVEREIRO DE 2020